# 知堂题记 一

周作人 著文
锺叔河 编订

岳麓书社·长沙·二〇一六

# 知堂题记序

钟叔河

《知堂书话》和《序跋》印行已久，现将其中原来自称题跋、小文、译后记、看书偶记的短篇抽出来单独成书，既是为了使书册薄些便于阅读，也是为了区分文体，使编辑工作看起来有条理些。

《书话》初版成书较为仓促，因为当时（一九八五年）京中有好心的同志提醒我：周作人的书集中出版尚非其时，看来只能先出一选本，如果能编得好，反映不错，继续进行才有希望。我心领神会，又正想快点出书，于是立即动手。好在周氏著作都在手边，其中“话书”诸文自己本最爱读，想想也该是读者共同兴趣之所在，便决定先“从其一生所写三十几部文集中，把以书为题的文章选辑起来，编成这部《知堂书话》”。因为要快，补遗辑佚只能从缓，体例也没有仔细推敲。如今检阅初版，《自己的园地》选十六篇，《茶话》选六篇，《雨天的书》选九篇，《泽泻集》选一篇，这三十二篇共一百零二页，每篇平均三页多；而《书房一角》选了一百一十八篇，共一百一十一页，每篇平均不到一页。文章长短悬殊，差别十分明显。

这差别也就是文体的差别。知堂少谈文体，但《苦雨斋序跋文自序》说，“题跋向来算是小品文，而序和跋又收入正集里，显然是大品正宗文字”。又说，“题跋与序，正如尺牍之于书，盖显有上下床之别矣”。可见在他的心目中，“题跋”与“序跋”（“序”和“跋”）原是不同的文体，他自编文集时也是尽可能将二者分开的。至于从《自己的园地》《雨天的书》……中选出来的，则是“所谓论文，其中大约可以分作两类，一批评的，是学术性的；二记述的，是艺术性的”（《谈虎集·美文》）。我所选者都“以书为题”，故称之为“书话”，这本是“收入正集”的“大品正宗文字”，是这部选集的主体，更不宜与题跋混编在一起。

当然，文章好坏，与文体和篇幅长短并不相干。周氏自称，他写文章可以分为三期，第一期多翻译，第二期写批评文章，第三期只写随笔读书录。无论在哪个时期，他都写了不少好的书话和序跋；而译馀读后，“或有感想，常取片纸记其大意”，此类几百字“算是小品文”的，也一直在写，而第三期写得较多些，大都收入《药堂语录》和《书房一角》，自成一种特色。其中亦多有好思想好文章，如《钱名世序文》篇介绍《名教罪人》，引起我去找来读了，即深得“以金针明度与人”之益，胜过了读大部头。

书名原想叫《知堂题跋》，而将《知堂序跋》改名《知堂序文》（二百二十七篇中只有七篇跋，还有十八篇后记)，免相混淆；但已成之书名毕竟难改，《知堂序跋》还是叫《知堂序跋》，这本就叫作《知堂题记》了。

二〇一五年六月二十九日于长沙。

# 编辑说明



［一］本书第一册收各类题记短文一百五十篇，第二册收译后记八十八篇，收补遗八十六篇（摘自周作人收藏古籍自写题记），均按写作时间先后编次（时间无考者，列于末尾），两册共计收文三百二十四篇。

［二］每篇的写作时间，于首页右上角以阿拉伯数字注出，必要时并在校记中补充说明。如第一册《林和靖先生诗集题记》注云1902. 3. 23，即作于一九〇二年三月二十三日。又如第一册《会稽风俗赋》注云1915. 3，即作于一九一五年三月，查校记可知其

“1915. 3. 20 刊《绍兴教育杂志》5 期”，此亦即是推定写作时间之依据。

［三］每篇的出处，于首页右上角以小字注出，必要时并在校记中补充说明。如《林和靖先生诗集题记》注云“集外文”，查校记即知其“录自壬寅正月十六日记”。又如第二册《空大鼓译记》注云“空大鼓”，查校记即可知“《空大鼓》(原名《点滴》，1920. 8 北京大学出版部初版)，翻译短篇小说集，1928. 11 开明书店初版。本篇为集中第一篇《空大鼓》的译后记，1918. 11. 15 刊《新青年》5 卷 5 号”。



［四］校记除上两项内容外，主要为改错记录。如《林和靖先生诗集题记》有校记：“‘朱孔彰’原作‘朱孔章’。”第二册《荒矶译记》有校记：“‘悲凉之景’四字原倒错，今乙正。”《寂漠译记》有校记：“‘安仑’，原作‘安介’。”这样做的目的都是为了记录备查，并且表示负责。

［五］有些比较复杂的情况，亦在校记中加以说明。如第一册中有三篇《三不朽图赞》的题记，即《於越三不朽图赞》《三不朽图赞题记》和《三不朽图赞》，如不细看正文，往往难以区别。第一篇校记云“1915.3.20刊《绍兴教育杂志》5期”，第二篇校记云“1938.6.24刊《晨报》，为《药草堂题跋》之一”，第三篇校记云“1943.9.16刊《古今》31期”，写作时间不同，集内集外有别，自然不易混淆了。

［六］题目、目录和小字说明（校记除外）中的书名，均依知堂之例，不加书名号。

［七］今后如再辑得佚文，均作为“补遗”，编于相关分册之末，以入书时间先后为序。

# 第一册目录

# 林和靖先生诗集题记[①]

◇1902. 2. 23

◇集外文

《林和靖先生诗集》四卷，宋林逋撰，国朝朱孔彰重刻本。卷首列《四库提要》、宋梅尧臣序、《宋史》本传、元叶森墓堂记、题咏附录、《总目》诸人诗话。集四卷：一，五律；二、三，七律；四、五，七绝。总计三百八十九首。后附拾遗，系五古、五律、七律、七绝共十三首，逸句四联，诗馀三阕。末列朱孔彰[②]跋。同治癸酉依抱经室卢氏本重刊于长洲。光绪壬寅上元后一日，以青蚨二百从江南官书局购得之，因识缘起如是。

十七日，浙江周作人书。

【钟校】

① 录自壬寅正月十六（1902. 2. 23）日记，但自署十七日。标题与标点均为编者所加。

②“朱孔彰”原作“朱孔章”。

# 於越三不朽图赞[1]

◇1915. 3

◇集外文

张宗子著《於越三不朽图赞》，刻成于其外孙陈祖谋之手，已极希有。

余所见只余氏慕村补刻本，后归朱氏，又为山阴陈昼卿先生所得，修补刊行。虽少逊前刻，然先烈仪容，故自宛然，后生小子，时一展对，足以激发志气。顾三十年来，已不审板片何在，前王子馀君以铜板镂印，亦迄未成书，殊可惜也。

昼卿先生为大父业师，儿时屡闻称道及之，后见其集中正续文牍，尤惓惓于故乡文献，别录《三不朽图目》《诗巢祀位》等文，为《越中观感录》一卷，八杉斋[2]徐氏刻行之，似肆中尚有售者也。

【钟校】

① 1915. 3. 20 刊《绍兴教育杂志》5 期。

②“八杉斋”，“斋”原作“齐”。

# 会稽风俗赋[①]

◇1915. 3

◇集外文

王梅溪著《会稽三赋》，风俗一篇最为详赡[②]。周世则作注，引证古籍，疏山川人物之本事，已至精核。史铸更为补注，则文章典实悉表而出之，尤便初学之诵习矣。明南逢吉所注多采旧本而更浅显，有上虞尹坛、山阴周炳曾两增注本，实无所异，疑南注[③]本来如是也。湖海楼刻周、史注，会稽章氏刻南、尹注，皆颇佳，唯今陈板闻已毁，章板亦不知存否。《三赋》一书，唯于旧书肆中偶一遇之，已鲜新本可得。尺木堂刊本虽粗，今亦少见矣。陶篁村《广会稽风俗赋》补阙续短，不愧虞仲翔之于朱对，唯木无单行，今《泊鸥山房集》又复不可多见，殊有淹没之惧。如得方闻之士为之疏证，刊印行世，于越中文献当至有裨益也。

【钟校】

① 1915. 3. 20 刊《绍兴教育杂志》5 期。

②“最为详赡”，“最”原作“再”。

③“南注”，“注”原作“驻”。

# 无双谱[1]

◇1915.5

◇集外文

幼时喜观绣像，有《剑侠图传》《於越先贤像传》《百美新咏》《无双谱》诸书，日夕玩弄，初不甚解。二十年来，此等书已如麻沙古本，不可多觏矣。

《无双谱》初但知为金南陵作，后查《画征录》云：“一时雕本，有《无双谱》，山阴金古良画，古良名史，以字行，人物名手也。”始知其为越人。陶元藻《越画见闻》卷中云：“金古良善画人物，有《无双谱》四十小幅，极其工致，好事者雕行之，足与嘉兴朱宾古《凌烟阁功臣图》颉颃争胜。每帧皆制乐府一首，亦琅琅可诵。余最爱其《垓下叹》《河源槎》[2]。”毛奇龄序云：“南陵与余同学诗，与徐仲山同学书，未为画而画精。是谱名无双，而实具三绝，有书有画又有诗也。”案今本书殊不佳，岂非复原刻？所见一本，有陶式玉、徐咸清、宋俊、董良槦序，王士禛[③]、卢询题词及古良自叙，而无奇龄文，不知何也？每图有“无双”二字朱印，歌辞后题“射堂”，下钤“墨禅”“默然”“默禅”“老髯”“老禅”“良然”“禅止”“船子”“古良”“南陵”诸记，又一印曰“金粪”，一曰“刘”，盖取本姓之谊。《赏奇轩四种》本即依此翻刻，而颇粗疏，不及原本矣。其画仿佛老莲，诗亦奇妙，阮亭简称为西涯之后一人而已。图后就其人行事绘为图案，题词其上，颇多巧合，如焦先后作一括囊，董快堂极称道之。董无休有子名良骕，亦善绘事，不知即此人否也。

《剑侠图传》《於越先贤像传》皆任渭长绘，画至奇伟，惜儿时涂抹过半，墨痕狼藉。后别求得一本，及所画《高士传》《列仙酒牌》，唯皆系翻板，不免失真耳。渭长名熊，萧山人。《越缦堂日记》云：“渭长画法直逼陈老莲，尝见其画《越中八十贤人像》及《列仙酒牌》，古艳横逸，衣冠器物，皆有证据，须发缕缕可指，真奇笔也。”徐康《前尘梦影录》云：“渭翁画本最多，顾良庵世丈藏有六大册，皆昔为姚梅伯孝廉所绘者，题词皆梅伯所著，惊心动魄，得未曾有，余在怡园展阅二次，其奇绝处真不可思议，有观止之叹。”案渭长著作雕板行世者，大抵仅上述数种，此六大册不知所绘何物也。

偶于书摊见《百孝图》残本一本，题会稽俞葆真辑。后于都门得其全书，书凡四卷，各列二十五事，题五言一句，如《百美新咏》例。何云梯为之图，梓工未佳，画亦仅如世俗绣像，赋物写形，少有生气。其编辑亦凌杂无序，似因选句属对，多为牵就之故，唯引用故事，悉注出处，尚为切实。此书盖仿《二十四孝》，本以劝善为旨，非文章艺术之醇者，第以其系越人所作，为表而出之。葆真字兰浦，云梯不知其名，疑系粤人，序但言其居陈村而已。书以同治辛未刊于广东，其板似尚存也。



【钟校】

①1915.5.20刊《绍兴教育杂志》7期。

②《河源槎》，“源”原作“原”。

③“王士禛”，“禛”原作“祯”。

# 诗二首附记[①]

◇1923.4.5

◇集外文



我平常很赞成青年人做情诗，但是自己做诗还是初次。我不怕道学家批评我“有不道德的嫌疑”，——虽然略略的怕被上海的市侩选入他们的情诗集里去。但是，既然见到可以替我抗辩的话，也就不妨先抄录在这里，蔼理斯在《凯沙诺伐（Casanova）论》中曾云：“这是一个极古的观察：那最不贞节的诗是最贞节的诗人所写；那些写的最洁净的人，却生活的最不洁净。”——我想，至少这后半的话总是对的。

四月五日，作者记。

【钟校】

① 诗二首为《她们》《高楼》，1923.4.9刊《晨报副镌》，但后来收入《过去的生命》时附记未入集。

# 司徒乔所作画展览会的小引[①]

◇1925.6
◇集外文



司徒君是燕京大学的学生。他性喜作画，据他的朋友说，他作画比吃饭还要紧。他自己说，他所以这样地画，自有他的不得不画的苦衷，这便因为他不能闭着眼睛走路。我们在路上看见了什么，回来就想对朋友说说，他也就忍不住要把它画出来。我是全然不懂画的，但他这作画的动机我觉得还能了解，因为这与我们的写文章是一致的。

司徒君画里的人物大抵是些乞丐，驴夫和老头子，这是因为他眼中的北京是这样，虽然北京此外或者还有别的好东西，大家都以为好的物与人。有一天，我到他那里去，看见他正在作画，大乞丐小乞丐排着坐在他的床沿上，——大的是瞎了眼的，但听见了我们的声音，赶紧站了起来，我真不安，扰乱了他们的严肃的工作。我又见到一张画好了的老头儿的头，据说也是一个什么胡同的老乞丐，在他的皱纹和须发里真仿佛藏着五千年的专制的历史。我是美术的门外汉，不知道司徒君的画的好坏，只觉得他这种作画的态度是很可佩服的。现在他将于某日在帝王庙展览他的绘画，我很愿意写几句话做个介绍，至于艺术的成就如何，届时自有识者的批判，恕我不能赞一辞了。

十四年六月，在北京。

［案］　司徒君画本拟在六月中旬展览，以五卅事件中止，至今未举行。

【钟校】

① 1926. 1. 14 刊《语丝》第 60 期。

# 半席话题记[①]

◇1925.12

◇集外文

昔《新青年》上有“什么话”，《现代评论》上有“闲话”，一时脍炙人口，纸贵洛阳。余也不敏，弗克写那样的好东西，只能胡说乱道而已，亦复自珍，故且公布。嗟乎，土匪有形同之云，豺虎有投畀之虑，岂其缘大，乃吾出身，然而天罡何未到手乎？一席既割，半张仅存，话此表意。甲则纪数，以后有言，其数则乙矣。

牛鼠鸡狗年月日时沐手书弁。

【钟校】

① 1925.12.31 刊《京报副刊》。原题《半席话甲》，其实乃是“半席话”专栏的题记。

# 北京的一种古怪周刊语丝的广告[①]

◇1926.1

◇集外文



《语丝》是我们这一班多少有点“学匪”脾气的人所办的，已有一年多的历史，本年一月四日已出了第六十期。这里边是无所不谈，也谈政治，也谈学问，也谈道德，自国家大事以至乡曲淫词，都与以同样的注意，这是说在我们想到要说的时候。我们的意见是反道学家的，但我们的滑稽放诞里有道学家所没有的端庄；我们的态度是非学者非绅士的，但我们的嬉笑怒骂里有那些学者绅士们所没有的诚实。我们不是什么平衡家，或专门的文士，所以议论未必公允，文章也没有水平线可说，不过这足以代表我们的真实的心，这一点似乎是值得广告的。《语丝》的最大的特色在于“不说别人的话”，至于“不用别人的钱”或者还是第二点。总之《语丝》在北京——或是中国杂志界中可以说是有点古怪的一种，这似乎不很难，却也不很容易做的。在自己的广告里决心尽量地吹一下，但想来想去，没有别的话可说，只能写这几句，然而也已经觉得用了十分的力了。

【钟校】

① 1926.1.21 刊《京报副刊》。

# 闲话集成序言[①]

◇1926. 10. 15

◇集外文

呜呼哀哉，闲话之衰歇也！岂信有命数者存乎其间耶？

昔者，大虫秉政，闲话四起，何兴之暴也！顾不旋踵而相继沉默，至今不复有人以闲话为己任者。其始也，如在阳春，有大猫鸣于屋上。其终也，乃如昏夜，羌鸦雀之无声。时欤，数欤，将兴尽欤，吾乌得而知之。

虽然，狂澜既倒，挽者在人，大厦将倾，支之唯木。吾辈尽忠闲话，不渝此心；大家愿为正人，宜努厥力。既在闲居，不可无话，所当集腋，以观其成，本主任有厚望焉。

中华民国十五年十月十五日，语丝社闲话部主任右拉（Ula，英国拼法）谨题记。

【钟校】

① 1926. 10. 23 刊《语丝》102 期。

# 随感录小引[1]

◇1927.7.14

◇集外文



昔者，吾国左拉先生始创《闲话》，风靡天下。敝人顺应潮流，急起直追，设闲话部，聘请名师，加工制造，以鱼目之混，为狗尾之续，一年以来，共出百六十则，成绩昭著，在人耳目，此不独敝人一己之幸，亦吾闲话业先知之荣也。

乃者，恭诵《国闻通信》，敬悉某派完全加入南京政府，奉委为宣传要职等因。伏维颂扬大虫，功在民国，自宜崇鼎食之封；而唐突西子，罪同私铸，奚能无杞天之虑。特于今日对众声明，取消“闲话”名义：我不冒名，君请专利。

以后此栏易名为《随感录》，仍登些不伦不类之文字，以就正于淑女绅士，有所不为，无所不谈，此吾辈之宗旨也。查“随感录”之名起于《新青年》，今该报早停，而陈仲甫复犯法在逃，照例剥夺公权，无追究假冒之权利，故“随感录”三字已为公名而吾人之所可共用者也。

时维民国十六年七月十四日，即法兰西革命纪念日，于京兆宛平。

【钟校】

① 1927. 7. 23 刊《语丝》141 期。

# 春在堂所藏苦雨斋尺牍跋[1]

◇1929—1932

◇夜读抄

（一）

平伯出示一册，皆是不佞所寄小简，既出意外，而平伯又嘱题词，则更出其表矣。假如平伯早说一声，或多写一张六行书裱入亦无不可，今须题册上，乃未免稍为难耳。不得已姑书此数语，且以塞责，总当作题过了也。

十八年四月四日，岂明。

（二）

平伯来信说将裱第二册账簿，并责写前所应允之六行书，此题目大难，令我苦思五日无法解答，其症结盖在去年四月四日不该无端地许下了一笔债，至今无从躲赖，但这回不再预约，便无妨碍了。至于平伯要裱这本账簿，则不佞固别无反对也。

十九年九月十五日晨于煅药庐，岂明。

（三）

不知何年何月写了这些纸，平伯又要裱成一册账簿，随手涂抹，殃及装池，其可三乎。因新制六行书，平伯责令写一张裱入，亦旧债也，无可抵赖。但我想古槐书屋尺牍之整理盖亦不可缓矣。

二十一年二月十五日于苦茶庵，尊。

【钟校】

① 1934.5.20 刊《人间世》4 期。

# 越城周氏支谱题记

◇1931. 4. 7

◇集外文

《越城周氏支谱》六册，马隅卿先生从北平书肆购得，现存孔德学校图书馆中。此谱在光绪丁丑用活字排印，共二十部，此为第六号（余家所藏系第廿号）。察谱中添注，盖系忆农伯手笔，近年物故保定。遗物散失，此书流转至北平，不意复得展阅，因题数语，以志因缘。

时中华民国二十年四月七日，会稽周氏清道房公允派四支十四世作人书。

# 题永明三年砖拓本[1]

◇1933. 5. 5

◇夜读抄

此南朝物也，乃于后门桥畔店头得之，亦奇遇也。南齐有国才廿馀年，遗物故不甚多。余前在越曾手拓妙相寺维卫尊象铭，今复得此砖，皆永明年间物，而字迹亦略相近，至可宝爱。大沼枕山句曰，一种风流吾最爱，南朝人物晚唐诗，此意余甚喜之。古人不可见，尚得见此古物，亦大幸矣。

民国廿二年重五日，知堂题记于北平苦雨斋。

【钟校】

① 1934. 5. 20 刊《人间世》4 期。

# 题魏慰农先生家书后[①]

◇1933. 5. 30

◇夜读抄

昨日建功过访，以其大父慰农先生家书一卷见示，并属题跋，余不能书而欣然应之。何也？父祖贤慈，人生最大幸福，建功能得之，此大可贺也。为父或祖者尽瘁以教养子孙而不责其返报，但冀其历代益以聪强耳，此自然之道，亦人道之至也。然而在祖宗崇拜之民族间盖戛戛乎其难之矣。

民国二十二年五月三十日，作人识于北平苦茶庵。

【钟校】

① 1934. 5. 20 刊《人间世》4 期。

# 废名所藏苦雨斋尺牍跋[1]

◇1933. 7. 25

◇夜读抄



废名藏不佞所寄小简积数十通，裱为一巨册，令题记之。册成而废名归黄梅去，遂阁置萧斋中，喜暂得偷懒，待废名来催时再题未晚也。唯题亦无甚话可说，只是有一件事想提出异议，废名题跋中推重太过，窃意过誉亦是失实耳。雨后新凉，偶记此语，乃并不待废名之催而写了矣。

廿二年七月廿五日于北平苦雨斋，知堂。

【钟校】

① 1934. 5. 20 刊《人间世》4 期。

# 为半农题掼跤图[①]

◇1933.8.4

◇夜读抄



案角觝盖古已有之，唯掼跤与角觝异同若何，则非余所能言也。半农于荒摊得此卷，命题记之，余但知所画为掼跤图，有十六清朝人正在演技，想见当时有此风俗，如见古代胡服习射景象也。卷用土黄布为之，着笔设色皆极素朴，绝非廊庙间物，半农谓当系打拳卖药者流所张贴者，是或然欤，此则更令余觉得大有意思者也。闻今国术馆中亦有掼跤一科，然则此又未必限于民间矣。

民国廿二年八月四日，知堂题于北平市。

【钟校】

① 1934.6.5 刊《人间世》5 期。

# 书赠陶缉民君[1]

◇1933.11.13

◇夜读抄

绕门山在东郭门外十里，系石宕旧址，水石奇峭，与吼山仿佛。陶心云先生修治之，称曰东湖，设通艺学堂。民国前八年甲辰秋，余承命教英文，寄居两阅月，得尽览诸胜，曾作小诗数首记之，今稿悉不存，但记数语曰，岩鸽翻晚风，池鱼跃清响，又曰，萧萧数日雨，开落白芙蓉。忽忽三十年，怀念陈迹，有如梦寐，书此数行以赠缉民兄，想当同有今昔之感也。

廿二年十一月十三日，在北平，周作人。

【钟校】

① 1934.6.5 刊《人间世》5 期。

# 罗黑子手札跋[1]

◇1934. 3. 10

◇夜读抄



光绪末年余寓居东京汤岛，龚君未生时来过访，辄谈老和尚及罗象陶事。曼殊曾随未生来，枯坐一刻而别。黑子时读书筑地立教大学，及戊申余入学则黑子已转学他校，终未相见。倏忽二十馀年，三君先后化去，今日披览冶公所藏黑子手札，不禁怃然有今昔之感。黑子努力革命，而终乃鸟尽弓藏以死，尤为可悲，宜冶公兼士念之不忘也。

民国廿三年三月十日，作人识于北平。

【钟校】

① 1934. 6. 5 刊《人间世》5 期。

# 题弘一法师书华严经偈[1]

◇1935.6.27

◇集外文



昔在月夜书屋见弘一上人书，今又得见此幅，欢喜赞叹。上人书盖如其人，觉有慈祥静穆之气拂拂从纸上出，对之如听说法，此可谓之文字禅，正是一笔不徒下者也。

二十四年六月二十七日晨敬题。

【钟校】

① 1938.6.24刊《晨报》，为《药草堂题跋》之一。

# 题王显诏山水画册①

◇1935. 6. 27

◇集外文

中国山水奇，故山水画亦奇。三峡黄山非以斧劈麻皴出之不可，若江南烟雨冥濛之景，亦唯米家泼墨能得其似耳。鄙人不懂画，亦无力蓄画，但有时见到亦觉得能爱好之，今睹此册，深喜王先生能以妙笔将岭南山水之美示人也。

二十四年六月二十七日题于北京。

【钟校】

① 1938. 6. 24 刊《晨报》，为《药草堂题跋》之一。

# 题读诗一得[1]

◇1936. 3. 8

◇集外文



前得盱眙吴氏《读诗一得》，原只是寻常书耳，因后有钱楞仙先生题跋，故为可贵。今以奉赠玄同兄，并记其缘起如右。时民国廿五年三月八日，距题跋当时已七十二年矣。知堂作人。

今日往隆福寺街书店，阅书账知此书系黄晦闻君旧物，背尚有原账号码可证也。十日又记。

【钟校】

① 标题为编者所加。

# 绍兴十八年同年录书后[①]

◇1936. 11. 14

◇书房一角



石公搜集古今年谱，得《绍兴十八年同年小录》抄本，携以相示。余告石公海王村书肆尚有乾隆活字本，遂又取来，乃是郎园藏本，首有题识。是录以第五甲有朱晦庵名，故流传至今，唯余观录中列举诸人小名小字，此种资料更是珍重，陈解元辑《古贤小字录》，自汉迄宋，才得二百，今此一卷中便有三百三十人，甚可喜也。此书今归龙川厉君，以余有前记因缘，属题数语，因漫书其事，以为纪念。

民国二十五年十一月十四日灯下。

【钟校】

① 1938. 6. 24 刊《北平晨报》。

# 三不朽图赞题记[①]

◇1936. 12. 30

◇集外文



张宗子[②]著《有明越人三不朽图赞》，寒斋旧有一部，乃小云栖藏本，乾隆庚申陈氏原刻，乙卯余慕村重修。今年得此册于杭州，后有嘉庆庚辰朱松山跋，则板又经修补矣。余氏跋云，共得一百八像，唯细审之则有百单儿人，位置先后亦不尽同，又如陶石篑，朱本列于“立言——文学”，而余本乃为“立德——理学”之末一人，不知宗老原本究竟如何，惜不能得陈仲谋初刊本一正之。光绪中陈昼卿复刻于湖北，文字亦多错乱，更不足据。民国初年绍兴公报社影印本，辑录平、李诸家校语，甚有价值，唯李元昉临摹图像，大有真容气味，殊不可耐。故以所见诸本言之，余朱二氏修补之本虽非本来面目，亦尚庶几近之耳，然则此书盖未可以后印而轻之也。

中华民国二十五年十二月三十日题记，以赠青山章君。

【钟校】

① 本文 1938. 6. 24 刊《晨报》，为《药草堂题跋》之一。

②“张宗子”原作“张宗老”。

# 豫才所抄游仙窟跋

◇1937. 11. 8
◇集外文



矛尘将往长沙，持豫才所写《游仙窟》全本来，命题数语。关于此书，旧有读《游仙窟》一文，在《看云集》中，今不复赘。豫才勤于抄书，其刻苦非寻常人所及，观此册可见一斑。唯此刻无问贤愚[①]，多在膜拜文艺政策，矛尘独珍藏此一卷书，岂能免于宝康瓠之讥哉！

廿六年十一月八日，知堂。

【钟校】

①“无问贤愚”，“问”原作“间”。

# 题藤阴杂记①

◇1938. 4. 13

◇书房一角



戴菔塘《藤阴杂记》十二卷，清末有重刊本。数年前曾求得其原刻，自序署嘉庆丙辰，题叶只写书名，不记年岁。近日又得一部，则左右有字两行云，嘉庆庚申增辑，石鼓斋镌。校阅本文，计卷一末多一则，卷八多两则，卷十二多一则，原板补刻者也。昔尝与饼斋戏语，模拟书中所记，大抵如云，朱竹垞迁居至南横街，中途覆车，损一书簏。惟事虽琐屑，亦复有可喜处，只可惜诗多而记事少耳。

四月十三日烛下记于北平知堂。

重刊板现存湖州会馆，民国初年有董君新印若干以赠人，寒斋因亦有其一部。董君时为部吏不得意，一日访乡先达于积跬步斋，大发牢骚，意欲蹈海。先达倾听良久，徐答曰，我看可以慢慢的来。本系方言，难以记录得恰好，惟此应答极有意思，前辈风度俨然如见，可以收入民国的《世说》中去。因《藤阴杂记》辄复忆及，附记于此，亦复可备吴兴掌故之一也。

三十二年九月二十日。

【钟校】

① 1938. 7. 2 刊《晨报》。

# 题乡言解颐[①]

◇1938.4.26

◇书房一角



《乡言解颐》五卷，十年前在孔德学校见书估挟此书，隅卿谓尚可看，劝以薄值收得。内有缺叶，去年夏从石君借得一本，抄补卷末所缺两纸，卷三则仍缺一叶也。书中不出撰人姓名，惟自序称瓮斋老人，据本文知其姓李，宝坻人，号朴园而已。前日在南新华街得《虚受斋诗钞》十二卷，附《朴园感旧诗》一卷，宝坻李光庭著，乃知即是此人。《乡言》中之造室十事（庚子），消寒十二事之八（己丑），新年十事（丁亥），杂物十事（己亥），金银钱三事（戊戌），各诗均见集中，注有年岁。诗抄止于庚子，《乡言》题署庚戌，盖又十年后矣。朴园诗虽卷卷有张南山批点题咏，以余观之，其可喜终不及《乡言》，而《乡言》

中之记述注解亦比所收韵语为可贵。余喜得诗抄，因其为瓮斋之作，实犹屋上之乌鸟耳。《乡言》在隆福寺街又陆续得二部，卷三缺叶如故，殆真是板缺，无可如何，至今亦未能借得全本抄补之也。

四月二十六日。

【钟校】

① 1938.7.2 刊《晨报》。

# 题会稽三赋[①]

◇1938.4.27

◇书房一角



《会稽三赋》为越中一重要文献，诚如陈春氏所云，吾郡人家置一编，只可惜寒斋所收不多，亦无珍本耳。此章石卿刊本，系乡人所刻，且字大疏朗可喜，较惜阴轩刻尤便于观览，惟原本有陶歇庵序，南姜泉后序，今乃悉不存，未审何故，岂或偶脱落耶。

四月二十七日记。

案《会稽三赋注》通行有两本。甲一卷本，宋周世则史铸注，有史序，萧山陈氏山阴杜氏均有重刊本。乙四卷本，明南逢吉尹坛注，有南跋，凌弘宪陶望龄序，天启中吴兴凌氏刊朱墨印本。此本因有歇庵眉批及总评，颇为周郑堂不满，惟此后好些刻本从此出，惜阴轩本即是而删凌序，章氏本则并去陶序，虽曰渐就雅正，而别无题记说明其来源与变革。刻书固是好事，而未免缺少诚实，近于市人所为，稍可惜耳。

三十二年秋分前日，雨中附记。

**【钟校】**

①《题会稽三赋》1938.7.2刊《晨报》。

# 题十种古逸书[1]

◇1938.4.29

◇书房一角

三十年前曾有《茆氏十种》一部，竹纸旧印，心甚喜之，惜久已失去，欲再买，终因循未果。前日有书估携此一部来，白纸而书品不佳，以价不昂，乃收得之。辑录古书，本多可喜，惟余所惓惓于此书者，殆有故友之思，如《毛诗品物图考》类耶。十种中觉得最有意思者是《古孝子传》，因其收罗特备，便于观览，原本文章质朴，态度真率，无论记何事都不失静穆之气，所以可取也。尝欲取《列女传》《孝子传》以至《东山谈苑》，以意点定之，亦可消遣，只可惜中选者恐不能多，未免扫兴，以是迟迟耳。

二十七年四月二十九日。

顷又得一部竹纸印者，有“之江文理学院图书馆珍藏”印，板心较高大，当是原刊本。此翻刻不知系何时所刊，苟非得别本比较，一时亦不易看出。首叶序文第九行，原文云，所赖于后来者，今误赖为颖，此或是一种后刻之证明欤。

三十一年十二月九日再记。

**【钟校】**

① 1938. 7. 2 刊《晨报》。

# 题荛圃藏书题识续录[1]

◇1938.5.3

◇书房一角



此《续录》两册价奇昂，在此时尚有人刻木板印连史纸，已属难得，价昂可原谅也。惟其纸乃横折，触手即知，余最所不喜。能刻书而不知用纸，何耶？

五月三日记于北平。

【钟校】

① 1938.7.2 刊《晨报》。

# 题阮庵笔记[1]

◇1938. 5. 31

◇书房一角



廿七年戊寅端午前三日，隆福寺书估携此书来，乃收得之。在此时尚买闲书，奇矣，但不看书又将如何？

《阮庵笔记》素所喜爱，惜《餐樱庑随笔》等尚未收入耳。其好处第一是不记怪异，谈报应。谈报应是明清文人一大毛病，虽阮伯元亦不能免，但如一染此病，百事便都不足观矣。

《蕙风簃二笔》卷二注云，余撰笔记，雅不喜撮抄近人词诗，惟于乡邦文献，则未忍概从弃置。此意亦可喜。而其文笔朴实，风趣闲雅，自有胜地，近代著作中少见其匹。粟香室亦有五笔，而持与比校，显有上下床之别，此中固自有确实可据者在也。

五月三十一日晨风雨晦冥中，坐旧苦雨斋东窗下记，庭院中水已没阶，有巨蛙鸣声出自草里，忽断忽续也。

【钟校】

① 1938. 7. 6 刊《晨报》。

# 记海瑞印文[①]

◇1938. 6. 8

◇书房一角



偶读《论印绝句》，查药师诗有注云：

> 海忠介公印，以泥为之，略锻以火，文曰司风化之官。观之觉忠介严气正性，肃然于前。见周栎园《印人传》。

余平日最不喜海瑞，以其非人情也。此辈实即是酷吏，而因缘以为名，可畏更甚。观印语，其肺肝如见，我不知道风化如何司，岂不将如戴东原所云以理杀人乎。姚叔祥《见只编》卷上云：

> 海忠介有五岁女，方啖饵，忠介问饵从谁与，女答曰，僮某。忠介怒曰，女子岂容漫受僮饵，非吾女也，能即饿死，方称吾女。此女即涕泣[②]不饮啖，家人百计进食，卒拒之，七日而死。余谓

非忠介不生此女。

周栎园《书影》卷九所记与此同。余读之而毛戴。海瑞不足责矣，独不知后世啧啧称道之者何心，若律以自然之道，殆皆虎豹不若者也。

六月八日，知堂书。

【钟校】

① 1938.7.15 刊《晨报》。

②"此女即涕泣"原作"此即女涕泣"。

# 白石诗词题记[①]

◇1938.6.15

◇书房一角



《白石诗词集》，寒斋有四印斋王氏，榆园许氏，野水闲鸥馆倪氏，涵芬楼影印陆氏各本，同出一源。此外有一本，诗词各止一卷，末有跋，署康熙甲午秋禊日玉几山人陈撰书。同时别得一本，原板后印，前有序署雍正丁未四月，歙陔华洪正治书，陈跋末康熙甲午云云十四字，则改刻为：

> 陔华先生服奇道古，雅喜是编，爰为开雕，冀垂永久，盖其表章之功匪细也。丁未清和，钱塘陈撰玉几书。

盖陈本系原刊，其后十数年板归洪氏，乃改窜旧跋，未免可笑。其实玉几山人与陔华先生实在有何情分，亦尚不可知也。洪氏刊有《证人堂人谱》二册，甚精好，序署雍正丙午，正是前一年事，而白石诗词乃如此苟且，奇矣。况周仪《香东漫笔》卷一，列记所藏白石集，有歙洪正治本，无陈撰名字，四印斋榆园各刻亦只举洪本，然则悉未曾见玉几山人原本耶。此一册有康熙甲午跋者，虽经裁截改订，书品不佳，盖亦难得而可宝矣。

六月十五日。

**【钟校】**

① 1938.7.15 刊《晨报》。

# 题四奇合璧①

◇1938. 7. 16

◇书房一角



《四奇合璧》四卷，光绪八年刊，题花下解人编，卷首有三借庐主人序，称吾友慕真山人所作。案邹弢著《三借庐赘谈》卷四有俞吟香一则，中云：

君姓俞名达，自号慕真山人，中年累于情，余以惜玉怜香才人常事，未敢深惩其失也。比来扬州梦醒，志在山林，而尘绁羁牵，遽难摆脱，甲申初夏遽以风疾亡，为之叹息不已。著有《醉红轩笔话》《花间棒》《吴中考古录》《闲鸥集》等书，诗亦清雅不俗。

《申报》馆光绪四年间刊有《青楼梦》六十四回，亦是慕真山人著，有邹弢序文，而《赘谈》中并不说及。《四奇合璧》岂即《花间棒》耶，疑未能明。所谓四奇，乃是美谈韵语痴想绮愁各一卷，盖是李笠翁《闲情偶寄》，张山来《幽梦影》之馀绪，而本来力弱，又是学步，遂愈见竭蹶，大有秀才岁考之概矣。光绪初吴下多才人，如王韬蔡尔康邹弢皆是，而一样才薄，此派盖已成弩末，亦是大势所趋也。书中自称《四奇合璧》，王廷学题字乃于其上加品花二字，其实本非谈冶游者，如时式说法，当云香艳小品耳。

七月十六日。

【钟校】

① 1938.7.26 刊《晨报》。

# 题谋野集删

◇1938. 10. 15

◇书房一角



《谋野集》尺牍本非上乘，读一二首可知其色味均不正，盖是秋水轩之先河，更益犷悍耳，而后世颇得虚名，岂即喜其火气耶。日本有覆刻本，题曰《谋野集删》，凡一卷，田子舒编，有江忠囿、滕忠充二序，署享保乙卯，即清雍正十三年，距今已二百年矣。《晨风阁丛书》甲集有此书，乃朱衣点所选，析为二卷，尽去原序而自题记其上，愈见伧俗，铅字油光纸却尚其次也。王生之尺牍，本有如圣叹所说，何必删者也，而删之不已。不佞昔日搜集尺牍，苦《谋野集》太贵不能得以备数，乃得其删，及今日重看细想，其多事岂不相等乎。

廿七年十月十五日。

# 毛诗多识[①]

◇1939.1

◇书房一角



偶阅《毛诗多识》，书面有旧日题记云：

> 此书系十年前刻本，惟印本似不多，书估遂尔居奇，二十五年五月二十一日从邃雅斋买得，价尤奇昂。

《毛诗多识》凡上下两卷，今刻为“求恕斋丛书”之一，有乙丑刘承干序，时为民国十四年也。序云多隆阿姓舒穆录氏，字文希，称其为乾嘉间经学名家，事迹则未详。案王菉友《蛾术编》卷下有致多雯溪先生书，注云先生名隆阿，书中即言《毛诗多识》事，王君谓书刻板后须卖之，而多以为不可，故致书重申此意。今据刘序似书终未刻，卷上有王菉友识语十数则，稍留痕迹而已。王书不著年月，以书中语考之，当为去乡宁县后所作，计其时在咸丰壬子夏后，去乾隆末年已五十七载矣，可知多隆阿乃是嘉道间人，盖与王菉友是同行辈人也。

【钟校】

① 1939. 1. 12 刊《实报》。

# 紫幢轩诗[1]

◇1939. 1. 23

◇书房一角



鲍冠亭《稗勺》中有《真雅文俗》一条云："紫幢王孙文昭厌交旗下人士，谓非真雅。高南阜评南方士人多文俗。二君皆与余善。"《南阜山人诗集》昔年曾搜得一部，今在琉璃厂又得《紫幢轩诗》，但只三种四卷，仅有其全部七八分之一耳。卷首有题辞云：

> 子晋为渔洋弟子，学有所自，故得卓然成家。是本有梧门私印，是奉选《熙朝雅正》时搜得之也，惜仅三种，非全集也，存之求是斋中，时时展卷耳。

下钤朱文印曰文淇读过。初疑是刘孟瞻，后查延清编《遗逸清音集》卷三收有文淇诗十七首，注云文淇高氏，汉军正白旗人，著有《求是斋诗草》，盖清末人，入民国尚存也。《紫幢轩诗》第一页下方有法梧门印三，文曰堂堂堂印，存素堂珍藏，诗龛居士存素堂图书印，皆朱文。诗题上时贴有红纸碎片书字作记，盖是入选之作，惟五七言律诗均标作五七言立，不写律字，岂是法梧门家讳耶。书刻印甚精，而时有误字，不知何故，如桥误槁，有两处均如此，其一且还是押韵处也。

紫幢轩诗美恶如何，非不佞所能说，但翻读此四卷书，觉得很有意思的是诗中时常说及街上叫卖东西的事。《槐次吟》中《暖屋》云，后巷黄昏人卖炭。《立冬夜昨》云，听卖街前辣菜声。《艾集》卷上《闻卖豆声》云，独轮车上小灯悬，则并写其状态。卷下《冬街夜归》云，素纸周糊芦菔担，过街似点上元灯。亦是此一类。《里门望雨》云，马乳蒲挑马牙枣，一声听卖上街初。《年夜》云，漏深车马各还家，通夜沿街卖瓜子。《枕柝轩瞑坐》云，市声只隔寒烟外。以上所举，盖悉是市声也。有一诗题云："枕柝轩中自巳至酉，书卷开阖，悉以市声为准，戏成一首。"有句云，小柝重过晚市油。案敲梆卖油至今尚然，用入诗中，不知芗婴居士而外尚有何人。又《连夕不饮》诗中有一联云，柝喧街下夜，火响炕封煤。此是打更的梆声，但总之似乎都喜欢听，故以枕柝名轩，若封火细事，却亦是北方生活的一点滴，亏得他收拾来放到诗里去。昔日读闲园鞠农之《一岁货声》，铁狮道人之《燕京岁时记》，心正喜之，其爱景光识名物之意有相同者，今在紫幢轩亦得见一斑，此数人者可谓不俗者矣。

【钟校】

① 1939. 1. 23 刊《实报》。

# 题留我相庵诗草

◇1939. 1. 28

◇书房一角

不佞不懂诗，故买诗集往往不以其诗而以其人，犹搜集手迹之意耳。吕光晨不知为何人，因见卷首有钱振锽序盛称之，故从厂甸摊头买得，此则更是间接因钱君的关系，反正诗原是不懂，亦无耳食之嫌也。共读楼辑本《室名索引》不免尚多阙略，而留我相庵则已著录，可知此事亦有因缘。寒斋未有许多大家别集，却存此二册诗草，正是同样的实例也。

一月廿八日。

# 西斋偶得[①]

◇1939. 2

◇书房一角

近日搜集蒙古博明著作，得西斋三种，计《西斋诗辑遗》三卷，《西斋偶得》三卷，《凤城琐录》一卷，并嘉庆辛酉年刊，而书中宁字悉已剜改，盖是道光时所印也。博氏进士出身，而通晓蒙古满洲唐古忒诸国语，故所见自较广，与一般文人不同。《西斋偶得》卷一蒙古呼汉人一条曰："蒙古呼汉人为契塔特，盖蒙古初为忙古部，越在大漠北，至后五代时始通中夏，惟时燕云十六州皆属契丹，故以辽国名称之。"又西洋呼中国一条云："西洋呼中国为吉代，盖亦契丹之讹。"案此西洋当是指俄国，俄语称中国正云吉泰，今哈尔滨尚有吉代思卡耶街，据此知其源当出于蒙古语，瓦剌一条下说此本是唐古忒语之美称，明史误为专名，结论之曰："故中国人不可与谈边外之事，中国之书生更不可与谈边外事也。"语虽不敬，却亦是事实，书生辈百口莫辩，大抵因为只读中国文，或者即通外国语亦只取便口给，未能利用到文章学问上来耳。

《西斋偶得》卷下佛书文字一条中，引王阮亭《居易录》，抄录董斯张《吹景集》所举佛典里中国古语，云当是内典偶合耶，抑袭取耶？西斋解之曰："盖佛书本皆梵文，其中国语皆译者援据经史文以释之，不惟非偶合，亦非袭取。"说得何等简单明了。其实佛经原是印度文，由译人用汉文写出，此事明明白白何劳再说，而名士如董王诸公似均未知，岂非奇事。

西斋的识见胜于中国书生多多矣，此无他，亦只是有常识，能明辨而已。儒者言佛经以初至中华之《四十二章》为真，其馀皆华人之谲诞者假老庄之书为之，龚定庵俞理初蒋子潇闻之人笑，加以嘲弄，见子潇《读释藏日记》中。此三君者，盖是嘉道间之人杰，龚蒋亦喜杂治梵藏满蒙天方文字，其识见之能广大，殆亦非偶然也。



【钟校】

① 1939. 2. 7 刊《实报》。

# 疑耀[1]

◇1939.2

◇书房一角



《疑耀》七卷，明张萱撰，今刻入《岭南遗书》中，通行于世。明时坊本题李贽之名，后人屡有辨正，其实看本文即可了然，不烦旁证，即今刻本中张萱自序，竭力声明，亦可不必也。

《疑耀》中虽有数则为张和仲采入《千百年眼》，亦本平平，其识见乃实甚卑陋，不出书生窠臼，与卓吾相去不可以道里计，信此书为李氏所著者倒未免可笑耳。如卷二《佛字辨》，谓佛字义为拂，不能译为觉。卷四《佛经不真》，又《佛经恐非西来大意》，卷五《佛书可疑》，皆意主辟佛，而不知翻译为何事，与王渔洋等相似，正是好例。卓老即使不崇佛，亦何至于此乎？

又卷五《妇人遭乱》一条，实即是饿死事小之小注。至论淫乱之始，以为始于夏少康时之女岐，尤为匪夷所思，此事乃亦有原始可考耶？想起来可为绝倒。至其自序中丑诋闽秃，全不为自己的文章少留地步，此又可见其短少趣味的修养，惟世人多犯此病，或不能单怪张君也。

【钟校】

① 1939. 2. 11 刊《实报》。

# 北风集[①]

◇1939.3

◇书房一角

余前得敦礼臣著《燕京岁时记》，心爱好之，颇想读其诗文而不可得。久之始在厂甸买得《画虎集文钞》，虽只寥寥十数页，而文多质朴可取，又得见其《南行诗草》，小序与注甚多，又常采小说家言，此亦正是其有情味处也。庆博如为《岁时记》书序，因亦留意其人，著作只得到一种，曰《铁梅花馆北风集》，内容比《画虎集》更少了，题序等倒有八页，本文则只五页而已，共计律诗绝句三十四首。此系庚子在郊外避乱时所作，有好些都觉得可喜，卷末《归家》二首尤令人读之怅惘。鄙人昔时曾恨不得遇身历乱离之人，听他讲讲过去的事，然而今日不敢请与相见也。闻庆君今健在，读其书想见其为人，如或有缘能得他

种著作读之，便已满愿矣。《北风集》版心下署“铁梅花馆丛书第二十四”，不知此外尚有何书也。

上文系二十八年一月间所写，阅两月承张君次溪惠赐铁梅花馆著作三种，即《怀古集》《闷翠诗》各一卷，合订一册，《铁梅七十自述诗》一卷。自述诗序题壬寅，为民国二十七年，计其生年当为清同治八年己巳也。编订时记。

【钟校】

① 1939. 3. 5 刊《实报》。

# 天咫偶闻[①]

◇1939.3

◇书房一角



杨钟义《雪桥诗话馀集》卷八记震在廷事，云著述甚夥，以《天咫偶闻》最为精审。鄙人读震氏书，亦同此意。《偶闻》大体虽似《藤阴杂记》，惟《杂记》太近诗话，在不懂诗如鄙人者读之，常不免有骨多肉少之感，《偶闻》则无此恨矣。

二十六年秋间卧病，阅清人笔记以自遣，见有可喜者随笔录其题目，凡阅五十馀种，所选共六百则，《偶闻》十卷中计录出二十条，《杂记》乃一无所取，即脍炙人口之《阅微草堂五种》亦只取其八，大都不谈果报者耳。

《偶闻》中多记八旗文学艺术家事，亦是一种特色，读博西斋著作后颇感兴趣，故此一方面于我亦有用处。《涉江诗文钞》各一卷，《海上嘉月楼勖学遗笺》二卷，均得一读，不能有所臧否，晚年不得意故走而卫道，此固是无可奈何，若私意则所不喜也。又壬子后易姓名为唐晏，此事本应从主人，惟鄙人爱《天咫偶闻》，习见震钧之名，今仍愿以是相称。《妙峰山琐记》的作者易名鲍汴，鄙人仍称之曰奉宽先生，亦聊以示相敬之意耳。

【钟校】

① 1939. 3. 26 刊《实报》。

# 辖轩语[1]

◇1939.3

◇书房一角



往时见张之洞著《辖轩语》，嫌其名太陈腐，不一披阅。丁丑旧上元日游厂甸，见湖北重刊本，以薄值买一册归读之，则平实而亦新创，不知其何不径称“发落语”，以免误人乎。《复堂日记》卷三庚辰年下有一条云，“阅《辖轩语》，不必穷高极深，要为一字千金，”可谓知言。六十年来世事变更，乃竟不见有更新的学术指南书，平易诚挚，足与抗衡者，念之增慨。张氏不喜言神灵果报，《阴骘文》《感应篇》文昌魁星诸事，即此一节，在读书人中亦已大不易得，其中鄙意者亦正以此。若其语学语文固不乏切理近情之言，抑又其次矣。近常有人称赞《阅微草堂笔记》，即贤者亦或不免，鄙意殊不以为然。纪氏文笔固颇干净，惟其假狐鬼说教，不足为训，反不如看所著《我法集》犹为无害。我称张香涛，意识下即有纪晓岚在，兹故连及之。二人皆京南人，均颇有见识，而有此不同，现今学子不妨一看《辖轩语》，《阅微草堂》则非知识未足之少年所宜读者也。

【钟校】

① 1939. 3. 31 刊《实报》。

# 文字蒙求[①]

◇1939.4

◇书房一角

秋间患腹疾久不出门，日前因事不得不到南城去，便中从琉璃厂书店求得《正字略》一册归读之，对于王菉友大有敬意。此书亦是《字学举隅》之流，而由读《说文》人为之，便自不俗，陈雪堂字亦较之翰苑分书似有不同也。安丘王氏著作，寒斋旧有《说文》数种，未及细读，惟《文字蒙求》四卷，昔曾涉猎，今日又取阅，亦觉得多可喜处，所说根据《说文》，改变处却亦不少，且其著书目的全为儿童，与《鄂宰四种》中念念不忘后生初学相同，此意甚可感，亦实希有可贵。清朝乾嘉以后国学大师辈出，但其所经营者本是名山事业，殆无意为小学生预备入门梯阶，故至今《说文》仍为难读之书，所谓“小学”终非大人不能去翻看第一页也。王菉友于文字学想到童蒙求我，虽是草创之作，历整整百年，还须推独步，思之可尊重，亦令后人愧恧耳。蒯氏“广义”作于光绪辛丑，已是六十馀年后矣，却殊不足观，可知此事甚难，愿力与识力如不相副，亦是徒尔。佛说因缘，疑此中正亦有之，末法难挽，大士不出，吾辈乏力，梵志坐树下慨叹弥日，复何补也。

【钟校】

① 1939.4.13 刊《实报》。

# 教童子法[①]

◇1939.4

◇书房一角



王菉友著《教童子法》一卷，附《四书说略》后，虽只十三纸，却颇有精采语，即使未能上比古人，亦足与张香涛《輶轩语》竞爽矣。如云：

> 学生是人，不是猪狗。读书而不讲，是念藏经也，嚼木札也。

又云：

> 小儿无长精神，必须使有空闲。

均清楚爽利可喜。又谓：

> 作诗文必须放，放之如野马踶跳咆哮，不受羁绊，久之必自厌而收束矣。

此则可通于文艺制作，尤有见识，非平常为父师者之所能知矣。

《四书说略》虽多为作时文而设，亦多有隽语明通语。有一处云：

古人带经而锄，樊迟何故学之，即学之又何用请之？请之者，浮海之意也。

案李氏《焚书》卷三，《卓吾论略》中云：

年十二，试老农老圃论，居士曰，吾时已知樊迟之问在荷蒉丈人间，然而上大人丘乙己不忍也，故曰小人哉樊须也，则可知矣。

上下三百馀年，意见暗合，此亦难得而可贵也。山东学者似特别多情味，不佞所喜者有三人，即桂未谷郝兰皋与王菉友是也。



【钟校】

① 1939. 4. 15 刊《实报》。

# 戊戌奏稿[1]

◇1939.4

◇书房一角

阅麦仲华所编南海先生《戊戌奏稿》，颇有见识，六月“请禁妇女裹足折”中尤多佳语，如云：

> 扶床乃起，倚壁而行，富人苦之，贫家尤甚。亲操井臼，兼持馈浣，下抚弱息，上事病姑，跋往报来，走无停趾，临深登高，日事征行，皆扪足叹嗟，愁眉掩泣，或因登梯而隳[2]命，或因楚病而伤生。若夫水火不时，乱离奔命，扶夫抱子，挟物携衣，绝涧莫逾，高峰难上，乱石阻道，荆棘钩衣，多有缢树而弃生，堕楼而绝命者，不可胜数也。

我尝怪古今有识者何以不憎恶缠足，今见康君，乃始得为中国男子解嘲，事虽不成，可以传矣。《癸巳类稿》中俞理初有《旧唐书舆服志书后》，《天苏阁丛刊》中徐仲可有《天足考略》，此二者当可与竞爽。其馀多是杨廉夫王贻上一流人物，可以坐灯棚下吹笙歌诗，醉饱而散，无从与谈人世辛苦也。

【钟校】

① 1939. 4. 27 刊《实报》。

②"隳命"，"隳"原作"堕"。

# 李越缦诗[1]

◇1939.4

◇书房一角



《白华绛柎阁诗》十卷，光绪十六年刻，而印书似不多，市价乃踊贵。近年杭州抱经堂朱氏书肆觅得旧板，重印行世，字画完好无缺，且卷首多有平步青撰传一篇，尤为可喜，可见新印本有时亦较旧者为胜也。传后有自记八行，中有云：

> 君尝言文非予所长，最为知己。自闻恶耗，雪涕沾衿，即思为诔及哀辞，以舒四十五年同案之悲，苦不成一字，江南老尚才尽，况不通如予乎。

语颇诙诡，李君如地下有知，亦当干笑，平步青这样写了，王继香亦遂刻在诗集里边，都不愧为达者，俗人便不能知道这些，以为不雅驯，乃抽去不印，如不是此次旧板新印，我们将不知有此一回事矣。甚矣，俗人之误事，而旧书之后印本亦有时会有用，不可一笔抹杀也。

【钟校】

① 1939.4.28刊《实报》，题为《越缦堂诗》。

# 扪烛脞存

◇1939.5

◇书房一角



陈馀山《扪烛脞存》十二卷，前有蒋子潇序，至民国甲寅始以活字版印行。此系《诗诵》作者之笔记，目录亦颇有意思，殊多期望，但一阅爽然若失，与一般读书人的本领盖无所异也。鄙人读中国男子所为文，欲知其见识高下，有一捷法，即看其对于佛教以及女人如何说法，即已了然无遁形矣。陈氏于此两关都透不过，莫怪不能给予及第分数耳。卷五《艺术脞》中引《鹤林玉露》云，陆象山观棋局，忽悟曰此河图数也，遂往与棋工弈而得大胜，评之曰，可知艺与道无所不通。焦里堂在《易馀籥录》卷二十亦述此事，而断之曰：

此妄说也，天下事一技之微，非习之不能精，未有一蹴便臻其极者。至云河图数，尤妄。河图与棋局绝不相涉。且河图当时传自陈希夷者，无甚深奥，以此悟之于棋遂无敌天下，尤妄说也。此等不经之谈，最足误人，所关非细故也。

此数语极高超，亦极平常，只是有常识耳，而此在世间又甚少有，真真有百年旦暮之感，读之不禁感激。卓吾老子有何奇，也只是这一点常识，又加以洁癖，乃更至于以此杀身矣。适买得《初潭集》三十卷，遂联想及之，使人怅惘终日。

**【钟校】**

① 1939. 5. 2 刊《实报》。

# 千百年眼[1]

◇1939.5

◇书房一角

明末张和仲著《千百年眼》十二卷，评论史事颇有见识。卷三“吴亡不系西施”一则云：

昔人谓女色迷人，以为破国亡家，无不由此。夫齐国有不嫁之姊妹，仲父云无害霸。蜀宫无倾国之美人，刘禅竟为俘虏。亡国之罪，岂独在色？向使库有湛卢之藏，潮无鸱夷之恨，越虽进百西施，何益哉。

案此意盖本于李卓吾，《初潭集》卷三记汉武魏武嗣宗仲容诸人后曾有所发明，有云：

吾以是观之，若使夏不妹喜，吴不西施，亦必立而败亡也。周之共主寄食东西，与贫乞何殊，一饭不能自给，又何声色之娱乎？固知成身之理，其道甚大，建业之由，英雄为本。彼琐琐者非恃才妄作，果于诛戮，则不才无断，威福在下也。

此兴亡之所在也，不可不慎也。

此种特见实在只是有常识耳，正如花红柳绿，个个都应看见，而偏多病眼者，反而把看见的人当作怪物，大是奇事也。

【钟校】

① 1939.5.7刊《实报》。

# 寒灯小话[1]

◇1939.5

◇书房一角



曩读李氏《焚书》，喜其心直口快，思想明达，最所敬仰，而文章煞辣，亦有可畏之处，但见卷四《寒灯小话》四则所记，则其人又是蔼然富于人情者也。如第一段云：

> 九月十三夜，大人患气急，独坐更深，向某辈言曰，丘坦之此去不来矣，言未竟泪如雨下。某谓大人莫太感伤，因为鄙俚之语以劝大人，语曰，这世界真可哀，乾坤如许大，好人难容载，我劝大人莫太伤怀，古来尽如此，今日安足怪，我量彼走尽天下无知己，必然有时还来。乱曰，此说不然，此人大有才，到处逢人多相爱，只恨一去太无情，不念老人日夜难待。

读此节大有悲凉之气，窃意是卓吾生活的极重要资料，只怕识者不易多得耳。我们看《日知录》中论李贽处，便可知顾宁人毫无感觉，只是人云亦云，有如隔巷听人家呼捉贼，便尔跟着大嚷，发挥其优越感而已。一代学者如顾氏尚如此，他更何望哉。

【钟校】

① 1939.5.10刊《实报》。

# 多岁堂古诗存[1]

◇1939.5

◇书房一角

《多岁堂古诗存》，成书选，本八卷，而卷二分上下，实是九卷也。前阅《天咫偶闻》，中录《古诗存》例言四十七则，颇可喜，因求得全书读之，评点不多费笔墨，却多有佳趣，思想尤明达，至不易得。卷七评陈后主云：

> 后主的系词人，倘止携暄范诸狎客为贵游子弟，则文采风流，未始非千秋佳话，乃位违其才，遂致倾败，亦其大不幸也。

又卷八评隋炀帝云：

> 帝之清词丽句与陈后主同工，而浑灏之气时或过之，足压时辈，何恨恨于空梁落燕泥，庭草无人随意绿耶？然亦足见古人虚心刻核无论矣。

平心想来，只是有常识，故说来合于情理，但试看古今来有若干人能说，即此可知是大不容易，值得我们佩服也。《冷斋夜话》卷四记其弟超然论诗语曰：

陈叔宝绝无肺肠，诗语却有警绝者，如曰，午醉醒未晚，无人梦自惊。夕阳如有意，偏傍小窗明。

此虽深许其诗得于天趣，洪公亟叹为知言，但仍牵扯行事，未能免俗，与成误庵相比，犹差一级耳。

【钟校】

① 1939.5.20刊《实报》。

# 思元斋续集

◇1939.5.8

◇书房一角



得《西斋三种》后，稍搜集八旗人著作，此中健者自当推法式善，百龄、铁保虽亦与于三才子之列，抑又其次矣。诗文集颇不少，一时难以悉收，因先以板刻佳好者为限。《苌楚斋随笔》中举高斌《固哉草亭诗》，高其倬《味和堂集》，以为致佳，此二者固亦不恶，近得《思元斋续刻诗文集》乃亦别有风趣。案《八旗文经》五十九，作者考丙云：

> 宗室裕瑞，字思元，豫通亲王裔，封辅国公。尝画鹦鹉地图，即西洋地球图。通西蕃语，谓佛经皆自唐时流入西藏，近日佛藏皆出一本，无可校雠，乃取唐古特字译校，以复佛经唐本之旧，凡十馀箧，悉存于家，伯熙云犹及见之。著有《思

元斋全集》、《续集》。

据所记可知其为非凡人，观《续集》亦正如是。全书皆手写精刻，《东行吟抄》稍工整，作亦平平，《沈居集咏》《枣窗文续稿》二种则用行楷，皆潇洒出俗，诗亦有佳语而文尤胜，虽只十四小篇，足以胜人多多许矣。《二桃杀三士论》、《邓攸弃子存侄论》、《韩昌黎盘谷序论》、《厚葬薄葬论》，均可读，见识通达，文士中不可多觏，若《试金石砚记》、《鳣说》，则又是别一类佳作也。《集咏》自序满是牢骚，而以诙诡出之，颇疑其当初以文字得祸，序首自称于嘉庆癸酉岁十月获谴居东，作序时在道光戊子，文稿序在庚寅，可知其谪居沈阳盖已历十七年矣。查《啸亭杂录》卷六癸酉之变条下有云，“以失察故，革禄康、裕瑞职，发往盛京居住”。然则其获谴乃因林清一案。文盖以穷而工，其诗文之奇气与居沈自当有关，惜未得其前集六种阅之，一证其异同如何耳。《文经》所收文不见佳，盖出前集中者，其不能赏识《续稿》之文，殆亦不足怪也。（五月八日）

龚定庵《己亥杂诗》中有一首，题曰《别镇国公容斋居士》，注云：

居士睿亲王子，名裕恩。好读内典，遍识额纳特珂克西藏西洋蒙古回部及满汉字，又核定全藏，凡经有新旧数译者皆访得之，或校归一是，或两存之，或三存之，自释典入震旦以来未曾有也。

案此与思元斋主人甚相似。定庵既与容斋交好，而盛伯熙又曾亲见思元之校本，则均当无误。惟二人名字同有一裕字，不无可疑。不佞颇疑此本是一人之事，或盛氏所见即是裕恩物，因名近似讹，但是天下奇事往往有偶，故亦未敢随意决定也。（廿五日又记）

# 曲成图谱

◇1939. 5. 23

◇书房一角



偶从纸裹中找出俟堂抄本《曲成图谱》一册，题钱唐夏鸾翔造，无序跋，本文六十五页半，首为图板，以后每半页列二图式，共一百二十八种，图名两两相对，惟其中方背椅之对方无图，当系原缺也。此盖是七巧图之流亚，图板增至十三，凡大小三角四对，大小牙璋形二对，方一，排成各图，较七巧更复杂，而善用不等边形相，故仍具大方之气度。尝见童叶庚所著《益智图》全帙，图样繁富，新奇可喜，但总似乎太细巧些，图板十五块中所谓四象最能见巧，也最是缺点，故觉得反不能及《曲成》也。

夏君列图题名又颇多诙谐之趣，如一幅出腰鼓式灯笼，柄上有钉，题曰《公务》，对页则曰“私窠”，乃是一屋而斜开其门，又“同谐到老”为男女履各一，比《益智续图》之出同样的绣鞋两只，亦更为有意思矣。其模写品物，如虾米蛏干，猫笋蚕豆，皆颇有风趣，盖不独能具韵味，古拙而不方板，惜因此亦令人难以划分排列耳。七巧图简易，然其生命固自存在，重看儿时熟识的莲叶百合游鱼诸图，还觉得流连不忍弃，惟佳谱难得，听月山房《七巧书谱》自序中所云一斋主人真本，凡有一式，必引古人诗句以合其意，读之令人歆羡，不知现今尚有此书存在否也。

（五月廿三日大风中记）



《复堂日记》卷七，光绪戊子年间记有夏凤翔鸾翔兄弟事，鸾翔字紫笙，通畴人术业，诗不多作，高华朗诣，步武唐贤，有《春晖草堂集》二卷，《复堂文续》卷一有序。紫笙之子即夏穗卿曾佑，民国初年曾为教育部社会教育司长，此图谱或系夏氏家藏，俟堂故得借抄一本，世间似尚无流传也。

（六月三日又记）

# 读字书①

◇1939.6

◇书房一角



《雕丘杂录》六云：

> 家君尝侍赵忠毅公，公教以读字书最为有益。余见有名能文章而于字音读尚多讹者，甚矣识奇字为学者第一义也。

《辅轩语》二云，解经宜先识字，注有云：

> 《说文》初看无味，稍解一二便觉趣妙无穷。

今人钱氏《课馀闲笔补》云：

> 每有天下人趋之若狂，而余竟莫名其妙者。葱蒜何味，百世人群以为美。烟草鸦片何物，而世人群以为香。《说文》琐屑，有何意义，而世人尊而敬之，几欲置之四子五经之上。余于此惟有谢不敏而已。

读字书，看《说文》，都很有意思，就只是入门为难耳。钱君谓《说文》琐屑，此正是初看无味，或者如人说磊落人不能注《尔雅》，却不知在草木虫鱼间亦自有趣妙无穷，但如不入便无可奈何也。鄙人常喜人家看字典文法，不但能识字，亦复可能通史。英国有人著书，曰《英语里的历史》，此意亦妙。但是《说文解字》未足以任此，须有人集合甲骨钟鼎大小篆文，自写一册《新文字蒙求》，庶乎其可，而新的大字典亦是必要。如能悠悠然待之数十年，或可有成，但亦或不然，此事正极难言也。

【钟校】

① 1939. 6. 25 刊《实报》。

# 大瓢偶笔[①]

◇1939. 10

◇集外文



从松筠阁取来《大瓢偶笔》八卷，抄本四册，索价甚昂，但却想得之，则以乡人著述故耳。卷首有印朱文曰，会稽章氏藏书，末有朱书题记四行云：

> 光绪乙巳九月，重游广陵，适老友凌子兴家书籍散出，旧抄本于奕正《天下金石志》及此册遂为余有。小阳九日粗读一过，校数十馀字，读毕漫记之。老硕。

此盖是章硕转售物，章氏藏书前只得到所刊《绝妙好词笺》一部，各卷首尾有章贞读书等印三方，今又得此本，上有题跋，更可喜矣。看抄本文字，琰宁均缺笔，当是道光年间所写，去今才百年，不能算很旧，又此书有筠石山房刻本[②]，亦不甚难得，容再求之。

《偶笔》所谈皆关于写字的事，于鄙人殊有隔教之感，唯文章尚佳，亦颇可读，仿佛如阅黄山谷的一部分题跋也。

【钟校】

① 1939. 10. 4 刊《实报》。

②“�石山房刻本”，“筠”原作“窃”。

# 分类诗话[①]

◇1939. 10

◇书房一角



今人著《苌楚斋续笔》卷十云：

> 南昌喻端士编辑新城王文简公士禛《皇华纪闻》、《陇蜀馀闻》、《池北偶谈》、《居易录》、《香祖笔记》、《分甘馀话》六种中论诗之语，分志趣、风雅、感慨、考证、评论、汇编六门，每门一卷，汇编分上下卷，乾隆己酉五月信江枕山亭自刊本。一本名《谐声别部》，一本名《分类诗话》，一人所辑，同时所出，而序文例言两书一字不易，亦无一言言其更名，是真不可解矣。

此书寒斋有一部，即名《分类诗话》，每页中缝鱼尾上悉空白，只存卷数，卷首及序文中书名则是剜补，形迹显然，可知此名乃是后改。其初当名《谐声别部》[②]，例言末一则中云："和声鸣盛，贵谐人心，风雅鼓吹，此为别部"，可以知之。至于改名理由，或者书板归于他氏，嫌其原名太晦涩，故易名以顺俗耳。观其剜补殊不雅观，新名亦笼统，可见非解人所为，《续笔》以为是喻端士自己有此二种刻本，非但观人不审，即察物亦有误也。《谐声别部》原书近来亦得一部，刻印均相同，惟不经残毁，自觉得更悦目耳。

**【钟校】**

① 1939. 10. 6 刊《实报》。

②《谐声别部》，"部"原作"都"。

# 天津文抄[①]

◇1939.10

◇书房一角



中国向来有汇刻地方著述为丛书或总集者，此虽似未免乡曲之见，但保存文献功效甚大，于读书人亦极有便利。近来因搜集徐沅青著作，稍买得天津的总集类书，有《天津文抄》四册，亦是庚申岁金氏所刻，纸墨颇佳，与《屏庐丛书》相同。原书分二十四卷，华少梅编，其子听桥所增订，今裁并为七卷，多所删削，即使后人于义法体例有见到处，以此改变昔人著述面目，觉得亦是得失参半。闻近世有人重刊《戴南山集》，乃倩人篇篇加以斧正，使成为桐城派文，以此例彼，固尚少胜耳。书名原为《津门文抄》，盖拟与梅氏诗抄相对，今改称《天津文抄》，虽云纪实，揆之名从主人之义，亦不无缺憾。华少梅又著有《脞录》二卷，幸得有一册。首尾无序跋题页。有墨笔点窜及书眉批语。看首页碧琅玕馆一印，知是杨庸叟手笔，亦可珍也。

庸叟著有《碧琅玕诗抄》正续各四卷，文集惜不得见，只于《文抄》中录存四首而已。《文抄》刻颇精而校似有疏忽处，卷一胡捷余武贞公议中，主张以周定夫、王玄趾、潘子祥诸人从祀，玄误刻作立字，胡象三盖原籍会稽，故文中尚称吾越也。

【钟校】

① 1939.10.7 刊《实报》。

# 扬州画舫录[①]

◇1939. 10

◇书房一角



鄙人甚不喜皮簧戏以及二胡，推至戏考剧评，亦无不然，盖几于恶乌及屋矣。阅《扬州画舫录》卷五新城北录下，多记戏班事，却颇有可喜处，如一则云：

> 二面蔡茂根演《西厢记》法聪，瞪目缩臂，纵膊埋肩，搔首踟蹰，兴会飙举，不觉至僧帽欲坠。斯时举座恐其露发，茂根颜色自若。

此外小丑滕苍洲，贴旦谢瑞卿、魏二儿各节，亦均有情致。乃知天下事无不可书，只要见识趣味文字三者足以胜之。我辈平日所见者多低级的书，但知考较嗓音，赏玩脂粉耳，谭复堂之《群芳小集》尚未能免，他更不必论矣。李艾塘记景物风俗及琐屑事亦多可取，卷十一虹桥一带的描写[②]，凡声技饮食有十五六节，无不佳妙，有《景物略》、《梦忆》之风而更少作态[③]，故亦遂更为自然，多情味也。

秋冷多闲，摘录数则，庄诵一过，且喜且愧，自己无论如何用心，总写不出这样好文字，若写时又须由会而至不会，则愈益难矣。

**【钟校】**

① 1939.10.11 刊《实报》。

②“虹桥一带的描写”，“桥”字下原有“爪”字，今删。

③“作态”原作“作客态”，删去“客”字。

# 洞灵小志①

◇1939. 11

◇药堂语录



近来专看闲书遣日，得龙顾山人著《洞灵小志》及《续志》，甚为喜欢，盖又可供数日卧读之资也。《小志》刻于甲戌，《续志》则在丙子，去今才三四年，而板刻颇精致，比用铅字洋纸印者更惬心目。近年木刻书不多，但如天津金氏之《屏庐从刻》及《天津文抄》等，刻印均颇佳，与水竹村人各集相似，或是同一系统，若《天津诗人小集》，又嫌稍细弱矣。谈鬼怪殊有佳趣，但须以艺术出之，东坡居士强人说鬼，云姑妄言之，甚能得此中三昧。为说鬼而说鬼，第一必须说得好才行。文章宜朴质明净，六朝唐人志怪最擅胜场，传奇文便已差了，则因渐趋于华丽雕饰，《阅微草堂》与《聊斋》之比较亦正是如此。第二必须无所为，即不讲因果以至譬喻。讲到这里，《聊斋》却又要胜一筹，盖其记狐鬼艳情中有别无用意者，而《阅微草堂》于此全无是处，只是文尚佳，故或可一读耳。洞灵二志若依据此例论其短长，可以说正与阅微五记相同。不佞通读一过，喜其记述大方，又多涉及近人，故颇有兴味，若其鬼神设教之趣旨，与不佞乃全是隔教也。有数处写鬼趣，本于人情，觉得颇妙，如《续志》卷四记许润斋客死广西，魂附家中佣媪，径入厅事②，观陈设丧具，摇首曰何必乃尔。又卷五记李檗子之丧，受吊日黄桐生见李魂方于丧棚下周览挽章，均是。此外所记虽出于今人见闻，实乃陈陈相因，读之殊觉单调，盖此等作料已是甘蔗渣，即使不是吝啬人所嚼过，亦已毫无滋味，做不出什么好点心来也。

【钟校】

① 1939.11.1 刊《中国文艺》1 卷 3 期，原题《谈鬼怪（一）》。

②“径入厅事”，“厅”原作“听”。

# 金陵游记①

◇1939.12

◇书房一角



得《金陵游记》一卷，渔洋山人著，板心下端刻“阮亭古文”四字。考其时当是康熙三年甲辰也。卷中凡游记八篇，题名记七篇，大抵均见于《渔洋文略》卷四，而文字稍有异同。第六篇《六朝松石记》，《文略》不收，馀亦多所删削。《文略》刻于康熙三十四年，渔洋年已六十有二，故文益简劲，但游记得存其少作，又两本异同处有如原稿上改窜之迹，阅之亦极有意思。卷首有小序六，为杜茶村、陆丽京、施愚山、冒辟疆、尤西堂、陈其年之作，王西樵题诗一章，在合集中便不可得见矣。此数文在诸人集中不知收存否，即有之亦极不易见到，因此更感觉原刻单行本之可贵，盖与合集允宜并重者也。阮亭文雅洁，少嫌其欠腴，茶村序称欲撰《金陵景物略》非阮亭不可，恐是过誉。此事须得有见识魄力，阮亭于此殆未能胜。如多写此类游记数十篇，固亦可喜，但仍是文集中物，未必能自成一部著作耳。

【钟校】

① 1939. 12. 14 刊《实报》。

# 旗人著述[1]

◇1939. 12

◇书房一角



想一看金息侯的著作，承友人借给《瓜圃述异》等三四种，也就满足了。这些书铅印尚无妨，却都用洋粉连印，售高价，故不想收藏一份，其所说虽不免多夸饰，亦殊有可取处，值得读一过也。不知怎的我觉得读旗下人的文章常比汉族文人高明，而平常大官的说话也比卑陋的读书人大方，这恐怕是同一的道理。如博明之《西斋偶得》，震钧之《天咫偶闻》，锡缜之《退复轩随笔》，遐龄之《醉梦录》，敦崇之《芸窗琐记》，奭良之《野棠轩摭言》[2]，或见识明达，或态度大雅，文词之巧拙在其次，似反无甚关系矣。《瓜圃丛刊叙录》中有金氏的《满洲老档秘录叙》，又徐世昌序，都还说得过去，惟有一跋，中云“臣纾以犬马馀生”云云，末署“宣统庚申举人臣林纾谨跋”，比较起来便显得很是寒伧。故家纵出了纨袴子弟，仍有点大方气象，不至与跟班混同，此总是实情。鄙人对于旗人何必雪中送炭，亦只是说实话而已。

【钟校】

① 1939.12.22 刊《实报》。

②《野棠轩摭言》，“棠”原作“堂”。

# 野园诗稿

◇1939

◇书房一角



偶从书肆沽得《野园诗稿》抄本，四册三种，稿纸中缝上刻野园二字，存题签三，曰《西清载笔录》、《野园诗集》、《留都集》，各钤二印，一壶卢形，朱文曰“佟雅”，一方形，白文曰“濠濮间想”。卷首无书名，惟《野园诗集》首行下有印，白文云“臣介福”，朱文云“珥笔承恩”，末尾二大印，朱文云“景庵”，白文云“一片冰心在玉壶”。全书末空白半页有题识曰：

右稿三种为满洲介福所著，案《熙朝雅颂集》，介福字受兹，一字景庵，雍正癸丑进士，改庶吉士，散馆授检讨，官至侍郎，有《西清载笔录》、《退思斋诗》、《野园诗集》、《留都集》、《关中纪行集》、《采江小草》、《采茶歌》。今读其诗，颇多秀句，且有见道之言，在满洲人中可谓难能足贵者矣。张芝圃送阅属题，因识数语归之。戊寅九月，退翁周肇祥。

查《雅颂集》，介福诗在卷四十六，所注正同，惟其著作实只六种，盖《采茶歌》乃是集中所录第一首之诗题耳。《天咫偶闻》卷五列记八旗人著述目录，集部中有介福之《野园诗集》等五种，而《西清载笔录》则收入史部，在《槐厅载笔》之前，此亦有误，今据抄本乃是古今体诗九十六首，大都是应制和韵之作，并非散文记录也。《偶闻》卷三云，佟府有野园，介受兹先生福自号野园，即此，至今尚在。佟雅盖即是野园之姓，佟府后为贝满女学校，园不知如何，距震在廷著书时不及四十年，尔时仅存之旧邸第皆已易主矣。

# 大谷山堂集

◇1939

◇书房一角



偶得蒙古梦麟《大谷山堂集》六卷，卷头曾题记曰，此诗集本无甚足取，今从松风堂购得之，因其为震在廷故物耳。卷首有海上嘉月楼印，末页一印曰涉江。此书题页为吴兴刘承幹署，后书戊午仲冬刊于维扬，平常均称为嘉业堂刊本，即所谓《辽东三家诗抄》之一。近阅《瓜圃丛刊叙录》，总目后有金息侯[①]之子关东识语，中有云：

> 忆前岁家在廷先生震钧与我父约刻八旗名贤遗著，编目得数百种，仅合刊《大谷山堂》[②]数集，在廷先生既去世，板归刘翰怡京卿承幹印行。

由是可知此书本是震氏所刊，后归刘氏，我当初以为此本系刘所持赠，今乃知是震生前所印，自钤印记者也。据海上嘉月楼《劬学遗笺》所记，震氏晚年正住在扬州，卷下收有戊午己未数函，惜未曾说及，如不见关东识语，几无从得知此事真相矣。

今通行之《辽东三家诗抄》，所收为李锴《睫巢集》七卷，长海《雷溪草堂诗集》一卷，《大谷山堂集》六卷。《大谷山堂集》有庚申上巳日刘承幹序，有云："同社友唐元素司马始以表章遗献，将合《大谷山堂》并《睫巢》、《雷溪草堂》诸集汇为一编，成兹三种，未及印行而其事中辍，今以其板归余。"而《睫巢集》又有民国十七年戊辰三月袁金铠序云："三家诗抄原椠在吴兴刘君翰怡承幹[3]处，本年春介长白金君息侯梁让归吾奉，保存于京师奉天会馆。"乃知楚弓楚得，板又易主者，而三家之称亦是后起，盖震氏原意陆续重刊，今乃偶然存此三部耳。惟据《涉江遗稿》张志沂跋，震氏殁于庚申之秋，今刘序署庚申上巳日，是时震氏故尚健在，然则关东所云在廷去世后板归刘翰怡之说，似又非是事实矣。一部诗集刻印的事迹尚且如此难查明白，那么别的考证自然更不容易了。

【钟校】

①"金息侯"，"侯"原作"候"。

②《大谷山堂》，"堂"原作"房"。

③"刘君翰怡承幹"，"翰怡"原作"汉怡"。

# 香祖笔记

◇1939

◇书房一角



王贻上虽见识平常，曾请解八股文与缠足之禁，但其论文诗亦有可取处。《香祖笔记》卷一云：

> 《类纂》载武林女子金丽卿诗：家住钱塘山水图，梅边柳外识林苏。郎瑛谓其不能守礼，当出则拥蔽其面[1]。时为食，不觉喷饭满案。

又云：

> 高季迪明三百年诗人之冠冕，然其《明妃曲》云，君王莫杀毛延寿，留画商岩梦里贤。此三家村学究语，所谓下劣诗魔，不知季迪何以堕落如此，而盲者反以为警策。

此二节语皆极通达。鄙人最不喜史论及咏史诗，不特千百年前事不能详知，未便武断下褒贬语，且更怕养成文人习气，轻易裁判别人，以刻薄为能，非细故也。窃意此事当从学塾改起，不令生徒作史论，庶几正本清源之道，虽其效或当在百年后，苟能有效即是大幸矣，百年何足道哉。

【钟校】

①“当出则拥蔽其面”，原无“当”字，今增。

# 列仙传

◇1939

◇书房一角



郝兰皋著《晒书堂笔录》卷三，“诙谐”条下有云：

> 《列仙传》云，马明生从安期先生受金液神丹方，乃入华阴山合金液，不乐升天，但服半剂为地仙（《初学记》地部引）。此语真堪绝倒。

又云：

> 道家者言多荒怪不足辨，今《列仙传》亦无此言。

郝君正论自是不错，但以我所知列仙中却要算马明生为最有风趣，其只愿为地仙，不乐升天，也与鄙意颇相合，鄙人设想地仙之乐自儿时至今不少变，惜不能信有金液可内服耳。读王夫人校正本《列仙传》，所言固多荒怪，而记叙殊可喜，其事亦质素，不令人读之生厌，盖是古人的一种长处。张鲁辈虽是妖法，却胜吕岩十倍，此事言之甚奇，惟唐宋以来的神仙日趋堕落，其记述亦不复足观，乃总是事实也。看《列仙传》中七十名仙人的履历，除自然神异之外，不出服食补导二途，以云高明殆不可矣。惟鄙人窃有取者，以其颠来倒去只是服补脑汁的办法，以行迹近于隐逸，以视后来厕身天阙，星冠羽衣，趋跄拜舞，比出家的和尚更忙者，毕竟清浊迥殊，盖鄙意关门做神仙总较开门做节度为胜一筹也。五斗米道中想也有品级，今不详知，若夫近代道教的典制，岂不即是直抄人间的帝制者耶。

# 太上感应篇①

◇1940.1

◇药堂语录



近来买几种天津的总集，得到郭师泰编《津门古文所见录》四卷，亦颇可喜。卷一有董梧侯著《重修天津文昌庙碑记》，中有云：

世所传《帝君阴骘文》，大者皆六经之渣滓，微者如老妇之行仁，报应多端，义利所不能析也。

编者注曰：

吾见败德之人，妄希福泽，曰吾能诵《阴骘文》数百遍矣，曰吾能施《阴骘文》几百本矣，此记正为若辈当头棒喝。

案《辐轩语》卷一有“戒讲学误入迷途”一条，云：

有一士以所著书来上，将《阴骘文》、《感应篇》世俗道流所谓《九皇经》、《觉世经》，与《大学》、《中庸》杂糅牵引，此大为人心风俗之害，当即痛诃而麾去之。

此诸人意见皆明白难得，读书人志切科名，往往迷惑，所尊奉者，在世俗所谓“四书五经”外，又有“感应”“阴骘”“明圣”三书，如惠定宇且不免，他可知矣。董君以为文昌可祀，而文不必诵，其有识盖不亚于张香涛也。唯鄙人重读《太上感应篇》一过，却亦不无怨词，觉得其乌烟瘴气处尚不甚多。篇中列举众善，能行者是为善人，其利益中只有福禄随之一句稍足动俗人歆羡，而归结于神仙可冀，即说欲求天仙或地仙者立若干善，为恶的罚则是夺算。由是可知此文的中心思想本是长生，盖是道士的正宗，并不十分错。其后经士人歪曲，以行善为弋取科名之手段，而其事又限于诵经戒牛肉惜字纸等琐屑行为，于是遂益鄙陋不足道矣。鄙人素无求仙的兴趣，但从人情上说，见人拜北斗，求延年，此正可谅解，若或以此希冀升官，自不免看不入眼。至于照原来说法，北斗本不管铨叙事务，那还是别一件事也。

【钟校】

① 1940.1.1 刊《庸报》。

# 文海披沙[①]

◇1940. 1

◇药堂语录



《文海披沙》八卷，明谢在杭撰，有《申报》光绪丁丑活字本，今尚易得。《申报馆续书目》《文海披沙》项下云，惟闻先生脱稿后并未问世，继乃流入东瀛，得寿梨枣，近始重返中华。按活字本有万历辛亥焦竑序，宝历己卯幡文华及宽延庚午鱼目道人二序。焦序中有诸子取《文海披沙》刻之南中之语，故并未问世，殊非事实，唯中土传本罕见，《申报》馆乃据日本刻本而重印之耳。寒斋所有日本刻本无幡文华序，而别多万历己酉陈五昌序文一篇，卷末墨笔书曰，天明丙午岁八月二十八日，则是购藏者题记也。计宽延庚午为清乾隆十五年，宝历己卯是二十四年，天明丙午则五十一年矣。

鱼目道人不知为谁，序中有云，校先师遗书，载宁馨儿，引《文海》说。查伊藤东涯著《秉烛谈》卷三，“宁馨”条下引有《文海披沙》语。然则当是东涯之弟子也。序文又云：

> 余喜在杭者，盖喜其气象耳。夫训诂文辞②可以工致，微言妙语可以深造自得，唯是气象自然佳处难以力致耳。

此语甚有理解，在杭见识思想并不一定高超，《诗话》之谈文学，《麈馀》之记因果，尤多陋见，唯《五杂组》、《文海披沙》故自可读，正因其气象可喜，明末有些文人多是如此，鱼目道人之言可谓读书得间，殊有启发的价值也。



【钟校】

① 1940. 1. 17 刊《庸报》。

② 训诂文辞”，“诂”原作“话”。

# 四史疑年录[1]

◇1940.1

◇书房一角



买得《四史疑年录》两册，凡七卷，阮刘文如著。前有阮云台嘉庆二十三年序，著者自序，谭复堂光绪二十一年序，题页后面乃署宣统元年春王月刊。案此盖是榆园许氏旧刻，当成于光绪丙申，十馀年后不知为谁氏所得，乃改刻年月，村俗可笑。卷五中是仪之名凡两见，均未避讳，又每卷撰人题曰仪征女士某，可知其非刻于宣统时也。

录中第一人是项羽，得年三十一，此人的确不愧为英雄。但是看下去，最可叹异的还是董贤，年止二十三，这除了有些王子后妃以外，名人中顶年青的总要算是他了。吾乡金古良撰《无双谱》，“垓下叹”与“恐惊寐”均俨然居卷首。此二人真不可及，而张子房更出其上，此则由于金君黍离之感，与其以文山结末同一意思耳。

【钟校】

① 1940.1.24刊《实报》。

# 三千威仪①

◇1940.1

◇书房一角



佛教戒律本是传而非经，颇似中国的《礼记》，其中有《大比丘三千威仪》二卷，尤为鄙人所喜读，盖其所说又甚类《曲礼》也。如卷上云：

> 夜起读经有五事。一者，不得念我经戒利，馀人不如我。二者，设不利，不得言我经戒不利正为某比丘事故乱我意。三者，不得坐念人恶。四者，设明日欲问所疑，不得说馀，直当说不解者所知而已。五者，不得念言当持是经中语以行问人使穷。但有是念，非贤者法。

此即可以移示中国的读书人。卷下又云：

> 教人破薪有五事。一者，莫当道。二者，先视斧柄令坚。三者，不得使破有青草薪。四者，不得

妄破塔材。五者，积着燥处。

此则朴实细致，虽朱柏庐亦未能说到，令人读之感叹，觉得希有可贵也。大抵古人好处就只是切实，懂得人情物理，说出话来自然体会得宜，后来和尚忙于做法事，读书人应科举，叩头上宰相书，更无工夫来想这些事情，唐宋以来家训毫无《曲礼》气味，正不足怪，即百丈之《清规》持与《威仪》相比，其厚薄亦迥殊矣。

**【钟校】**

① 1940. 1. 26 刊《实报》。

# 习苦斋画絮[①]

◇1940. 2

◇药堂语录



戴醇士著作，旧得有《习苦斋文》四卷诗八卷，同治五年刊，《笔记》一卷，十年刊，《画絮》十卷，光绪十九年刊，皆木板也。后又得《画絮》别本四册，曾题其端云：

> 平常所见《画絮》皆惠年编刊十卷本，今此书只四卷，字画精好，胜于惠刻，而前后无题序，意者或即戴兆春所云，先君于服官吴门时曾裒集付刻数卷者耶。此系吴仲怿旧藏，卷首有海丰吴氏石莲庵一印。

顷读《春在堂杂文》，五编卷七有《习苦斋画记类编》序，叙惠菱舫得《习苦斋画絮》读之而画学大进，又云："然《画絮》一书只刻四卷，尚有《习苦斋画记》十卷，未刻也。”惠氏取《画记》排比，比类相从，付之剞劂[2]，题曰《习苦斋画记类编》。今查惠年刊本中此序固在，且系曲园手书，唯上文所引数语已改为“然其书十卷未刻也”八字，又其后《画记类编》之记亦改作絜字，唯题页篆书仍作“戴文节画记”耳。由此乃知四卷本确系戴氏初刻之《画絜》，盖是十卷之一部分，曲园谓画记别有一书，当为传闻之讹，而惠菱舫所刻改变体例，亦不宜袭《画絜》原名，如序中所称加类编二字，庶几名实相副乎。今只通行十卷本，原刻四卷几已无人知之矣，不佞幸得石莲庵藏本，又于曲园集中见未删改之序文，乃能明白此事颠末，亦正是一幸事也。



【钟校】

① 1940. 2. 13 刊《庸报》。

② “付之剞劂”，“剞”原作“攲”。

# 耳食录[1]

◇1940.2

◇药堂语录



从旧书堆中找出《耳食录》正续共二十卷，坊刻粗纸印，错字满目而文可读。《复堂日记补录》光绪四年十月二十八日云，阅乐莲裳《耳食录》，文采丽密，稗乘中可取者。复堂常阅小说，见于日记，据其批评以《耳食录》为最佳。乐君本能文，文章的确写得不错，虽终未脱《聊斋》科臼，却亦有其佳处。大抵志怪之书要在无所为，若《还冤志》、《金刚经鸠异》标明宗旨者，别是一类，亦无妨碍。《耳食录》亦谈报应，但其纯为志怪而作者多诙诡可喜，如卷一之《邓无影》，卷六之《廊下物》，颇有《诺皋记》之风。又卷五《白衣妇人》一则，迷离惝恍，莫明究竟，后世小说中少见此种写法，实乃是《诺皋记》下卷戴瞽事的翻案，可知乐君受段柯古之影响为不浅矣。唯原文云瞽为诸妇人牵入坑，及瞽出又失其弟，家人恸哭，瞽独不哭曰，他亦甚快活，何用哭也。《耳食录》述少年语曰，彼甚乐，尚何哭为。此则殊有点金成铁之概。文字之事盖甚难言，乐君尚未能辨其中边甘苦，益可知此事之真不易矣。卷六《南野社令》一则记溺鬼因慈心得任土地，虽是劝戒老调，而文情斐娓，无惹厌处，其工巧似出《阅微草堂》之上，盖纪晓岚工于文而主意太显露，使人觉得如吞糖衣丸药，若能味如橄榄或萝卜，虽是用意在润喉清火，亦可吃得有味，乐莲裳此文可为一例矣。鄙人常说说鬼要无所为，其实重要的还是在于文章与态度，假如二者皆诚实质朴，自有其美，虽有所说示，有如个人的宗教倾向，读者亦可以礼相接，或赞或否，均无所嫌也。由此观之，写文章本无一定的规律，无所为固然最好，却亦可以有例外，大抵作者的趣味与见识乃是必要的两重基本，即态度之所从出。古人云，士先器识而后文章，语虽陈旧，实颇有理，盖文章与器识本来是一物之表里耳。

【钟校】

① 1940. 2. 13 刊《实报》。

# 琐事闲录[1]

◇1940.3

◇药堂语录



张林西著《琐事闲录》[2]正续各二卷，咸丰年刊，书本寻常，而近来贾人居奇，以高价始得一部，盖几需十金矣。林西河间人，殆慕其乡先达观奕道人者，亦多谈因果怪异，唯尚质朴可喜，又肯多记琐屑事，不负其题名，如卷上之《苹果枣》与《甜瓜》，续编卷上之《面》，皆一般随笔中所鲜见。续编卷上又有《不入诗话》一则云：

> 先叔祖幼不读书，而聪明颖悟，古近体杂作颇富，惜皆散遗，游幕江南日与袁太史往来，正值《随园诗话》开雕之时，薄其行止，终不肯出稿以相示也。曾云，袁某好相人阴，两三次晤叙之后，必设法窥验，殊为可鄙。

按随园身后是非甚多，窃意关于诗文方面，蒋子潇《游艺录》中所说最为持平，若论其人，则只凭著作想望其丰采者与曾经面接者两方可以有很大的距离，亦可以说都各有道理者也。

林西的叔祖弼亭，据《闲录》中所记，曾向兄索钱不得，携纸锭来焚化，则其人似亦非君子。惟所云随园陋习，当未必尽虚，盖士大夫中常有此等事，尚不如续编《食性》一则中记嗜痰与鼻涕[3]者之尤为少见也。张君记此琐事，虽意在非袁，却亦可贵。鄙人曾从故友烨斋闻知名人逸事三四，自己见闻亦有若干，尚未能振笔直书，留为后世人作谈资，则朴直处不逮前人远矣。



【钟校】

① 1940. 3. 1 刊《庸报》。

②《琐事闲录》，原无“事”字，今增。

③“鼻涕”，“涕”原作“泪”。

# 跨鹤吹笙谱[1]

◇1940. 3

◇药堂语录



顾子山著《眉绿楼词》，凡八种，分类成书，体例颇新。末一种曰《跨鹤吹笙谱》，皆赋其园中之景物，调寄《望江南》，凡六百首，诚如潘遵祁所云，创前人所未有。寒斋别有一册单行本，中缝无谱名，前有艮庵七十小像，盖是光绪庚辰年刻，在甲申总集上则像与题词小有修改，题作七十四岁矣。余又得《跨鹤吹笙续谱》一册，词千九十五首，系毛订批校本，唯只校至五十五页，又多所删削，恐亦不能实行也，末尾题字一行云："辛丑正月忆云读于武林"，小印朱文曰"已庵"，似与批校者又非是一手。东厂图书馆续目中有此书，注云民国二十二年刊本，或者别是一本乎。闻平伯言，幼时曾游怡园，盖至光绪末园尚完好。冈千仞著《苏杭日记》，卷上记甲申闰五月初五游怡园事云：

> 归途过顾艮庵文彬，门陈“肃静”“道台”“翰林”“布政”等朱牌，皆在官时所用。导观其所辟怡园，曲房无阿，间以奇卉异草，澄池虚潭，交以古木怪石，石大者二三丈，岩窦四凿，突怒偃蹇，无斧削之痕，彩笼饲孔雀丹鹤锦鸡诸异禽，未知洛阳名园有此壮丽否？

冠盖游山，昔人所讥，然中国士大夫往往不免，如上文记顾君所陈头牌执事，亦其一例。自公退食，脱冕置几，枕石暂卧，固两不相妨，若乡绅花园门前立清道牌，虽是常事，思之亦自可笑也。



【钟校】

① 1940.3.6 刊《庸报》。

# 九烟遗集①

◇1940.3

◇药堂语录



小时候读《昭代丛书》中《将就园记》，心甚喜之，故至今还记得黄九烟的名字。近有书估以《九烟先生遗集》见示，道光己酉年刊，凡六卷，园记在卷二中，如见故人，喜而留之。但现今重读，亦不见得大佳，惟文中却亦有佳作，桐城派甚恨吴越间遗老多放恣，九烟之可取盖亦即在此。《戏为逆旅主人责皋伯通书》，尽嬉笑怒骂之妙，在嘉道间谐文盛时似亦少如此好文章也。据小引言，此集系依据《夏为堂别集》而加以增补，今查《贩书偶记》卷十四，《夏为堂别集》下附注篇目，则今本乃多所删削，如《岂想庵选梦略刻》一卷，便不复存。五年前在故友马隅卿君处见别集抄本，曾借阅一过，忆有《情窦诗》七律五首，今亦不见。《选梦略刻》只四十八则，手抄一本，尚在箧中。朱日荃弁言云，梦约万计，皆咄咄叱嗟，设想所不能到，兹刻尚未全梦也。按遗集卷一《陶密庵诗序》云，余故有《选梦》一编，纪平生梦中所得诗文联额之属，凡十馀卷。又卷二寄陶嵺公云，仆生平颇多奇梦，尝裒辑梦中所见诗文联额之类，录为十卷，大都自作者什七，阅他人作者什三。盖《选梦》原本甚多，《略刻》只其一部分耳，今并此删去，大是可惜。且后人重刻先世遗集，而肆意去取，亦为不敬。此极浅近事，而世人多不了知，未免可笑也。



**【钟校】**

① 1940. 3. 12 刊《庸报》。

# 存拙斋札疏[1]

◇1940.3

◇药堂语录

罗叔蕴不愧为吾乡杰出之学者，亦颇有见识，其文章朴实尤可喜，所作序跋致佳，鄙意以为近时殆无可与伦比也。雪堂校刊《群书叙录》二卷用铅字排印，虽云仿宋，实不耐观，深惜其不用木刻。旧刻诸书昔曾有之，已多散失，近日始再搜集，如《读碑小笺》、《眼学偶得》、《面城精舍文》，均尚易得，《存拙斋札疏》稍少，不意中却得两本，略有异同，因合订存之。第一本有题页篆书五字，背题光绪戊子夏刊，本文十二页，末有汪悔翁跋。第二本无题页，本文十八页，汪跋后别有自题记，署壬辰仲夏，盖四年后所改订也。本文前五页两本悉同，第二本六至十一凡六页系新增入，十二至十八则与第一本六至十二各页相同，唯末两页中删去三则，补入一则为异耳。又第一本卷头小引署名罗振钰，第二本改为振玉，第一本之末尾有“弟振铭校字”一行五字，亦削去矣。此等异同虽本无关紧要，唯亦颇有意思，如看文章草稿，往往于涂抹添改处可以见其用意之所在。读罗君晚年所为文，常自炫鬻其忠义，不免如范啸风言，令人心疢，此则其一病也。

【钟校】

① 1940. 3. 26 刊《庸报》。

# 姚镜塘集[①]

◇1940. 4

◇药堂语录



余买书甚杂乱，常如瓜蔓相连引，如因《困学纪闻注》而及翁凤西《逸老巢诗集》，因舒白香而及龚沤舸《玉蔬轩集》，因潘少白而及姚镜塘《竹素斋集》，皆是也。其实这些牵连来的大抵亦无甚可观，却终未厌弃。姚集初得一部，系光绪间重刻者，殊不满意，近日买到道光丁亥刊本，乃以旧有者转赠步庵，知其亦有潘集也。龚定庵《己亥杂诗》之六十说及姚镜塘，注云：

> 抱功令文二千篇见归安姚先生学塽，先生初奖借之，忽正色曰，我文着墨不着笔，汝文笔墨兼用。乃自烧功令文。

余前读姚集，见其中时文三卷，无所用之，颇为轻视，殊不知其如此名贵。定庵诗云，此事千秋无我席，故毅然一炬，若然，则余之不懂更何怪乎。《湖州府志》有周学濬所作姚君传，中引《己亥杂诗》注记焚时文事，云时仁和龚自珍负才傲睨，独心折至不敢道其字，称曰姚归安。此盖亦根据杂诗“毅然一炬为归安”一语，而似未免失之速断，诗注中原称其名曰姚先生学塽，其曰归安者只是诗语耳，如云镜塘固不协平仄，即称姚公姚先生[2]亦欠妥帖，自以地名为宜，未必是定称，到处都如此说法。或病琐窗幽一案不免以文章造意境，窃意此正是常有，亦复无妨，若必欲一筐樱桃先给予怀王，不但为古学家所笑，其实即作白话诗者亦未必以为是也。



【钟校】

① 1940. 4. 2 刊《庸报》。

② “姚先生”，原无“生”字，今增。

# 汴宋竹枝词[①]

◇1940.4
◇药堂语录



书贾来，得河南官书局新刻《汴宋竹枝词》一册，板刻不精，纸亦粗疏，均不足怪，唯横摺，阅之未免不快耳。书凡二卷，共诗百首，宝丰李于潢著，前有蒋湘南撰李李村墓志铭，知其卒于道光乙未，盖已阅百年矣。蒋文不见于《七经楼文抄》，首节云，豕怜犬，犬怜牛，牛怜马，马怜龙，凡百七十三言，语殊诙诡，而其后叙述及铭共四百六十言，又极朴实而生动，为余所深喜。我不懂得诗，但竹枝词以志民俗风物，又事属汴京，作者对于风土之变不能无深恫，如小引所言，此则读者虽是风雅外行，亦能赏识也。卷上有句云，相蓝买得葫芦种，才过清明便发芽。注引《过庭录》：黄鲁直曰，某顷见京师相国寺卖大葫芦种，仍背一葫芦甚大，一粒数百金，人竞买，至春种结仍瓠耳。又引《东原录》，俗谓一钱为一金。卷下句云，买得奇方赌不输。注引东坡《志林》，都下有道人坐相国寺卖诸奇方，缄题其一曰卖赌钱不输方，少年有博者以千金得之，归发视之曰但止乞头。从前读《志林》此则，对于千金一语总疑不能明，今得见上引二节，乃始恍然悟，然则我读竹枝词却又得增加知识，古人云，开卷有益，信然。清初之隆仁寺，现今之护国寺，非即宋之相蓝寺②耶，想必仍有卖此种种可意物事者，乃自王渔洋以来未曾多识，以至于今。吾重翻前注，乃益叹宋人之有趣，诚为后人所不能及也。



**【钟校】**

① 1940.4.4 刊《庸报》。

② “相蓝寺”，“寺”原作“类”。

# 绕竹山房诗稿[①]

◇1940.4

◇药堂语录



《绕竹山房诗稿》，馀姚朱文治著，正续共二十四卷。馀姚为会稽邻县，故买得之。诗不甚懂得，续稿中有绝句数十首纪乡土风物，颇觉可喜，唯注中解说常不甚高明耳。卷七《消寒竹枝词》中咏儿童玩具，注云：

> 不倒翁者使人立脚得住，假面者小儿要嬉戏，先蒙面以存羞恶心，吾意古人置一物大约如此。

案《潜夫论》浮侈第十二中云，或作泥车瓦狗，马骑倡俳，诸戏弄之具，以巧诈小儿，以为宜禁，固已过于严肃，今则颠倒的加以道德的解释，其可笑殆更过之矣。

又卷十《夏日遣怀诗》之五有云：

枫树不如丰市好，六书原是有谐声。

注云：

近葺石婆桥庙，余为书额，因改丰市。

盖地名原为枫树，馀姚土音树市同读，因为改题，取利市云。其实据我看来，枫树之名亦大佳，正不必改，改为丰市，尤见得有俗气，近于所谓市井小儿之见矣。

我们读《诗经》，觉得最特别处是其所谓兴，也最有风致。孔子说，多识于鸟兽草木之名，就只是赏识些动植物也大有意思。读书人不能领解此等旨趣，更无怪商工纷纷以兴隆丰盛命名，招牌满街，全是吉利语矣。希望三多九如，本亦是人情之常，但这只可是一方面，今若使其统率一切，把对于自然的趣味都消灭了，学问便无从发芽，此损失不小也。



**【钟校】**

① 1940.4.8 刊《庸报》。

# 林和靖集[1]

◇1940.4

◇书房一角

前日书贾携《林和靖集》来，喜而留之，余非能知妻梅子鹤之诗者，因少时曾有此刻本，故不能无恋恋。查旧日记第七册，光绪壬寅正月十六日，以钱二百文托孙朝升从江南官书局买长洲朱氏重刻《林和靖诗集》二册来，屈指计之已是三十七年前事，思之惘然。本家举人椒生公时为管轮堂监督，讲道学，诵《感应篇》，放生，收字纸。孙朝升即专司收字纸之人，江北人，已年老矣，尝面谀公，老爷行善多，已可成地仙，胡尚未仙去耶，大为公所不喜。余与伯升叔则常请其往城南行脚时代买物事。公厉禁食牛，而孙朝升字纸担中每为我辈藏白切熟牛肉来，在号舍中喝白酒，以盐蘸牛肉食之，殆因系禁物之故，觉得似特别有味也。

【钟校】

① 1940.4.8刊《实报》。

# 冷红轩集①

◇1940.4

◇书房一角



前从杭州买得江宁人著作三部，悉有渔村印记，后又得二书，一为忏花庵刊《柳亭诗话》，一为《冷红轩诗集》，种类不同，然亦均有此印或题记，亦一奇矣。《冷红轩诗集》二卷，词一卷，长白女史友兰氏著，其子麟趾手书付刻，故颇精工，咸丰七年刊，但似不多见，《大愢偶闻》卷五八旗人著述书目中亦未列入。友人有搜集闺秀著作者，余则欲得旗人文集，因连类及之耳。

据序跋言，作者燕山相国寡媳，斌良题词云燕山是其兄，盖即是桂良。斌良、法良均有诗集，桂良则似无之。友兰姓萨克达氏，适得奕赓所著《清语人名译汉》，检之，萨克达下注曰母野猪，此尚有春秋时古风，唯以氏女诗人得无唐突，犹之诗人姓牛，亦终嫌不相称也。

《贩书偶记》卷十八别集类，《冷红轩诗集》二卷，长白女史百保友兰撰，光绪壬午葆真斋刊。《芸香馆遗诗》卷下有和友兰三姊诗数首，附录原唱二首，署名百保，下注友兰，今亦见《冷红轩诗》中。可知友兰本名百保，原集上不书，未审何故，殆至光绪重刊时始加上耶。

【钟校】

① 1940. 4. 15 刊《实报》。

# 稗海纪游[①]

◇1940.4

◇书房一角



偶从旧书估得《稗海纪游》一编，纸敝墨劣，而文可读，价亦不廉，但终收得之，因其记游历台湾事，盖亦不多见也。书共八十四页，纪游居其大半，后附《伪郑逸事》、《番境拾遗》、《海上纪略》三种，题武林郁永河沧浪稿，襄平达纶经圃校刊，首页则题道光乙未新镌，枣花轩主人订。据达纶序云，幼时于琉璃厂得写本，后官秦中，为之付梓，盖在郁氏游台百三十八年后矣。案《野棠轩文集》卷三有赵公行状，达纶为赵尔巽之祖，道光癸未进士，著有《台湾风土记》《枣花轩稿》《经圃日记》等，所云风土记疑即纪游之误。郁永河游台湾在康熙丁丑（西历一六九七），因采硫黄，深入鸡笼番地，所记多险怪可喜，文亦颇佳。其记郑成功遗事虽只寥寥八则，陈永华父女传各一，而语殊翔实。其同行友人顾敷公于永历十三年被掠至台，留居三十馀年，故所据必多可信，且亦颇有推重语，达氏序中称其论郑氏事尤有古良史遗意，可谓有识矣。清末《申报》馆收入《屑玉丛谈》三集中，今亦已罕见，如或杭人有好事者收入小丛刻中，亦是胜事也。

【钟校】

① 1940.4.18 刊《实报》。

# 左庵词话[①]

◇1940.4

◇书房一角



《左庵词话》二册，不记卷数，各册页数自为起讫，惟一册末有跋语六行，姑以此定为上下册耳。下册有一则云：

> 《草堂诗馀》所录皆鄙俚，万不可读。舒白香《词谱》虽仅百首，调多未备，然皆选佳作，足资规模，不枉竹垞当年向钱遵王家巧偷得来。

偶然兴到涉笔，将《词谱》与《绝妙好词》混而为一，张冠李戴，虽是疏忽，但亦事所常有，不足深怪也。龙顾山人撰《清词玉屑》卷五云：

> 许迈孙娱园亦曰榆园，池亭树石，胜擅江左，其佳处曰疏香林屋，曰潭水山房，曰藕船，曰还读书堂，曰莲花诗龛，曰微云楼，山阴王眉叔各谱

《望江南》写之。

其错误亦正相同。许迈孙固亦有其娱园，惟有疏香林屋等之娱园乃在会稽小皋步，盖是秦秋伊之园，戊戌前后屡游其地，微云楼已不能登，潭水山房尚完好，乃只是一楹屋，阶前有一方池，别无甚佳趣也。秦氏于光绪丙戌刻有《娱园诗存》四卷，卷三为《萝赏集》，集录同人题咏诗词，王眉叔《望江南》词共十首均收在卷内，龙顾山人所录盖是王氏《笙月词》，此词适为许迈孙所刻，遂以此误会耳。

【钟校】

① 1940. 4. 20 刊《实报》。

# 七修类稿[1]

◇1940.4

◇药堂语录



郎仁宝著《七修类稿》，文笔拖沓，见识卑陋，阅之闷损，惟卷帙颇富，资料可取，仍不失为明代重要说部之一。卷十五至十八为“义理类”，发挥意见多在此数卷内，但亦偶有佳论，如卷十七“邓攸弃子全侄”一条云：

> 弃子全侄，《中兴书》以其子至暮追及，攸复系子于树[2]。予意子侄皆幼，势难两全，故弃子而全侄，今既追及，则不惟可与之同行，亦知道路者矣。刘须溪以为无是事，喜谈全侄而甚之之辞也，然考之本传及当时人之言皆同，则又实有是情。呜呼，可与同行而又系之树，有人心者可忍之耶，此所以伯道无儿，何天道无知哉。噫，晋

之好名至此极矣。

按邓攸事正与郭巨埋儿是一类，人性有偏至，当时或迫而出此，后世当以悯默处之，不必多论，惟若标榜以为孝弟轨范，则大是害理，俞理初所谓酷儒莠书，不可轻许耳。郎氏以不忍人之心立言，自是正论，惟谓此所以伯道无儿，犹未免有报应之陋见，其实亦只是求仁得仁而已。又归结到晋之好名，亦不对题，盖莠书目的在于私利，于名无所与者也。

尝见启蒙书中引陆陇其著《崇明老人记》，近日读《甘泉乡人稿》，又见其演述为诗，为之不快者累日。老人鬻其四子为人奴，晚年得诸子孝养，唯以赌博度日，此岂非平世莠民？而陆钱诸公盛称之，以为是幸福的父亲的榜样，儒生失理性至于此，则又比较表扬邓郭为尤甚矣。

【钟校】

① 1940.4.23刊《庸报》。

②“系子于树”，“系”原作“紧”。

# 辛卯侍行记[1]

◇1940. 4

◇药堂语录



陶拙存著[2]《辛卯侍行记》六卷，书不难得，而多用毛太纸，近日始得官堆纸印者一部，与原板《求己录》仿佛，亦可喜也。此书记西北地理，间有记事言处，亦殊有理致。卷一记五月十三日出怀庆东门，注云：

> 有郭巨故里碑。按巨虑子分母食，何不托子于友，曲为斡旋，乃欲埋之，则大伤母心，不得为孝，岂可传之丹青乎。凡编训蒙之书，当取切近情理者。向见某书图画故事，首卷即绘唐人元德秀以丈夫生乳湩，乳其犹子一事，此为理所必无，近时童子多狡，以此等谰言示之无益有损。

案郭巨事大悖理，后世亦多非之者，所云训蒙书一节尤为有识，操觚者不可不知。其实不仅是元德秀，即董永亦是一例，《太平御览》中记此事颇详，云引刘向《孝子传》，而冯梦龙的《笑府》与赵梦白的《笑赞》中均录有笑话云，董永行孝，天使仙女嫁之，众仙女饯行，皆嘱付曰，此去下方访有行孝者，寄个信来。此不必待赵君之赞，已知其悠谬，但董永不过使人觉得可笑而已，尚无大害，若元德秀则竟是人痾矣。又卷六记腊月初四日至三角泉，云南山下出泉，成沟，有草地数里。注云：

> 皆旱芦及拳曲之短茨，俗呼刺疙疸[3]，间有席具草，或作息鸡，或作芗萁、集吉、芨芨。戈壁中得水气，只生此三卉，远望芃芃，近视则数步一丛，仍是粗沙细石及碱块，罕有土壤，非独不可耕植，即移他处之草于此亦不能活。大漠不毛十而七八，车中望见荒草，为之一释愁容也。

此记塞外风物，颇有情致，又得之亲历，与耳食者迥殊，书中曾讥评主蒙古屯田议者，龚定庵虽倔强，于此亦当无可争辩也。

【钟校】

① 1940.4.26刊《庸报》。

②“陶拙存著”，“著”原作“着”。

③“俗呼刺疙疸”，“呼”原作“乎”。

# 舌华录①

◇1940.4

◇药堂语录



《舌华录》九卷，明曹臣纂著，采录诸书，惟取语不取事，分“慧语”以至“凄语”凡十八类。昔在人家曾见过不全小本，近年乃搜得大本两部，其一首有万历乙卯潘之恒序，袁中道序无年月，有宋兰挥藏印数方，其二只存袁序，而板刻稍佳，似是原刊本。小时候读《砚云甲编》中《陶庵梦忆》，始知《舌华录》的名字，原文有云：

余家自太仆公称豪饮，后竟失传，余父余叔至不能饮一蠡壳，食糟茄面辄发赪。家常宴会，但留心烹饪，庖厨之精遂甲江左，一簋进，弟兄争啖之立尽，饱即自去，终席未尝举杯，有客在，不待客辞，亦即立去。山人张东谷酒徒也，每悒悒不自得。一日起谓家君曰，尔兄弟奇矣，肉只是吃，不管好吃不好吃，酒只是不吃，不知会吃不会吃。二语颇韵，有晋人风味。而近有伧父载之《舌华录》曰，张氏兄弟赋性奇哉，肉不论美恶只是吃，酒不论美恶只是不吃。字字板实，一去千里，世上真不少点金成铁手也。

今查原书乃不见此条，细看卷三“冷语”第六中间两本均缺一页，乃从友人借上海有光纸石印本阅之，补抄七则，恰在其内。文云：

会稽张状元诸孙四五辈皆不饮酒，善肴物，每至席所，箸下如林，必一尽乃止。沈曼长曰，张氏兄弟赋性奇哉，遇肴不论美恶只是吃，遇酒不论美恶只是不吃②。

卷首列所采书目五十馀部，不知此条出于何书，纵或失实，曹氏可不负其责，惟与张东谷语比较，确有不及处，又以张元汴为会稽人，亦有错误。

【钟校】

① 1940. 4. 30 刊《庸报》。

②“不论美恶只是不吃”，“美恶”原作“善恶”。

# 夷坚志[①]

◇1940.5

◇药堂语录



《夷坚志》全书共四百二十卷，小说家中卷帙为最繁，惜已不全，今只存甲乙丙丁各二十卷，十万卷楼依影宋抄本重刊，流行于世。洪景卢喜编著大部书，内容不免芜杂，《研经室外集》《四库未收书目提要》卷三称其书中神怪荒诞之谈居其大半，而遗文轶事可资考镜者亦往往杂出于其间，评甚公允。丙志卷十八有契丹诵诗一则云：

契丹小儿初读书，先以俗语颠倒其文句而习之，至有一字用两三字者。顷奉使金国时，接伴副使秘书少监王补每为予言以为笑，如鸟宿池中树，僧敲月下门两句，其读时则曰：月明里和尚门子打，水底里树上老鸦坐，大率如此。补锦州人，亦一契丹也。

案此所记盖是汉文对读之常态，但在昔时少所见，不免以为奇怪耳。契丹文字少见，不知中国有人通其读法否，此处尚可想见其句法排列，亦可喜也。平常池中多作池边，契丹语译则说定为倒影水底之树，又鸟译作老鸦，均可广异闻，未必读鸟为乌，大抵在此景色中以乌鸦为更相适软。周松霭辑《辽诗话》二卷，钜细毕搜，此一则亦殊有风趣，不知何以遗失也。

又案《辛卯侍行记》卷一注中论华英文难易，其十一难曰，华文多顺理成章，其倒讲者绝少，英文大都倒讲，如曰尔若干岁，译之为如何老是你也。陶拙存在清末亦是有识者，于此尚未免有倒顺之见，洪君古人，自更不足怪矣。

【钟校】

① 1940.5.5 刊《庸报》。

# 入都日记①

◇1940.7

◇药堂语录



从杭州书店得旧书数种，均颇可喜，此店在清波门内花牌楼，戊戌居杭时曾住在此街，距塔儿头不远，殊有怀旧之思。书皆小品，其一为医俗道人著《俗语指谬》三卷，《杭州白话报》抽订本，木板竹纸，辛丑年刊。其二为钱大昭著《迩言》六卷，光绪四年“啸园”重刊巾箱本，唯与茹氏《越言释》均未收入丛书中，不知何也。其三为《南菁丛书》本《戴氏论语注》二十卷。其四则《入都日记》一册不分卷，不著撰人姓氏，唯读第一页即可知为李圭所著书，记光绪丁亥进京验看引见事，自六月十九至十月十二逐日有记，极琐屑切实可观。记中常及与黄思永相见事，有数处更与《思痛记》有连，如八月十七日条下云，令仆分送子畴慎之诸同乡土仪，火腿各一肘，茶叶各四瓶，《环游地球新录》、《思痛记》各一部。又九月二十三日条下云，慎之读余《思痛记》，悲往日被难之惨不减于余，为加序焉。案《思痛记》一本有黄思永序，署光绪十三年九月下浣，时日正相合。卷末又附到省记事，十月二十九日条下云：

> 申刻登城隍山，访伍公祠，当日在难中题壁诗已不见。前诗云："罡风吹我下杭州，江水滔滔去不休。今日伍公祠畔立，何期吾尚戴吾头。"追忆昔日所遭，犹不禁酸鼻也。

此一绝句亦可补入《思痛记》中，前后相去盖有二十七年矣。李君著作余着意收罗，虽重复亦必收，今于无意中又得此日记，亦大是可喜事也。

【钟校】

① 1940. 7. 14 刊《庸报》。

# 宋琐语[①]

◇1940. 8

◇药堂语录



郝兰皋实在是一个难得的学者。他在乾嘉时代主要的地位是经师，但是他的学问里包含着一种风趣与见识，所以自成特殊的格调，理想的学者我想就该是那么样的吧？近日拿出《宋琐语》来读，这是一册辑录书，早一点的有周两塍的《南北史捃华》，再早是张石宗的《廿一史识馀》，虽然都还可以看得，也只是平平罢了，但郝君的便有点儿不同。小序云：

> 沈休文之《宋书》华赡清妍，纤秾有体，往往读其书如亲见其人，于班范书陈寿志之外别开蹊径，抑亦近古史书之最良者也。

他赏识《宋书》的文章，很有道理，所录凡二十八类，标目立名，亦甚有风致，与《世说新语》所题差可比拟，馀人殆莫及也。本文后偶着评注，多可启发人意，读之唯恨其少。如“德音第一”述宋高祖将去三秦，父老诣门流涕陈诉事，注有云：

> 三秦父老诣门之诉，情旨悲凉，颇似汉祖入关约法时。然武帝此举实非兴复旧京也，外示威棱，内图禅代，匆匆东归，而佛佛遂乘其后。青泥败衄，几至匹马只轮，义真独逃草中，仅以身免，而关中百二仍化为戎场矣。父老流涕，至今如闻其声云。

“藻鉴第二”记何长瑜在会稽郡教读，不见尊礼事，注云：

> 按蔡谟授书皇子，仅免博士之称，长瑜教读惠连，乃贻下客之食，晋宋间人待先生已自俭薄乃尔。近日馆谷不丰，贻为口实，京师人遂入歌谣，良无怪已。

又“谈谐第二十四”引“武二王传”云，南郡王义宣生而舌短，涩于言论。注云：

> 按舌短亦非生就，多是少小娇惯所为，《颜氏家训》谓郢州为永州，亦其类也。

凡此皆有意致，与本文相发明，涉笔成趣，又自别有意思，如舌短之注，看似寻常，却于此中可以见到多少常识与机智，正是大不易及。

【钟校】

① 1940.8.11 刊《庸报》。

# 南园记①

◇1940.8

◇药堂语录



龚良著《野棠轩摭言》卷三《言文》中有一则云：

> 陆放翁为《南园记》、《阅古泉记》，皆寓策励之意，今之人使为达官作文，不能尔也。韩败，台评及于放翁，不过以媚弥远耳，亦何足道。而后人往往讥之，虽曲园先生亦为是言（见《茶香室四抄》）。先生至为和平，持论向为通允，此盖涉笔及之。袁子才独不尔，信通人也。

前见陈作霖著《养和轩随笔》，有云："大抵苛刻之论，皆自讲学家始，而于文人为尤甚，如斥陆放翁作《南园记》，亦其类也。"当时甚服其有见识，今龚氏所言则又有进。讲学家好为苛论，尚只是天资刻薄而已，若媚权臣，岂不更下数等耶。士大夫骂秦桧而又恶韩侂胄，已反复得出奇矣，在数百年之后还钻弥远，益不知是何意思，憩叟揭而出之，诚不愧为通人，或当更出随园之右也。②

古人云，殷鉴不远，在夏后之世，是为读史的正途。向来文人不能这样作，却喜欢妄下雌黄，说千百年前人的好坏，我想这怕不是书房里多做史论的缘故么？外国人做文章便不听说如此牵引史事，譬如英国克林威尔，法国那颇伦，总算史上有名，而且好坏都有可说的了，却并不那么常见，未必是西洋人的记忆力差，殆因未曾学做策论之故吧。无论看哪一部史书，不要视为文料或课题，却当作自家的事看去，这其中便可以见到好些处令人悚然，是即所谓殷鉴，尔时虽不能惧思，也总无暇写厚于责人的史论矣。

【钟校】

① 本篇后又作为《桑下丛谈》之十四收入《书房一角》，但自②以下删去了“古人云……”一段，而加上了一句话：“曲园先生持论通允，而论放翁未能免俗，盖因和平故乃不克为直言以忤世俗耳。”

# 燕窗闲话[1]

◇1940.9

◇药堂语录



《燕窗闲话》二卷，光绪辛卯年刊，题江阴郑守庭先生著，盖其门人辈所编刻者也。卷末附墓志铭，亦其门人所撰，而生卒年月不可考，但记其七十五岁时事，云“明年卒”，如抓云雾。惟查卷上记中举人时自云己未生，乃知其生于嘉庆四年，卒于同治十二年甲戌。中国为传记于此多不注意，“疑年录”之叠出殆亦不得已耶。《闲话》所记悉其半生阅历，不说果报妖异，自有特色，虽大事不出教读、赈饥、讲乡约诸端，但写小时候琐事，亦复朴实可取。有一节云：

> 予少时读书易于解悟，乃自旁门入。忆十岁随祖母祝寿于西乡顾宅，阴雨兼旬，几上有《列国志》一部，翻阅之，解仅数语，阅三四本后解者

渐多，复从头翻阅，解者大半。归家后即借说部之易解者阅之，解有八九。除夕侍祖母守岁，竟夕阅《封神传》半部，《三国志》半部，所有细评无暇详览也。后读《左传》，其事迹已知，但于字句有不明者，讲说时尽心谛听，由是阅他书益易解矣。然所解时有谬误者，读“子罕言利”，误认子罕为宋之乐喜，读《易经》“象曰”，不知为大象小象，误认为舜弟，窃疑所言俱佳，想为舜所化，克谐之后学问大进也。思之俱堪发粲。

余前作《我学国文的经验》一文，曾说以前所读之经书于我毫无益处，后来之能够写文字，乃是全从别的方面来的，这即是看闲书小说。平常我劝青年多学外国文，主张硬读，对于一种文字约略入门之后，便来查字典看书，头一次即使只懂得十之一二，还是看下去，随后覆阅就可懂三四分，逐渐进至七八分之多，那便有了把握了。郑君所说差不多即可为我作证明，古人云，德不孤，必有邻，其是之谓欤。



【钟校】

① 1940.9.2 刊《庸报》。

# 丁巳旧诗[①]

◇1940.9

◇集外文



偶然整理二十年前故纸，于堆中得一纸片，写七言绝句二首云：

天坛未洒孤臣血，地窖难招帝子魂，一觉苍黄中夜梦，又闻蛙蛤吠前门。

落花时节无多日，遥望南天有泪痕，槐茧未成秋叶老，闲缲土偶坐黄昏。

末署曰，六年七月二十一日。以诗意与时日考之，可知是为张勋复辟战后之作。查旧日记，七月二十一日项下只记云：阴，上午雨，终日未霁。但十八日云：得丸善书店五日所寄劳弗尔著《支那土偶考》第一分一册。诗中所缲即系是书，斋中虽有若干六朝土偶，但块然一物，不能缲也。张勋率辫子兵驻于天坛，战败乃只身逃入东交民巷。前门为商会所在地，本事惜不能详，大抵当时多有奇论怪话。第二首云南天何事，今亦已不复记忆矣。其时寓居南半截胡同旧邑馆，院中有大槐树，相传昔有乡人携眷居此，其妾缢死此树下，后遂定例，馆内不得住女眷云。每至夏日，槐蚕满地，穴土作茧，故诗语及之。菖蒲溇人谢甲携妾来避难，馆中人共哄，在院外争执，力竭声嘶，甘乙出而调停，许留一宿，其事始解。乙为内务部司官，为鲁迅之三味书屋同学，常督其幼子读《古文观止》，朝夕出入，遥闻其哀吟声，为之恻然。自己虽曾在书房读过书，殊不知古文之声，其悲切乃如斯也。因槐茧而想起当年的邑馆，牵连书之，事虽琐碎，亦殊可记；廿馀年前往事多如轻尘过目，无复留影，偶得一二事，亦正是劫灰之馀，致可珍重者也。

【钟校】

① 1940.9.9 刊《庸报》。

# 澹庵文存①

◇1940.10

◇药堂语录



数年前得《芸香阁尺一书》二卷，无锡朱荫培撰，读之知其与秋水轩有关，盖尺牍颇受许葭村影响，卷中又有致许又村书也。去年老友覃公以吾乡《平蝶园酒话》抄本见贻，前有朱氏序，云平筠士见属，筠士即蝶园子，为朱氏门人，《尺一书》有跋语，即其所编刻。后得《咒笋园剩稿》，作者傅霖亦吾乡人，又有朱氏序跋在焉。因为这些因缘，我对于芸香阁著作颇想搜集一看，却是不易得，近日始从杭州寄到一册《澹庵文存》，据尹继美跋语，似同治丁卯已经评刻，今内有己巳年遗文，当系殁后重订，只有抄本欤。书凡二卷，存文十七篇，诸人题词称其壮年好为骈俪诙谐之文，后从梅伯言闻义法，乃识宗派。今读一过，简炼可取，而其屈就义法处恒失之略或夸，此盖是桐城派文必然的短长也。《咒笋园剩稿》[2]序今见《文存》卷一中，原本序跋各一，合并为一篇，大加修改，益朗朗可诵矣。尹评云吞吐有神，可谓适当，但如想要在其中采集事实，则远不及原刻二文。如序言卒时年仅三十七，跋言时为咸丰七年十月初五未时，改本均无。又序云遗橐千金，散之立尽，改本乃作万金。跋云，将死，邻左右厌苦之，雨莼曰，朱某必殓而葬我，不汝累也，改本添两句曰，我前世僧[3]也，行将去矣。实的事情削去，虚的增上，皆为行文计耳。一唱三叹，附以教训，文成矣而情益减，良不如《尺一书》中致傅雨莼一札，多大皮囊装得如许愁恨云云，虽是秋水轩调，尚得见多少情意也。其馀各文别无甚意见，读去原自成为一篇古文，后人不必多下雌黄，因无比较材料，好坏说来也不明显，今悉从略。

【钟校】

① 1940.10.8 刊《庸报》。

②《咒笋园剩稿》，“剩”原作“遗”，按前文改。

③“前世僧”，原作“前僧世”。

# 松崖诗抄[①]

◇1940.10

◇药堂语录



《松崖诗抄》一卷，武康李钟撰，抄本，皆近体诗，共一百一首。首页有印，白文云阮亨梅叔，末有墨笔题字一行云："甲子冬日扬州阮亨梅叔敬读于武林抚院之诚本堂"，名字上盖二印，朱文曰仲嘉，白文曰阮亨印，皆颠倒，二之上重盖朱文印曰梅叔，故重叠猝难辨识。卷首夹红纸一幅，似系第二纸，首二字曰钧诲，当系承上文，下云：

> 武康僻在群山中，铨材讽说之士，专务帖括，以习古为大愚。广文髦而好学，其诗又天机清妙，实为此乡所仅有。若蒙夫子题辞奖借，则闻者必踵而起，固陋之俗可以小变。伏求赐以弁言，慰其慕韩之意，则广文幸甚，熊飞幸甚。

此盖是徐雪庐手笔，其上又有草字涂改，其文云：

> 讽说之士，专务帖括，以习古为大愚，今广文之诗，颇似陆放翁，而胸次更无芥蒂焉。王右丞云，非子天机清妙者，岂能以此不急之务相邀，然是中有真趣矣。吾于广文之诗亦云。嘉庆甲子，扬州阮元序。

有白文印云伯元。案阮君编集《两浙輶轩录》，成于辛酉癸亥，此书呈进稍迟，又录例不收生存人，故未能入选。惟潘峄琴编《续录》及《补遗》共六十卷，在九十年后，乃亦不收入，未知何故，岂传抄本不多，采访者未之见耶。徐雪庐著《春雪亭诗话》颇可喜，据小引盖作于嘉庆乙丑，卷中常引故人诗句，而亦不及松崖，然则松崖诗岂真在此一册中欤。余不知诗，惟喜其多真率处，又常言酒，似是真爱饮酒者，与寻常诗料不同。《避地》五律中云，市近亲赊酒，村荒寄卖鱼，句云，酒债急须偿，又云酒债嫌多积，赊盖属实。其自咏广文先生生活之七律有云，喜酒不嫌妻对酌，以诗论不知如何，然此语总之极佳，殆可谓自有其真趣者也。

【钟校】

① 1940.10.16刊《庸报》。

# 钱名世序文①

◇1940.11

◇药堂语录



近年搜集古今试帖诗，留其板刻稍佳者，已得一百馀种，关于唐人试帖者十七，其中《全唐试律类笺》乃独有三种刻本。此书十卷，恽鹤生、钱人龙编，有康熙乙未自序，余所得者其一为乾隆乙卯万福校刻本，有杭世骏序，其二为乾隆辛巳恽宗和改订刊本，宗和即鹤生子也，其三则康熙乙未原本，近日始得到，前有钱名世序，盖人龙为名世之子，序三页惜只存其半，但因此得略知钱同庵之文章与书法，亦大可喜耳。昔曾得王锡侯之《唐诗试帖课蒙详解》十卷，甚自珍惜，今此序文当可居次位乎。

提起钱名世，便令人自然想起《名教罪人》这一案来。《名教罪人》原册存故宫中，今看活字印本，为《文献丛书》之一，很容易见到了。此是天地间一奇书，有缘者大可一看。钱序作于康熙五十四年，《名教罪人》的上谕则是雍正四年，其间只隔了十年的光阴，来了这么一个大转变。钱序之谄奉皇帝与七言诗八首之谄奉年羹尧，赋诗诸臣之谄奉雍正，其实一也。再看雍正初年给年羹尧的甜蜜的朱谕，亦何怪别人献诗乎，但是只许[2]州官放火，原是自古如斯耳。萸召南《史亭识小录》云，名世投诗当在年羹尧入觐之时，是时朝廷褒功颂德惟日不足，词臣一诗颂扬，可谓泰山之微尘，亦似仰希朝指，说的很合情理。命在京大小臣工由制科出身者，咸为歌诗以攻其恶，此正是制科的真用处，深通养瘦马的极意，禛公诚不惜以金针明度与人也。

【钟校】

① 1940. 11. 12 刊《庸报》。

②“但是只许”原作“但只是许”。

# 读诗管见[1]

◇1940.12

◇药堂语录

江叔海《石翁山房札记》卷三有牟陌人《诗切》一则云：

> 栖霞牟廷相陌人，孜孜三十馀年成《诗切》一书，手稿凡六易，大旨谓当劾郑笺，黜卫序，寻博征，申浮丘申培之坠义，顾所改诗序类多影响依附，或凿空臆撰，无所谓寻博征申坠义也。其最可嗤鄙者，如《桑中》刺丑夫欲得美室而不谐也，《有蓷》咏丑妇欲去其夫也，《有狐》童子宦学，其友作诗戒之，以卫多女闾也，《葛生》刺寡妇不谨也，《东门池》观美女戏舟也，《东门杨》咏夜游张灯也，《泽陂》嘲人怕妇也，《鱼丽》刺众客无廉耻而嗜饮食也。说《诗》至此，风雅扫地矣。近人罗慎斋《诗说》尤多创论，至谓"视尔如荍，贻我握椒"为指男女阴。此真诗之一厄。

案江君此说颇有传讹，亡友饼斋尝以问馀杭先生曰，莜何物也？先生曰，大头菜耳。此语至今流传。后饼斋从老铁借得凝斋《读诗管见》阅之，始知所说不实。罗氏原书卷五云，“视尔如莜，谓其色与莜之华同耳。莜华白而浅红，布地繁密，亦秾丽而可爱者。椒性辛温大热，食之走气分而助火。”并未曾指男女阴，江君殆出误记。又罗氏生乾隆时而称之曰近人，亦误。唯凝斋以椒为春药，谓猝投之而强使吞之。又释子仲之子云，子为子仲之丈夫子，非女子也。谓诗咏强暴者于白昼稠人间掠美少年以去，则解亦大奇，惟不如札记之所云耳。牟氏《诗切》不可得见，但其序尚有传本，又罗氏《诗问》中间或引其数语，“视尔如莜”二语下引牟陌人云，妇人相语也。想必别有说法，惜不能得其详矣。《诗切》所说序虽多似诙诡，然亦颇有适切者。如《泽陂》之第三章云：“彼泽之陂，有蒲菡萏。有美一人，硕大且俨。寤寐无为，辗转伏枕。”牟氏解之为陈人怕妇诗，岂不极似？徐读一过，直令人忍俊不禁。此虽未能谓为确解，总不得不说殊有巧思也。

【钟校】

① 1940.12.3 刊《庸报》。

# 曾衍东诗①

◇1940. 12

◇药堂语录



春间偶得《哑然绝句》诗一册，内题“哑然诗句”，“七如道士曾衍东著”，手写木刻，半页六行，行十二至十五字不等，皆七言绝句，每首连题共四行，一页得三首，凡七十七页，计诗二百四十首有半，末尾残缺。首有序云：

> 七如诗句多不成话，却又好笑。以其不成话，便当覆瓿。因其多好笑，搁在巾箱，舍不得遭蹋他了。久之成堆，公然一集。古云，下士闻道大笑之，不笑不足以为道。哑然绝句自序，嘉庆戊辰，七如道士曾衍东。

我读其诗其序文，看其字其款式，如“嘉庆戊辰”四字夹行并写，其图章，如云“曾大诗书画”，“曾先生妙笔”，可知是郑板桥一派，又一印文云，宗圣裔六十七世孙衍东，则是曾子之后也。曾见王西庄郝兰皋所写信，有模仿板桥体者，可以想见其时风气之一斑，只可惜现在找材料不大容易，若此诗集在这一点上颇有价值，若其多好笑读了有趣，又其次也。关于曾君的事，只见方士淦《蔗馀偶笔》中有一则云：

楼未起时先有鹤，笔从搁后更无诗。曾大令衍东题黄鹤楼太白堂楹帖也，超妙之作，足冠斯楼。阮太傅[2]总制楚中，命去之，然早已脍炙人口矣。

今集中有《黄鹤楼》一首云：

楼高多少步楼梯，直上高楼远水低，画鹤鹤飞都不见，大江东去夕阳西。

又有下乡诗云：

丝繐椰竿轿大乘，四围雪亮玉壶冰，村姑不识玻璃面，纤手摸来隔一层。

此盖是居官时作，但不知是何处令君，或者当在两湖乎。曾君圣裔，而喜作打油诗，岂不怕世人之攒诃聚詈耶？此一事亦令我感到兴趣。前见孔传铎所作《申椒集》及《红萼词》各二卷，多隽艳可喜，此人乃衍圣公也，虽是性质略略不同，但亦可谓无独而有偶矣。

【钟校】

① 1940.12.10刊《庸报》。

② “阮太傅”，“傅”原作“传”。

# 右台仙馆笔记[①]

◇1940.12

◇药堂语录



《艺风堂文续集》卷二有《俞曲园先生行状[②]》，末有云：

> 古来小说，《燕丹子》传奇体也，《西京杂记》小说体也，至《太平广记》，以博采为宗旨，合两体为一帙，后人遂不能分。先生《右台笔记》，以晋人之清谈，写宋人之名理，劝善惩恶，使人观感于不自知，前之者《阅微草堂五种》，后之者《寄龛四志》，皆有功世道之文，非私逞才华者所可比也。

缪君不愧为目录学专家，又是《书目答问》的著者，故所说甚得要领，以纪晓岚孙彦清二家笔记与曲园相比，亦有识见，但其实铢两殊不能悉称，盖纪、孙二君皆不免用心太过，即是希望有功于世道，坐此落入恶趣，成为宣传之书，惟以文笔尚简洁，聊可一读，差不至令人唠弃耳。《右台仙馆笔记》十六卷，虽亦有志于劝戒，只是态度朴实，但直录所闻，尽多离奇荒陋，却并非成见，或故作寓言，自是高人一等，非碌碌馀子所可企及也。试以卷一为例，第一则记冯孝子，虽曰以表纯孝，庶几左氏之义，写的落落大方，有古孝子传之风。又何明达、王慕堂二则，写市井细民之高义，可以愧士大夫，而了无因果的结局，近世说部中均极少见。若其记范婉如及扬州某甲女，痴儿怨女之情死，发乎情而不能止乎礼义，乃多有恕词，此则又是儒家之精神，为不佞所最崇敬者也。潮州制柿饼人砍断虎尾，因而获虎，末曰："孔子曰，下士捉虎尾，然下士亦正未易为也。"应敏斋在钱唐江沙洲上见绿色巨人，末曰：

> 《搜神记》载孔子厄于陈，弦歌于馆中，夜有一人，长九尺馀，皂衣高冠，咤声动左右，子路出与战，仆之于地，乃是大鳀鱼。君之所见，或亦此类乎。

此等处骤视似只是文人旧习，所谓考据癖耳，实则极有意思，轻妙与庄重相和，有滑稽之趣，能令卷中玄怪之空气忽见变易，有如清风一缕之入室，看似寻常，却是甚不易到也。卷首附刻征求异闻启并小诗二首，其一末联云，“正似东坡老无事，听人说鬼便欣然”，夫听说鬼之态度有如东坡，岂复有间然，而先生年老又似乐天与放翁，更无些子火气，则自愈见醇净矣。

【钟校】

① 1940. 12. 17 刊《庸报》。

②“先生行状”，原作“先行形状”。

# 方晓卿蠹存[1]

◇1940.12
◇药堂语录



近来旧书大涨价，但比较起来总比洋书为廉，所以还要买些来看。我看书没有专门可以做个界限，只是凭了兴趣，简单的说目的只是想知道罢了，而拉扯开去便有点近于芜杂。时常看见了一部书，随即想找这著者的别的东西来看，结果往往是很花了一点钱，而又大抵看了没有什么意思。买到姚福均的《铸鼎馀闻》四卷，很是别致，于是设法去找了《补篱遗稿》八卷，《海虞艺文志》六卷来。其次是方旭的《虫荟》五卷，续找来的有方晓卿《蠹存》二卷，光绪戊戌[2]刊本。《虫荟》收罗材料颇不少，可以算是关于动物的一部类书，特别是蛇的一部分，读去仿佛是听讲希奇故事，也颇有意思。《蠹存》却是一部怪书，目录共分天文、时令、神鬼、形体、妇婴、食物、植物等十八目，据序言凡因应之大，事物之细，罔不毕具，以广见闻，裨日用，似乎是《万宝全书》之类，而又实是笔记，所以是特别。如时令中多列禁忌，宫室方位，方药亦杂神异，其所主似近于方技，用现代语当称之为非科学的，但因此亦多保存好些旧传承或是民俗的好资料也。神鬼一目颇足比拟《酉阳杂俎》，其说鬼尤多妙语，但不著出处，稍为可惜，所说不必一致，故疑其非出于一源。“水鬼”一则云：

> 鬼作纸灰气，惟水鬼作羊臊气，如人在船中闻羊臊气，急向空写嚣字，则不为害。

按溺鬼作羊膻气，亦见《子不语》，岂已视为水怪故耶，写“嚣”字可以避害亦奇，符咒的心理亦大值得研究，但恐不易得此闲人耳。

**【钟校】**

① 1940. 12. 24 刊《庸报》。

② “戊戌”，“戌” 原作 “戍”。

# 学海谈龙

◇1940

◇书房一角



汤纪尚著《槃薖纪事初稿》四卷，光绪乙酉年刊，有俞曲园序文，后并缩成三卷，为《槃薖文》甲集，以丙戌迄壬辰文二卷为乙集，附癸巳迄乙未所作文为别录，重刻行世，曲园序则已无有，盖序中颇议其文多艰深也。乙集卷上有最录龚瑟人逸文一篇，云已授朱之榛传之，今检龚集补编朱序，果云系汤伯述所编，而序语亦即袭用槃薖文上半，但少改为流畅而已。原文末有云：

> 逸文竟刻，更得《学海谈龙》一书，说郡国山川彝鼎，说金石杂事，皆可喜，小学家伟之，亟写副贶苏州吴副都，人间遂有传本。

案张祖廉著《定庵年谱外纪》卷上云：

嘉庆戊寅纂平生师友言论及所见古物，为《学海谈龙》四卷。

《娟镜楼丛刻》中又有张氏所辑《定庵遗著》一卷，序文之末乃云："所望四方闳达之士，访羽陵饱蠹之简，获《学海谈龙》之编"，则在民国辛酉时此书固未传于世，所云录寄苏州之副本不知浮沉何所也。吴张二君皆吴中人，搜访定公著作又至勤苦，而《谈龙》竟不出，思之闷损。吴副都岂是窸斋耶，若如是则踪迹当亦易易，或《槃薖文》人少见者，乃致失之交臂，亦未可知耳。

# 七巧图[①]

◇1941.1.18

◇书房一角



小时候玩过的书本里头，最不能忘记的要算七巧图了。回想起来，当时所见者只是一册极普通的《七巧八分图》，实在并没有什么好，就是一种坊本而已，但是有些图如莲叶百合游鱼，简洁浑厚，有古典之趣，此所以不可忘也。听月山房《七巧书谱》自序中有云，曾得一斋主人真本，乃吕青先生所序，凡有一式，必引古人诗句以合其意。此书惜未得见，意必有佳趣，求之书肆亦久不能获。

《七巧八分图》十六卷，补遗一卷，此为繁本，仁和女士钱芸吉撰辑，同治甲戌年刊，去今才六十八年，似亦已不易得，商务印书馆有石印本。寒斋有原刻一部，乃从东京得来，朱墨二色套印，颇为精致，而图样平凡，惟全部有千七百馀图，数量甚可观耳。

近日得《信手拈来》一卷，光绪辛丑年刊，自序署桐乡冯汝琪，云侗斋遭庚子之乱，自恨所学非所用，为世诟病，每思覆酱瓿物一无可传，惟《信手拈来》一册乃广《七巧图》之作，推陈出新，自谓有突过前人处。书才六十页，共计百二十图，颇多佳作，每幅题一二成语，隽雅可喜，序中自诩之语盖非过夸也。图中如“郑家诗婢”、“北地胭脂[2]”、“采莲宫女分花了，笑把兰篙学刺船”、“一心咒笋莫成竹”等，均有诗味画趣，大旨其构图妙处近于夏紫笙之《曲成图谱》，题句则似童松君之《益智图》。此二书亦自佳胜，但所用图板太多，易于见巧，不如《七巧》之简单而大方。一斋主人真本不知何如，得见侗斋本，中多可喜，亦已足矣，惟此系成人之书，若为儿童计，则或仍以小时候所见纯朴之《七巧图》为合宜耳。

（　·月十八日）



【钟校】

① 1941. 2. 3刊《晨报》。

② “北地胭脂”，“胭脂”原作“脂胭”。

# 淞隐漫录[①]

◇1941. 1. 30

◇书房一角



数日前从上海寄到几部旧书，其中有王韬的《淞隐漫录》十二卷，我看了最感兴趣。天南遁叟的著述在清末的文化界上颇有关系，其在甲申前后之意义与庚子前后的梁任公差可相比，虽或价值高下未能尽同，总之也是新学前驱之一支，我曾略为搜集，以备检考，这回买《淞隐漫录》的原因即是为此，但是感到兴趣则又是别的缘故。我初次看见此书时在戊戌春日，那时我寄住杭州，日记上记着，“正月廿八日阴，下午工人章庆自家来，收到书四部，内有《淞隐漫录》四本，《阅微草堂笔记》六本。”其时我才十四岁，这些小说却也看得懂了，这两部书差不多都反复的读过，所以至今遇见仍觉得很有点儿情分。当时所见的乃是小册四本，现在的则是大本十二卷，每卷一册各二十页。据《弢园著述总目》云：

> 是书亦说部之流，聊作一时之消遣，而借以抒平日之牢骚郁结者也，其笔墨则将无同，其事实则莫须有，如目为刘四骂人，未免深文周内矣。初散编于画报中，颇脍炙于人口，后点石斋主人别印单行本行世，而坊友旋即翻板，易名曰《后聊斋志异图说》，图画较原刻为工。

此十二册本篇末常有红绿纸痕迹，盖是从画报中拆出订成者，可以说是初印，比小册便览多矣，唯披阅一二卷，华璘姑何蕙仙等虽极是面善，而已无复当年丰姿，此正与重读盛氏本《阅微草堂》相似，今昔之感固亦寂寞，但眼经磨练，犹之阅历有得，不可谓非是进益也。弢园此类著作，尚有《遁窟谰言》与《淞滨闲话》各十二卷，平日见之亦不甚珍重，今之特别提出《漫录》，实以有花牌楼之背景在耳，而转眼已是四十四年，书味亦已变易，他更不足论矣。

（一月三十日）

【钟校】

① 1941. 2. 17 刊《北平晨报》。

# 西厢记酒令[①]

◇1941.2.8

◇书房一角



《巾箱小品》四册，我看见他也在四十多年以前，其面目亦已屡有变易了。最初所见是日本翻刻本，刻工颇佳，不过字的左边有和训句读，可以知道，其次是一部中国刊本，大约就是所谓华韵轩本吧，可是现在都已不存，前者不知何时遗失，后者则于十年前送给别人了。第三次所得，现今还在手边的又是日本翻本，首页有印文云知足斋书画记，不知原系何人之物。此书所收共十三种，第一册为《冬心先生画记》五种，最为世所知，历来重刻冬心题记者差不多都于此取材，此外则《冬心斋研铭》与《板桥题画》也是可喜的小品文章，至今翻看还觉得很有趣味。但是我现在想要说的，却是别一种东西，即《西厢记酒令》是也。本来《唐诗酒筹》亦自不恶，如第一条云玉颜不及寒鸦色，面黑者饮，每见辄令人绝倒。惟唐诗范围太广，稍嫌凌杂，不及《西厢》之同出一书，较为匀称。此令凡百二十条，不著撰人名字，俞敦培编《酒令丛钞》，收入卷四《筹令》中，后又有自著《艺云轩西厢新令》计一百条。《集闲情小录》初集中有《西厢酒筹》一卷，一百六条，汪兆麒撰，若最多者则为东山居士之《西厢酒令》计三百条，嘉庆丙子年刊，远在俞汪之前，但似不多见，故《丛钞》中未说及。酒令本是一种劝酒的方便，最简单的如猜拳拍七之类，迨至用成语作筹，便与灯谜相近，很有文字游戏的意味了。《丛钞》中有四书贯西厢令，其一云，“行乎富贵，金莲蹴损牡丹芽”，这原是一个谜诂，不过现在底面颠倒罢了。文字上的雕虫小技，非壮夫所当为，惟汉字性质上有此游戏之可能，学者亦不可忽视，则此类酒令与灯谜诗钟对联等同是很好的资料也。　　（二月八日）



【钟校】

① 1941. 2. 24 刊《北平晨报》，题作《记酒令》。

# 沮江随笔

◇1941. 3. 22

◇书房一角



《沮江随笔》二卷，朱锡绶著，前有咸丰八年盛徵琪序，盖朱氏为湖北远安县知县时记所见闻也，内容与文笔均佳，可为此类笔记中之佳作。卷下《白菜》一则中有云：

> 余《幽梦续影》有云，真嗜茶者神清，真嗜菜根者志远。粟影师赠句云，神清半为编茶录，志远真能咬菜根。

因从《啸园丛书》取《幽梦续影》查阅，此即是第一则，粟影所拟赠楹帖亦在，惟咬字作嗜。前有潘祖荫序云：

> 吾师镇洋朱先生名锡绶，字撷筠，盛君大士高足弟子也，著作甚富，屡困名场，后作令湖北，不为上官所知，郁郁以没。先生诗集已刊，板毁于

火，他著作亦不存，仅从亲知传写得此一编，原题曰《幽梦续影》[①]。

潘君之意对于此绮语小言似颇不满，惟以不忍使其语言文字无一二存于世间，辄为镂板，以贻胜流，而未知其早有《随笔》之刻，亦大可惜。

序作于光绪戊寅，随笔当刊于咸丰戊午，盖在二十四年前也。潘序称其字撷筠，《随笔》则署啸筠，盛序作小云，当不误，或初字撷筠后乃为作啸筠欤。盛徵琪为大士之子，《随笔》卷上《巨瓠》末有注云，盛稚兰表兄名徵琪，蕴素师[②]之才子也，时同客楚北。然则大士又当是朱氏之舅父也。

（三十年三月廿二日）

朱氏《疏兰仙馆诗集》四册，现有光绪三年丁丑重刊本，有潘祖荫同治十三年序，盖是为原刊本所作。《幽梦续影》潘序作于光绪四年，乃亦未知诗集重刊之事，可见当时消息殊不灵通也。编校时附记。

【钟校】

①《幽梦续影》，"续"原作"读"。

②"蕴素师"，"师"原作"帅"。

# 题影印琵琶记[①]

◇1941. 5. 31

◇书房一角

今春间书客以影印巾箱本《琵琶记》见示，喜而留之。词曲均不懂，何能赏识此书，实只喜其以罗纹纸所印耳。卷首图二十幅，刻绘精密，此当是晚明手工，与本文之刊于明初者距离甚远，盖是藏者或影印者所并入，取合锦之意乎。平伯过访借去，云欲一校，未几以校记相示，乃知有如许好处，具如别纸。不佞翻看过罗纹纸，便已满足矣，若在平伯，可以有好些用处，乃即以进上。时在端午节之前，姑以此代替枇杷，而既不可以食，亦并不可以弹，殆真所谓秀才人情者欤。秋荔亭今不存矣，平伯拍曲之兴致则尚如故，犹如不佞之涉猎杂书，得以永今日。此事思之殊可幸，亦复可慨也。　　（民国三十年五月三十一）

# 尔雅义疏杨氏刊本

◇1941. 6. 11

◇书房一角



《尔雅义疏》二十卷，旧有同治乙丑郝氏沛上重刊本，以前尚有学海堂及沔阳陆氏本皆不全，聊城杨氏足本为此本所从出，但不易得，故平常欲读《尔雅义疏》者止可得到郝氏本而已。近日有书估以杨氏刻本见示，较郝本贵至五六倍，终收得之。此书有咸丰内辰胡珽跋，叙刻书始末，云全稿为高均儒所求得，今书面有题字一行云，己未孟冬在袁浦高伯平手赠，又卷首有印五，一云吴兴世家，一云曾植印信，盖沈寐叟旧藏，亦可珍也。咸丰丙辰至同治乙丑，前后才及十年，而书已至不易得，郝联薇跋云，亟觅原本，在济南晤阳湖汪叔明，欣然以所藏杨氏足本相授，始得付梓，可以见之。大抵道咸时江浙刻书，板悉毁于太平天国之乱，至今成为稀本，其价值往往数倍于康乾板书，杨氏板在苏城，自亦在庚辛浩劫中矣。寒斋此本，不但因为是寐叟手泽故可珍重，且以出于兵火之馀，此意亦甚可记念耳。　　　　（六月十一日记）

# 文章缘起

◇1941. 7. 8

◇书房一角



《文章缘起》一卷，陈懋仁注，方熊补注，列雅书院藏板，卷首有翰林院印，盖是《四库》底本。案《总目》卷一百九十五，《文章缘起》，两淮马裕家藏本，附存陈方两家注，与此正合。序下白文印曰“丛书楼”，少上朱文印曰“结一庐藏书印”，白文印曰“醒梦轩”，本传首行下钤一印朱文曰“彦升”，墨笔小注云，道光壬寅秋得此铜印，附印于此，东卿记。此殆叶氏物耶。卷末有方熊后序，署康熙三十三年甲戌。旧得方氏刻本《陶诗》，中缝下端刻侑静斋三字，与此相同，或谓是咸同时刻，郭绍虞君根据查世标题字，以为当在康熙中，惟不能确定其年岁。今有此后序，便有确证可凭矣。《邵亭知见传本书目》中不列此本，可知其不常见也。（七月八日）

# 迷藏一哂

◇1941. 8. 6

◇书房一角

《迷藏一哂》抄本两册，题签云“祭酒公著，六世孙允灌谨藏”，印白文一字曰灌，不知何姓也。序为《西江月》二首，末署“癸丑立春，时在前岁季冬望后之二日也，春梦生题于与木石居”。案康熙《万年历》，十一年壬子十二月十七日立春，与此所记正合，可知此是康熙十二年癸丑，文中弘字不避讳，盖亦康熙时所抄。全书共谜诗一百首，最初二首为六言，馀皆七言绝句，每句隐花草名各一，全部凡四百种。下册有数首乃是所谓荤谜素猜者，颇多谐诨，此在市井本亦有之，惟祭酒公而为此，乃别有趣味，想见老辈风趣，在康熙时盖尚有晚明的风气存在也。

（八月六日）

# 唐才子传

◇1941.8.10

◇书房一角



《唐才子传》十卷，自昔以《佚存丛书》本最佳，嘉庆中王氏三间草堂重刊本流传最广，近得巾箱本五册，题味古书屋藏板，道光十九年岁在己亥秋七月开雕，卷首录《四库提要》，后有附识，所据亦为佚存原本，署龙溪孙云鸿。案近年影印巾箱《琵琶记》末有题字一行云，“辛亥闰月十九日舟次观，云鸿。”翁松禅附注云，“此孙总戎题字也，总戎雅尚儒术，尝刊香光《笔势论》，今求之弗可得矣。”由是可知即是一人，惟翁氏未提及所刻《唐才子传》，《书目答问补正》亦不载，岂不多见耶。《补正》中列董氏影印日本五山本，寒斋曾得有一册，惟所云光绪间清隐山房巾箱本，惜未能见，颇疑或即是孙氏原板，后为

他人所得，因而改名者，但无所依据，甚愿得一见此种刻本，俾释其疑也。（八月十日）

味古书屋又刻有《小石帆亭著录》六卷，时为道光二十年庚子，此外或尚有所刻书，惜未能见。

（编校时记）

# 柳如是事辑

◇1941. 11. 2

◇书房一角



《柳如是事辑》一卷，题“雪苑怀圃居士录”，题页署光绪癸卯，盖是庚子后三年刻也。所搜辑遗事不少，可备观览。惟所录《春浮园集》中与钱牧斋书一则，此类其实尚多，不知何以不取。集中《读牧翁集》七则之五云，钱牧老语余言，每诗文成举以示柳夫人，当得意处，夫人辄凝睇注视，赏咏终日。此一则更是绝好资料，而亦遗之，岂不大可惜耶。

（十一月二日）

偶阅赖古堂《尺牍新抄》，见采有萧伯玉与钱牧斋书一首，即是《事辑》所录者，乃知其只依据《新抄》转载，盖未见春浮园原书也。（编校时记）

# 题东洋神户日本竹枝词

◇1941. 11. 4

◇集外文

此书刊于光绪十一年，在《日本杂事诗》六年后矣。而见识与趣味均极卑下，殆相去不可以道里计，当是华商之略识之无者欤？诗中多着眼裸浴等事，良由居心不净，故所见亦是滓秽也。

三十年十一月四日，知堂识。

# 竹人录

◇1941. 12. 10

◇书房一角

《竹人录》二卷，嘉定金元钰著，嘉庆丁卯自序，距今不过百三十年，余所得一册已残缺，存上半及卷下十页，惟所缺均是前人诗文，尚无大妨碍。卷上小传三十七篇，所记凡五十七人，皆嘉定之以刻竹名者，亦是工艺史之好资料，而文复雅洁可喜，序言愿得窃附于《印人传》《陶说》诸书，与栎园诸书殆可以相比。金坚斋为钱竹汀弟子，在瞿木夫《古泉山馆诗集》中常有说及，嘉庆庚申有题扇诗，道光庚寅有挽诗，盖坚斋弟为木夫之妹婿，亦与有戚串关系也。民国甲寅义州李放编刊《中国艺术家徵略》六卷，卷二竹类中转录金氏小传全部，而易其名曰《嘉定竹人传》，虽亦名实相符，惟随意改写书名，未免稍失谨慎耳。

（十二月十日）

# 越言释

◇1942. 1

◇书房一角

《越言释》二卷，茹敦和三樵著，余求之二十馀年，共得两本。一啸园葛氏刻巾箱本，凡有两部，以其一赠钱玄同君，二原刻大本，书两卷不分别上下一二，惟镫之卷居前，筷之卷次之，与啸园本正相反，不知何也。巾箱本有道光己酉杜竹庄序云，周君一斋读而悦之，缩为巾箱本，重梓单行，啸园刻本即从此出，或上下分卷尔时即如此耶。一斋公于余为从曾祖行，幼时犹及见其子揆初公，惜所刻书不可得见，盖毁于太平天国之乱，江浙间道光咸丰年刻书常极难得，殆过于雍正乾隆本，即以此故也。

# 越谚

◇1942.1

◇书房一角

范寅啸风著《越谚》卷上《谣诼之谚第七》“九九消寒谣”云，头九二九，相唤勿出手。注云，越呼揖人为相唤，勿出手者冷也。案作揖古有唱喏之称，绍兴称相唤正是此意，如何唱法今虽不可知，唤则犹可解，盖昔时相见必互唤一声，家族中虽不揖亦如是也。陈训正《甬句方言脞记》云，对揖俗称相欢，谓通欢意也，可知宁波亦有此语，惟其解说疑未确，当以唤字为正。又《骂詈讥讽之谚第十六》中有“东瓜雕猪砦”一语，注云“诡随”。幼时常闻祖母说此语，文稍繁而意亦更明显，设为二人应对之词云，“冬瓜好雕猪砦么？好雕的，好雕的”。“猪要吃的罢？要吃的，要吃的”。盖讽刺随口附和，不负责任者也。砦即是槽，家畜的食器，据《越言释》写作寨，若冬瓜本极普通，今作东瓜，当是范君改写，以《五代史》为准欤。

# 蕉轩摭录[①]

◇1942.4

◇书房一角



《蕉轩摭录》十二卷，山阴俞梦蕉著，旧有《申报》馆活字本，因系越人著作，故欲搜求其原刻，通行木刻多是咸丰年刊本，今得一部，乃道光元年刊，当是最早之本矣。活字本有顾丙辉序及自序，均署嘉庆乙亥，案即嘉庆二十年，而刻本中尚多韩廷辉乙亥序，孙光照丁丑序，潘棫题辞七绝三首，沈潮七古一首，例言四则，活字本均无之。又活字本载题词七绝四首，下署失名，刻本则有印章二方，盖即是韩廷辉作耳。俞梦蕉不知其名，今见刻本自序后有墨色印文二，朱文曰梦蕉，白文曰国麟，又每卷题签上均钤一白文朱印曰俞国麟篆，可知此本尚是作者自藏之书也。

《摭录》似系模仿《谐铎》之作，而思想庸陋，文章亦未能超脱，不佞之搜求实惟以乡曲之见故耳，而道光刻本颇佳，翻看一过，比校看活字本时印象要好得多，不但序题有多少不同已也。由是可知板本与内容甚有关系，铅字石印虽是便利，但终不能悦目，故只是便于携带与检查，若为细读久藏起见则仍以木刻为宜，而刻之先后与精粗亦殊重要，未可稍忽视也。

# 和陶诗

◇1942.5

◇书房一角



《和陶诗》以东坡为最有名，曾得民国十一年张朗声等集资翻刻之本，清朗悦目。清代有舒白香、姚春木、孔宥涵诸人和诗，孔集近有嘉业堂刘氏刊本，原刻已不易得。徐兆丰《风月谈馀录》卷三云：

> 《心向往斋和陶诗》二卷，曲阜孔宥涵先生继鑅所作，吴让之先生为手录付梓，可称双璧，余曾得初印本，乱后失之，今所传者皆翻刻本矣。

予于北京得一竹纸印本，卷端有白文小印曰汉军钟广，盖是杨子勤旧物，又从杭州得白纸本，皆是原刻，白纸本尤阔大，但别无印记。壬午冬日又得一册，白纸初印，卷首有朱文圆印曰蘖宧，白文长印曰消沉文字海，卷末朱文长圆小印曰子培阅。王氏序后空白有墨笔题记云：

惜庵先生为下相名士，藏书甚富，予过宿迁拟访之，未果也。今观是文，殊异流俗，以序宥函之诗，可谓双绝已。诗中投赠多予故人，宥函既逝，诸人亦多零落，五官与季重之书真不堪卒读也。咸丰庚申，丹徒庄棫书。

下有白文印曰蒿庵。又题一诗云：

怅触山阳渎，风流事竟乖，安仁不可作，公绪又生埋，遗稿谁相颂，高文孰与侪，佳儿亦我友，拭泪望长淮。

书刊于道光己酉，相去才十年也。予又曾见后印本，虽有破碎漫漶处，而细看乃出于同一板本，《风月谈馀录》所云翻刻本却未得见，不知是何时何人所刻也。

（三十一年五月）

# 谪麟堂遗集

◇1942. 6. 11

◇书房一角

戴子高诗文集各二卷，最初所见为风雨楼活字本，心甚喜之，欲求原刻，得嘉业堂新印本，内有补刊六页，而文集卷二漫漶处尚多有，甚以为恨。又买得旧本两种，价颇居奇，惟徐有壬周中孚诸传仍有残字，但无补刊页而已。近日从小店买来一部，乃始完全无恙，大为喜慰。此集刻于光绪元年，至今不及七十年，佳本已难得如此，岂以板本不良之故，故易于残缺耶。戴君治公羊学，推重阳明，诗文中又常有故国之思，亦是清末之一奇士，刘申叔邓秋梅诸人曾加以表章，近三十年来渐就沉晦，后生恐将不复能举其名字，此亦深可叹息者也。（六月十一日）

# 恒言录

◇1942. 6. 15

◇书房一角



昨日以六金买得《恒言录》二册，可谓廉矣。此书原有一部，乃十年前从修绠堂得来，照例极贵，书上记有年月，但不书钱数耳。惟凡有可喜之书予见即复留之，有重出二三者，今买此书亦为是故，阅之却复有所得，盖虽同一板本而又有殊异也。旧本题阮长生序，今改作常生，本文中长生案云云亦悉剜改，惟卷末有三处仍作长生，又元字旧缺末笔，今亦补足，间有遗漏未补者散见各处。阮长生不知何时改名常生，乃一一剜改旧文，可谓不惮烦矣，至补足缺笔字，则又何耶。旧本只末页题曰，“后学甘泉阮鸿北渚仪征阮亨梅叔校”，今于目录后添刻一行云，“仪征阮亨仲嘉校”，或者此本校改乃出仲嘉之手，以避家讳为无谓，为之改正，亦未可知。此等板本之变更其事甚微，却亦甚有意思，值得查考记录者也。

（三十一年六月十五日记）

# 列仙图赞

◇1942. 6. 16

◇书房一角

中国画列仙者向来无甚好手，近世竞称任渭长之《酒牌》，但细看亦只是配景见长，若仙人本身但是其间一部分，且亦不大见得若何仙气也。日前偶从书贾得日本释寂照所作《列仙图赞》三册，安永庚子刻，后归芸草堂印售，却颇别致。每册各四十图，图中大抵一人，略如绣像，只偶有所执持跨坐而已，其最特别处则仙人容貌多奇古或枯槁衰老，如广成子老子黄石公诸人。酒牌亦有之，而二者极异。凡人固不得见真仙，但如以白云观老道之例推之，即或延年而未必能驻颜，则此所图写者或反近真，亦未可知耳。中国神仙家大约可以分作两派，其一禁欲的，辟谷导引以求不死，与印度外道仙人稍相近。其二服金石以至御女，可以说是纵欲的，秦皇汉帝以来信徒不少，观于举世艳称吕岩，可以知之，吕仙图像固俨然一多福多男子之员外相也。写枯槁的仙人，中国竟已无此观念，即萧山任君亦未着手，思之亦可惜事也。

（六月十六日）

# 越中金石记

◇1942. 8

◇书房一角

《越中金石记》十卷，山阴杜春生编录，道光十年詹波馆刊，因印本流传不多，市价颇高，曩得一部，在二十金以上。近年得见新印白纸本，末有陈遹声吴隐二跋，吴跋署己未仲秋，盖是民国八年，有云：

> 是书以道光庚寅付梓，距今九十馀年，传本稀如星凤，乡邦之雅故，翰墨之伟观，惧其久而失传也，拙藏有初印精本，爰与同里陈丈蓉曙，吾宗善庆，集资重付剞劂，以广其传，阅数月而工竣。

似是近日重刻，而翻阅书中断烂处比比皆是，因知此实是原板新印，非新刊也。其实修补旧板印以行世，亦何尝不是好事，如会稽徐氏之小李山房本《札朴》是也，今观漫漶之处并不补正，虽自称新板，实则一目了然，即欲欺近视者亦不可得。《四库简明目录标注》卷五，《观妙斋金石文考略》下云，道光丁酉盛氏印本，原雍正中刊本，盛氏得其板片，诈为重刊，正是同一的例，此等事盖亦古已有之也。

# 王见大本梦忆

◇1942.8

◇书房一角

《陶庵梦忆》“砚云甲编”本一卷，王文诰本八卷，皆乾隆中刻，王本重刊入“粤雅堂丛书”中，时则咸丰己卯矣。近从杭州得王氏巾箱本，有王文诰道光壬午序，云甲寅雕板已失，爰重授之梓，惟原刻纯生氏案语已悉不存。昔读《复堂日记》，云《梦忆》以王见大本为最佳，初得甲寅本以为是矣，今始知乃是指此本，盖壬午序自署王文诰见大，甲寅本则只题页有一印，白文曰见大二字而已。

余所得者为海宁邹存淦氏旧藏本，有印章六枚，第七八卷系邹君手抄，后有题跋。邹君又著有《修川小志》一卷，手稿未刊，余亦从杭州得之，中有浮签署男寿祺谨补，乃知其为邹适庐之先德。丁丑兵火延及两浙，故家图书多散失，偶从估人购得一二，间一披览，但有怅惘，惟邹君手泽于无意中乃获得数品，亦是有缘可喜慰也。

# 樵隐集①

◇1942. 10. 5

◇书房一角



《樵隐集》五册，丹徒李遵义著，刻于民国癸亥，诗文杂著凡九种，殆因印书不多之故，市价奇昂。但一借阅，以个人偏好论之，则其中亦只《毛诗草名今释》,《鱼名今考》二种一册，差可取耳。《诗存》三卷中，《山居杂事》《岘南杂兴》等绝句四十馀首，写农家风物，亦有佳句，作集序者称其书确为农家云云，诗中只此可为左证，其馀都浑不似矣。《诗存》中有《哀发吟》七解，词既荒恶，而宝爱辫发，有类失心，似竟不知辫之历史者，可谓异事。大抵前清遗老惟知模拟明末隐君子而不能辨别情事之殊异，《西江诗话》载黎祖功诗，我颈不屈如老鹤，我发已剪如秃鹫，固堪称强项有骨气，今乃曰，虎豹犬羊一齐鞾，髡奴吾民何罪恶，此岂复成语耶。文人弄笔，纰缪时亦难免，惟赖其益友为校订厘正之，今观诸序亦多梦梦，则自无望矣。古人云，士先器识[2]，正非迂谈，但翻阅别集，深觉此事大难，结果只能反求诸己，惟读者有器识，乃可杂览，虽不希望拣金，披沙之能则不可缺者也。吴街南《读书论世》卷十二“金代”一则云：

> 建炎初金人禁民间汉服，令髡发，不如式者杀之。真定太守李邈被执三年，使髡发，大骂，挝击其口，犹吮血噀之，遂遇害。前此北魏孝文用华服，契丹破晋，令华人华[3]服，契丹人仍契丹服，自服通天冠绛纱袍，元入宋亦无改服之令，独金人不如式之令何严耶。

《读书论世》以是被禁毁。前后才二百年，街南之书几不可复见，后人乃盘辫而大言，亦宜也。

（十月五日）

【钟校】

①“士先器识”，“先”原作“多”。

②“华人华服”，“华”原作“法”。

# 二十七松堂集

◇1942. 11. 10

◇书房一角

廖柴舟《二十七松堂集》以前只有日本翻刻十六卷本，首有文久壬戌盐谷世弘序，即清同治元年，此板似至近时尚存，故书甚常见，每部十册售价才二金耳。今年偶从杭州得原刻本，凡九册，计文十八卷，诗六卷，似系康熙时刻而后印者。与日本刻本比较，卷首朱藁序及自序均相同，独多乾隆三年高纲序，曾璟撰传注云载《通志》，盖是后来所加。文卷一至十六亦同，惟有两篇题目上剜去三字，日本刻本不缺，可知所据为早印本，至于此处朱吟石之名为何有违碍，则未之知也。卷十七为《四书私谈》十八则，《答客问》五则，《山居杂谈》六十五则，卷十八则为杂文，编列颇凌乱，诗集六卷而题作卷十七至二十二，原来与文集并算，及文集添刻两卷亦列为十七十八，故看去乃似重出也。书系原装，每卷首页有朱文直行印曰“戴同寿藏”，馀别无印记。（十一月十日）

# 憩亭杂俎

◇1942.11.10

◇书房一角

庚辰旧除夕得常熟鸽峰草堂抄本《憩亭杂俎》二册，海宁许树棠著，凡文三十七篇，末附《十二禽言》，目录未列入。所收皆游戏文章，其位置在尤西堂缪莲仙之间，《海昌备志》曾著录。案海宁郭尧臣著《捧腹集诗钞》一卷，啸园葛氏刊巾箱本，为《闲情小录》之一，蔡绍周著《怪吟杂录》二卷，今存勤艺堂邹氏抄本，自署武林，似此类著作多出杭州，如在江南则须推苏州也。据卷首孙清所录小传，憩亭嘉庆戊辰举人，己巳进士，壬申卒，年二十八，又夫妇生卒均同时日，亦奇事也。案《续夷坚志》卷一“任氏翁媪”一则云，定襄沙村樊帅所居，说里中任实洎其妻张氏七十三岁，同年月日时生，复同年月日时死，古今所无有。今得许氏夫妇，可谓无独有偶，然亦太是偶然矣。（壬午立冬后二日）

# 栖云阁诗

◇1942. 12. 8

◇书房一角



《栖云阁诗》十六卷四册，旧布帙题签下注云，“高南阜手跋，癸亥五月得于胶西故家。”第一册书面上有题字四行馀，文曰：

> 淄川宗家少司寇公念东先生刻集，其文孙绎常弟于壬戌三月廿五日邮寄至，越五日左手识存，翰。

下有白文方印，似是“西园图书”四字，题字左下方有二印，文模糊不可辨。目录后有题字八行云：

> 余向随先大人于淄川时，曾一遥瞻司寇公丰采于栖云阁，又十馀年再入淄川，逢其文孙绎常弟，留榻阁上，复数晨夕，今寄诗至而余老病竟无人理，追想陈迹，何胜惘然。壬戌二月重病左手记。

案高南阜卒于乾隆八年癸亥，年六十一，此为其一年前，计距今正二百年矣。高君左手书画真迹未得一见，今于无意中乃得其手书十馀行，亦大可喜，至于高念东诗亦复别有佳趣，则是别一事，抑亦其次也。

（十二月八日）

# 陈授衣诗

◇1942. 12. 10

◇书房一角



潘清撰著《挹翠亭诗话》卷一云：

> 《韩江雅集》，全谢山为序，《田家杂兴》题，陈授衣云："儿童下学恼比邻，抛堶池塘日几巡，折得花枝当旗纛，又来呵殿学官人。"闵廉风云："驴背田翁傍晚回，绕身儿女笑轰雷，城中完纳官租了，带得泥婴面具来。"数诗描写难言之景，可谓体贴入微。

寒斋适有陈氏《孟晋斋诗集》，乃取出翻检两过，尽二十四卷中不见儿童下学之诗，殆未编入集中也。但别又找到几首说及儿童生活，亦均可喜。卷十二《苦雨》云：

> 水田高下没青秧，一月无多见太阳，儿女不知调

燮事，绿窗苦怨扫晴娘。

又《清明二首》之一云：

燕子低飞掠草烟，城隅绿浪系红船，溪童三五趁朝雨，偷折柳枝来卖钱。

卷二十《上巳偶书》云：

清明杨柳重三荠，采折儿童竞卖钱，可惜一离烟渚畔，竟随葱薤市门前。

此种景象其实并不怎么难写，只是平常诗人看不上眼，不肯收拾来作诗料，故极少见耳。诸诗中仍以下学一绝为最有意思，因其主意即咏儿嬉，与他诗之偶用作材料者不同。《宾退录》中载路德延《孩儿诗》五十韵，亦是难得之作，唯每句只咏一事，有如百宝衣，少有贯串耳。

# 清诗初集

◇1942.12.10

◇书房一角

《清诗初集》十二卷，蒋玉渊选，康熙二十年辛酉自序，乾隆时列入禁书目。所选有方孝标诗三首，即卷七卷九及卷十二，五七律七绝各一，殆亦是违碍之一原因欤。李文石著《旧学庵笔记》中有“方楼冈诗”一则，录其手书仿唐人拟古乐府百首之三，云方楼冈集已奉旨销毁①，其诗与书至不易得，三诗颇有唐贤气息，与褐夫古文可称二妙也。予不知诗，未审《清诗初集》所选者如何，但因此而方楼冈之诗共得有六篇，亦大是好事也。（十二月十日）

【钟校】

①“云方楼冈集已奉旨销毁”，“方”原作“按”。

# 印人传

◇1942. 12. 10

◇书房一角



周栎园《读画录》四卷，《印人传》三卷，赖古堂原刊本，于市上分两处得来，而大小如一，可以合装一函，亦可喜也。《读画录》无印记，《印人传》卷一有白文印曰，汉阳叶名澧润臣甫印。此书旧有风雨楼邓氏合刻本，白纸铅印，亦颇明净可读，今得原本，自更可珍重耳。栎园平常虽喜骂竟陵派，而究系明末人，流风馀韵固亦尚在，所著书如《闽小记》、《因树屋书影》各种，均颇有风趣，此二录虽谈画与印，而不涉艰涩，多记性情事迹，盖实以传记为主而艺术为副也。

《印人传》卷一书许有介自用印章后云，君大腹，无一茎须，望之类乳媪，面横而肥，不似文人，字画诗文恒多逸致，见其手笔者拟其貌若美好妇人，亦异事也。又云，翻阅诸章，如见君鼓大腹，以巨觥合面上时。此与印章或无甚关系，惟描写极妙，读之真觉得此中有人，呼之欲出矣。又书文国博印章后云，公左目虽具，而不能视，如世人所云白果睛者。此种写法亦非普通所有，却是关于文寿承的难得资料，甚可贵也。

卷二书黄济叔印谱前，录其致济叔小札两通，惟阅《尺牍新抄》卷十二，此札具在，而署名周圻，字百安，抚州人，著有《尝实堂集》，则自别有其人，不知何以混合，岂栎园不欲自表暴，故借用其宗人之名耶，疑莫能明也。同日记。

# 左腴周氏刻本[①]

◇1942. 12
◇书房一角



《左腴》十四编，系讲《左传》之书，分上中下三卷，会稽潘希淦著，有道光戊申杜煦序，男尚楫序，同年十二月刊，下卷末页有字一行曰，年再侄周以均命男锡祺校刊，中卷末又署孙婿周以墉鸿卿校刊，此盖是覆盆桥周氏刻本。书估索高价[②]，以其为吾家故物，乃收得之。潘跋云，去夏沈墨庄周一斋纂修县乘，购访遗书，查道光《会稽县志》稿，艺文部分已缺，卷十七人物儒林下有潘希淦传，语多与杜序相同。一斋公为曾祖八山公之从弟，曾重刊《越言释》，鸿卿公则曾祖之同祖兄弟，即花塍之父，同治壬戌死于寇难，谱载名之镎，以墉之名反不著录。

【钟校】

①“左腴周氏刻本”，“左腴”原作“左腹”。

②“书估索高价”，“价”原作“物”。

# 癯鸥戏墨

◇1942

◇书房一角



天津徐沅青著述，余所得者有《医方丛话》八卷，《宋艳》十二卷，近又得其《敬乡笔述》八卷，则民国三十一年新刊，用蓝印者也。卷末徐世章跋有云，有《癯鸥戏墨》，文体骈俪，见公《蝶访居诗集》自注，而传本迄未之见。《戏墨》昔年曾得一册，当时同买得者尚有樊文卿之《津门小令》，因从书堆中检出重阅，则题页后大书光绪乙酉年春二月津门蝶园雕板，与《宋艳》等相类，惟其时只见署名津门东海癯鸥撰，知为天津徐姓，不曾细考也。书凡二卷，有诗星阁主人骈体序文。卷一为集《桃花扇》及《燕子笺》句酒筹各百五十支，骈体序记书共六篇，卷二为书扇屏二则，集唐人及姜白石句诗共四十九首，《蝶园词曲》十六首，《花间楹联丛话》十三则。徐跋云，又《酒筹谱》一种，张君君寿仅获一见，即已为南省士人购去。案此或亦即是《戏墨》，因为卷上全部差不多是酒筹也。诗星阁主人不知为谁，《笔述》卷八记张笨山著书中有“星阁集”，高彤皆注云，星阁当作诗星阁，然则此作序者其殆是张氏后人耶。

# 名人书简抄存附记[①]

◇1943. 1. 6
◇药堂杂文



去年秋天偶从杭州书店得会稽李氏藏书简三十三纸，整理之乃越缦老人家书两通，潘伯寅书廿七通，据云郑盦字不值钱，故此二十九纸较四纸家书为廉，才及三与四之比耳。夜坐无事，因录出之。潘书无年月，姑以内容略为次第。李书皆系月日，但查《荀学斋日记》十集，自光绪己卯至己丑凡十一年，不见记事，或当在为樊山所没收的数册中耶。家书之一详语气疑是致其夫人者，唯日记中曾有寄二妹或三妹书之语，亦未敢定，姑如文录之。潘书大抵寥寥数语，虽只是平常的小简，而即此可以窥见二人交际情形之一斑，不失为有趣味的资料。《越缦堂日记》己卯四月初五日条下云，得伯寅宫保书，其后录有答书，中云，又叹《鲒埼亭诗》甬上无人为之重刻，此与潘书第九所言相合，可以考见时日。又记四月二十九日上谕，以工部尚书潘祖荫为刑部尚书，由是可以推知第二五书当作于庚辰辛巳，而第二七书或是任工尚时所作欤。如能细查日记，必有许多材料，可相印证，惜无此馀闲，念之怅怅。又有潘伯寅致吴仲怿书，凡百十馀纸，多谈金石，亦颇可喜，当俟有暇再抄录也。

民国壬午小寒日，药堂记。

【钟校】

①《名人书简抄存》原含“甲李越缦家书”两通，“乙潘伯寅与李越缦”书廿七通，今只录其“附记”。

# 北大文学发刊词[①]

◇1943.6

◇集外文



国立北京大学文学院于民国三十一年六月由本院学生生活指导委员会决议，为鼓励同学研究起见，编刊《北大文学》，暂定年出四期。《北大文学》乃北大文学院刊物之一，并非普通杂志。又其宗旨在于供给本院同学发表作品，不收外稿。本院现有五学系，故其内容亦包含哲学史学中外文学各部门，不以文艺为限。本刊性质因此本甚明了，但因名称关系，不免有被误解为文学杂志之虞，而撰稿者以兴趣所至或亦不无偏好，与本来鼓励研究之宗旨未能尽符。用特叙述发起经过，作为本刊发刊词，以冀将来共勉云尔。

【钟校】

① 1943.6 刊《北大文学》第1辑。

# 左庵诗[1]

◇1943. 8

◇书房一角



《刘申叔遗书》近已上市，因购得一部，铅印白纸七十四册，价颇不廉，闻且有上涨之趋势，至其原因则未详也。申叔卒于民国八年，十五年后宁武南氏乃为编刊遗稿，及钱玄同君参与编订，常来谈及，始知其事，盖已在民国二十四五年顷矣。当申叔避难居东时，余亦在东京，曾数为《天义报》撰稿，惟终未相见，后来同在北京大学教书，除在校遇见外亦无往来，对于申叔绝学不能了知，故亦无悔，但于编《遗书》时余亦得有一二贡献，殊出望外，如《鲍生学术发微》，是亦寒斋之光荣也。买到遗书之后，无意中却又得到几种申叔著作的刻本。其一是《周书补正》六卷，后附《周书略说》一卷，板心下端刻“左庵丛书”四字，题页为秦树声著，未记刻书年月。案《遗书》中所收《周书补正》据总目注明系用抄本，在后记中亦未说及曾经刊刻，但取两本比较，别无大异，后与赵斐云君谈及，则所云抄本即是赵君手笔，昔年在南京据刻本移写者，乃知此刻本实是祖本，其无异同宜也。（其偶异处恐是遗书校字者之误。）其二是《左庵诗》一卷，题页书辛未八月，李植署，背面云华阳林氏清寂堂刊。前有林思进“校刻左庵诗序”，时为辛未，目录后又有癸酉题记，盖初刻于民国二十年，至廿二年补刻十九首，别有自序，乃无年月。《遗书》中《诗录》四卷，为玄同所编定，卷二即名《左庵诗》，系据刘氏家藏抄本编入，后记云，《匪风集》与《左庵诗》似皆有刻本，但从未见过。后记作于廿五年五月，刻本早已出版，卷首有朱印曰成都茹古书局印行，可知亦是发客者，不审其时何以不至北京，不克供编集者之参考，而余乃于无意中得之，奇矣。刻本系根据申叔自订本，与《诗录》相较，除续刻十九首外，全本相同，惟《诗录》有阙字，《从军行》之二第三四联原文云，“为惜卿忧惕，愆我瑶华遗，鸿鳦递南北，且舒刀环思。”今缺“为惜”至“鸿鳦”十二字，借刻本得以补正，亦是可喜事也。玄同为申叔编诗文集，备极辛勤，而未及见此二刻本，念之怅惘，今乃归于余，得无有明珠投暗之叹邪。

【钟校】

① 1943.9.1 刊《古今》30 期。

# 河渭间集选[①]

◇1943.8

◇书房一角



《河渭间集选》[②]十卷，钱价人撰，魏耕序。此书一见似亦寻常，偶于北京市上得之，却甚可珍，亦可喜也。案杨凤苞《秋室集》卷一钱瞻百《河渭间集选序》云，嘉庆甲戌戴比部金溪得之吴山书肆，不知瞻百出处，介许武部周生以问余，为据旧闻疏其大略以复之。钱瞻百为允武族人，与魏雪窦为友，及康熙辛丑允武为孔孟文首告，瞻百亦为吴之荣所构，谓其连络山海，妄思吹烬，为之主谋，至壬寅二月三人遂同及于难。集中纪年至己亥止，是刻成未几而被祸，故流传绝少。杨君在百二十年前已如此说，余今乃得见，不可谓非眼福矣。魏雪窦遗文除此集序外恐已无有，《集选》诗题常及魏氏，卷二有《春暮拟陶和雪窦》，惜原诗不可得见。《竹垞文类》卷三有《梅市逢魏子》诗，《曝书亭集》卷六亦载，列在上章困敦即康熙庚子年，题改作“梅市逢魏璧”。案《海东逸史》卷十四忠义一，魏耕原名璧字楚白，甲申后改名。一死一生，交情未变，朱十亦是君子也。前清康熙乾隆两朝禁书，不知总有若干。文字狱古已有之，阅《乌台诗案》，其情形亦颇相似，惟乾隆中因修四库书，搜查禁毁，其数乃尤多，咫进斋虽有重刊书目数卷，尚不完备，安得有笃学之士，仿安阳谢氏《晚明史籍考》之例，肯以数年辛苦，搜编为清代禁书考，其有功于学问当非浅鲜。惟此等书籍不堪为贾人所利用，若凭此以为居奇之证据，则吾辈书生反将大受其害。寒斋所有《河渭间集选》，即以坊刊禁书目中不曾列名，故尚能以平价买得，如同时所得之蒋玉渊编《清诗初集》，便不能如此矣。

【钟校】

① 1943. 9. 1 刊《古今》30 期。

② “河渭间集选”，原作“河渭集间选”。

# 尔雅义疏[①]

◇1943.8

◇书房一角



郝氏《尔雅义疏》余最初所得为同治丁卯郝氏家刻本，末有刊误一纸，可知是早印者也。次得咸丰丙辰聊城杨氏刻，即同治本所从出，此二者皆是足本。后读殷礼《在斯堂丛书》中《尔雅郝注刊误》，见罗振玉序盛称王念孙删本之善，因再求得道光庚戌沔阳陆氏刻本藏之，即木犀香馆本，有石印本未见。叶德辉《郎园读书志》卷二，有陆刻本《尔雅义疏》二十卷，云五本之中杨胡本希见，次则陆刊，此即陆本也。叶氏记此时为民国己未，今又过十馀年，寒斋却能全都得到，亦正可喜。至于删本与足本二者孰优，此问题未易一口断定。据陆本陈奂跋，删节出王氏手当无疑义，服膺王氏之学及主张谨严者推重固是当然，但或以为新说假设不妨多有，又或著者原意多宜保存，亦均合理。若如家刻本郝联荪跋中所云，先大母临终犹谆谆以亟觅原本为诫，则婉佺夫人亦未满意于节本也。但以形式论，鄙意以为陆刻本最佳，清疏悦目，为各本所不及。陈氏跋叙著者自道其治经之难，云漏下四鼓者四十年，常与老妻焚香对坐，参证异同得失②，论不合，辄反目不止，语甚有风致，此亦《世说》中之好资料也。邵氏《尔雅正义》昔曾有之，惟见《释虫》果蠃蒲芦注下仍主化生之说，私意甚不满，亦备品而已。去年又得一部，白纸早印，清洁疏朗，为望江倪氏旧藏，有大雷经锄堂藏书及倪模诸印，卷中《释宫》以下朱批甚多，大抵有所纠正，此亦不愧为二云之诤友也。

【钟校】

① 1943.9.1刊《古今》30期。

② "参证异同得失"，"证"原作"征"。

# 山海经释义[①]

◇1943. 8

◇书房一角



小时候在书房里读书，虽然背得很熟，后来大抵不感到什么兴趣，但是自己随便看的却时常想起，即使是极平凡的书也觉得特别有意思，《山海经》便是其一。那时最初见到的《山海经》不知道是什么版本，总之是极粗糙的坊刻，中本黄纸印刷，每半页一图，雕刻拙劣，但心甚喜爱，其中龙首马蹄的“彊良”图像至今还清楚的记得。以后又见过仿佛是广百宋斋的一种石印本，图用红绿套印，亦是中本而半页有四图，殊不明晰，故记忆不清。此两书均早已失去，不复可踪迹矣。经过了三十年之后，重新再买《山海经》来看，却是别一路的东西了，如毕秋帆的《新校正》，郝兰皋的《笺疏》都是纯正的学术书，没有图像，吴志伊的《广注》虽说有图五卷，现在却也不见，汪双池的《山海经存》石印本有图，但是重描得不好，觉得还不如坊刻粗本尚有古拙之趣。最近所得有王德徵的《山海经释义》，明万历丁酉年刊，在今三百四十馀年前，有图七十五页。据《四库总目》卷一百四十四“小说家类”存目二云，是书全载郭璞注，崇庆间有论说，词皆肤浅，其图亦书肆俗工所作，不为典据。案《山海经》多记怪物，毕氏书序虽力说未尝言怪，亦只是唯理的解说，未足凭信，因此图多怪相正是当然，即使根据唐宋人画本，也未必便足为典据，所可重者只是古耳，今《释义》本在我所见已是最古之图，虽出自俗工亦无妨碍也。《郑堂读书记补逸》卷十六云，是编就郭景纯注本，于每节后各为之释义，词多肤浅，于经注无甚发明，间有驳及经文，尤为乖谬。此评语盖本于《四库存目》，别无新意，惟特别提出驳及经文，是已能知《释义》之要点，但持与毕郝诸氏之书相较，则明清学风不同，自难以并论矣。《释义》郭璞序后蒋一葵识语中有云，景纯语怪专信物，德徵语常专信理。此语极得要领，盖《释义》非笺疏而是批评，往往反驳经语为不可信，其实此唯理主张与毕氏本无二致，但与经生家法不合，为郑堂所不喜正是难怪也。我颇喜《释义》的话，但也更爱那些俗工的画，《海内经》云南方有神曰延维，人首蛇身衣紫衣，大为王君所笑，而其图观之亦复有趣（惜未画紫衣），盖论事理应疾虚妄，若作小说看时，姑妄言之姑听之，正亦不恶也。

【钟校】

① 1943. 9. 1 刊《古今》30 期。

# 消寒新咏[①]

◇1943.8

◇书房一角

我不喜看戏，却常收集些梨园史料，此殆如足迹不入狭斜者之读《板桥杂记》《南浦秋波录》乎。近日得《消寒新咏》四册，乾隆乙卯年刊，题三益山房外编，以时代论，仅后于《燕兰小谱》十年，亦是极好资料。数年前张次溪君编刊《燕都梨园史料续编》，所收只是目录，似其书不多见。全书四卷，卷一二为正编，选优伶十八人，以花鸟比其声色，分题合咏，为消寒之计，故名。卷三为纪实，就诸伶擅长之戏，加以诗评，所举以正编十八人为限，此外复选京中诸大班旦色，为卷四曰杂载。每人每篇先有短序，往往比诗更有意思，令人有买椟还珠之感。作者三人，曰铁桥山人，姓李，案即李澐，山阴人，曰石坪居士，姓刘，曰问津渔者，姓陈。又有讷道人等十一人时贤佳作，汇为集咏一卷，附刻于后。这里边最有兴味的，我觉得是第三卷的纪实，因为如正编杂载那种写法，许多同性质的书大抵如此，若是咏剧的诗似乎还不多见。本来观剧诗古已有之，金桧门三十绝句最有名，王朱皮叶诸家和作共有二百馀，见于《双梅影闇丛书》[②]。宣瘦梅《三十六声粉铎图咏》为《申报馆异书四种》之一。棠梨馆主何青耜有《戏寄》一卷，诗一百首。但是这些只是以剧名为诗题而已，其注重伶人技术者，恐只此《新咏》一卷，此外则《日下梨园百咏》吧。《百咏》一册，光绪辛卯天津石印书屋印，钱江醉薇居士著，目录上每一戏题均注明戏角姓字，又或系以堂名小字，虽品评不详备，但亦有史料的价值，与普通观剧绝句有异。此诗又有一特色，即是百首皆是五言八韵的试帖诗，亦是仅见。不佞曾蒐罗清代试律[③]，昔得铭岳所著《咏物全韵》抄本，分咏北京儿戏玩具共三十首，陈其泰编《宫闺百咏》，诧为试帖中珍品，今得此册，乃鼎足而三，更可喜矣。



【钟校】

① 1943.9.1刊《古今》30期。

②《双梅影闇丛书》，“闇”原作“庵”。

③“不佞曾蒐罗清代试律”，“佞”原作“侫”，“蒐”原作“蒠”。

# 圭庵诗录[①]

◇1943. 8

◇书房一角

近代写刻书籍中，林吉人之三部作与沈芥舟之三跋最有名，几尽人皆知矣。钱泰吉《曝书杂记》卷一明文在条小注云：

> 秀水朱梓庐先生《小木子诗三刻》《梓庐旧稿》为同邑辜启文书，仿柳诚悬体；《壶山自吟稿》嘉兴陈寓新簃书，用文衡山体；《俟宁居偶咏》为先生兄子声希吉雨书，体兼颜赵，亦吾乡一佳刻也。

又徐兆丰《风月谈馀录》卷三云：

> 《心向往斋和陶诗》二卷，曲阜孔宥涵先生继鑅所作，吴让之先生为手录付梓，可称双璧，余曾得初印本，乱后失之，今所传者皆翻刻本矣。

此二书寒斋幸皆得到，雨窗兀坐，时一展览，亦殊可喜。但此外一二小册，虽不是有名的书，亦可算作一类，觉得颇有意思。其一是《叶石农先生自编年谱》，本文自称则曰“跛奚年谱”，咸丰五年刊，高均儒书。叶君著作我只有一册《跛奚诗法浅说百篇》，乃是试帖诗入门书，上有朱批圈点，书贾云是梁鼎芬笔，亦未能详。年谱半页八行，行十六字，共二十八页半，读之顷刻即尽，惟字甚肥大悦目，高君手迹亦可重也。其二是《圭庵诗录》一卷，题页背面云，光绪五年己卯正月，蕡斋校刊弢庵写本。圭庵本名吴观礼，仁和人，我不知其生平，诗又所不懂，此一册书七十二页，有诗二百七十首，翻开看时实在只是看陈伯潜写的字而已，此盖与说茶热得好无异，但是没有别的法子，盖假如我不是为的看所刻的字，则此诗集就也未必买也。后来又见秦树声自笔写刻的《乖庵文录》，体杂行草，颇觉别致，但是笔画似乎太细，不甚好看，所以未曾收存。

【钟校】

① 1943.9.1刊《古今》30期。

# 三不朽图赞[①]

◇1943.9

◇书房一角

张宗子岱著《有明越人三不朽图赞》，不分卷，寒斋所得最早一册为乾隆乙卯慕村余氏印本，末有白文印曰“栋山读过”，盖是平景孙旧物。此外有一本似是后印，而内容次第与目录稍不同，“立德”忠谏之五徐龙川公像前别有一幅，后署族裔孙迪惠仿遗像重摹。

案徐迪惠字鹿苑，上虞人，嘉庆戊午举人，故此本应是庚辰板归朱氏后所印，唯末无朱松山跋，不知何也。朱端侯校勘语于徐龙川像上批云，此像不准，予有徐氏藏本，戴五岳冠，执笏，项有锁，下注族裔孙迪惠仿遗像重摹，此乃真像，若是则古剑老人所称沿门求像，其真确乎否，抑未能遍也。案所称徐氏盖即徐鹿苑之诸孙文若，住东郭门内徐立纲故宅内，为会稽廪膳生，民国初尚存。古剑老人求像未能真与遍，此殆不能免，如姚长子本乡曲穷民，死于寇难，岂能有遗像可得哉。光绪戊子山阴陈氏重刊此书于湖北，改窜失真，殊不足取，唯图像尚可看耳。

民国七年王子馀以铅字重印，文字一仍陶庵之旧，且收录平景孙李越缦二家校语，甚为有益，像用铜板，令李元昉缩小摹写，不脱真容气味，殊不可耐，王君亦是有识者，何以乃有此失也。十二年又印三板，校正误字外，并加入李越缦跋及朱端侯校勘语，唯铜板则愈益模糊矣。

宗子著作，此外寒斋所得有：《梦忆》八卷，乾隆甲寅又道光壬午巾箱本，均王见大所刻，粤雅堂重刊本，“砚云甲编”一卷本。《西湖梦寻》五卷，康熙丁酉本，光绪丁氏重刊本。《古今义烈传》八卷，天启年刊，惜有一卷抄配。《史阙》十五卷，道光甲申郑氏刊本。《瑯嬛文集》六卷，光绪丁丑王氏刊本。《瑯嬛诗集》[2]不分卷二册，光绪辛丑虞山周氏抄本。《评东坡和陶诗》一册，汉阳朱氏抄本，署戊子冬，胤字缺笔，当是乾隆之三十三年，后附宗子补和二十四首，书眉亦有评语，或是王白岳等人手笔耶。



【钟校】

① 1943.9.16 刊《古今》31 期。

②《瑯嬛诗集》，“诗集”原作“集诗”。

# 天籁集[①]

◇1943.9

◇书房一角

吕善报《六红诗话》卷二云：

> 康熙初钱塘郑扶羲旭旦[②]撰《天籁集》，计诗四十八首，自序谓如来趺莲台[③]，矢四十八愿，度一切众生脱离苦海，读是集者，当作如是观。余细读之，词虽鄙俚，饶有奇趣，其书不甚流传，余偶于友人胡松坪大宇处见之，摘录数首以见大凡，正不得以小儿女嬉戏之词少之也。

此书光绪丁未有活字小本，题郑旭旦评，又有卷二则署钱塘悟痴生编，初意二者皆是今人，及见诗话，乃始省悟。集中所录皆是江浙间通行童谣，什九与现今相同，可知是诚实的集录，未经文人加点，故可贵也。其评语则颇有唱经堂意味，中有数处对于缠足加以痛骂，当初亦疑为留学生口吻，今乃知是康熙时人语，盖其时思想界亦颇有新气象，故曾有禁缠足与废八股文之事，非是偶然。近又从杭州得同治壬戌芝秀轩刻本，有许之叙许郊二人序跋，得见原书面目，甚为可喜，惟序中只云郑君旭旦，不及扶羲名，未知诗话何所依据，或康熙刻本如此作欤。活字本所据当即是芝秀轩本，惟原有郑君自作序跋各一篇，今只有跋而无序，又误郑为陈，疑或是据传抄本乎，殊未能明瞭也。商嘉言《葬亭诗草》卷十有诗云：

八月五日风雨舟中读郑扶曦先生《天籁集》题后：万木响刁调，扁舟一叶飘。两间自天籁，千古乃童谣。情最苍苍重，魂都恋恋销。有心人不见，风雨正潇潇。

小注云：

首自序云，将质之苍苍者。末自跋云，恋恋于中而不能已也，故及之。先生自谓古之有心人。

此诗作于嘉庆庚辰，可知其时所见本序跋俱存，诗话则编定于嘉庆甲戌，相距才五六年，似尔时《天籁集》原本尚有流传，但至今日而同治重刻本乃亦甚稀有矣。



【钟校】

① 1943. 9. 16 刊《古今》31 期。

② “郑扶羲旭旦”，“旦” 原作 “且”。

③ “如来趺莲台”，“趺” 原作 “跌”。

# 荆园小语[①]

◇1943.9

◇书房一角

少时在族人处见石印小本《笃素堂外集》，借读一遍，颇觉可喜，倏忽已是四十馀年，更求得而读之，则石印不精，近始获一木活字本，语亦平平，有似儿时果饵，再尝亦殊不甚甘也。读《荆园小语》，却觉得颇佳，胜于《聪训斋语》，此比较亦难细定，大旨岂不以艰难与安乐所处之异故耶。《荆园小语》向为世所重，多刊入丛书中，最近者为平步青之《葛园丛书》，光绪癸未年刻，有汝南常抱杞序，即平氏别名。中有云：

> 《葛园丛书》类取浙东先正暨师友遗著，今开雕《小语》旧本，颇讶重复可已，读至第二十八条，《冬夜笺记》所采者，憬然作而喟曰，嗟夫，意在斯乎，何闵人之深也。

此序今收入《安越堂外集》中，《小语》第二十八条论《金瓶梅》，序文则指《野叟曝言》之翻刻，所谓抱杞盖即此耳。寒斋得平氏门人杨宁斋藏本，《小语》全本有圈识，末录识语云：

癸丑徵君年五十五，则当生于万历己未，端愍甲申殉难，徵君年二十六耳，杜门课弟，发名成业，此卷尤为修齐之要，岂第幼学指南。仆幼时先大夫以此诲读，谓一切格言善书无不赅括，读此可无须更读他书，守之终身可也。今年予亦五十有五，徵君之品诣万不敢望，其学亦岂能涉其万一哉。丙戌嘉平三月，霞外人。

此文未发表，但于此可以看出重刻《小语》的意思，更为明瞭。乾隆中平原张予觉辑录先正嘉言，可与《小语》互相发明，或足备参观者，分条笺注，名曰《荆园小语集证》，分为四卷，至咸丰七年始由张氏后人刊行。修养之书，有人为作笺证，事不多有，可知此类书中《小语》之独为人所重也。张氏《集证》意见多通达，可供阅览，惟徵引不著所出，不但有失传述之本意，亦并减少读者之兴味耳。



【钟校】

① 1943.9.16刊《古今》31期。

# 容膝居杂录[①]

◇1943.9

◇书房一角

《容膝居杂录》六卷，崑山葛芝著，自序云丁巳年六十矣，为顺治十四年，书则是康熙初刊也。葛字龙仙，崇祯时诸生，书中记乙酉春曾至绍兴访刘念台，又多说及徐俟斋，共有五六处。卷三中《论志墓之文》云：

> 及吾之生存，当求吾友俟斋先生为作一传。余六十年中排纂生平行业，作纪年录，已成书矣，亦不欲出之以示俟斋。盖俟斋知吾深，但须凭空结撰，必能得吾精神意思之所在也。

同卷中《记轶事之一》云：

> 姜行人如须鼎革后隐于吴中，一日与徐孝廉昭法酒间相谑，姜忽送一纸于徐云，"桓温鸱张，尚有枋头之败"，以昭法名枋也。徐不假思索，立答一纸云，"项羽虎视，不免垓下之亡"，以如须名垓也。坐客绝倒，叹为风流蕴藉。

罗叔言编《徐俟斋先生年谱》中则引《池北偶谈》载：

姜吏部垓南渡后流寓吴郡，与徐孝廉枋善，一日行阊门市，姜顾徐曰，“桓温一世之雄，尚有枋头之败”；徐应声曰，“项羽万人之敌，难逃垓下之诛。”相与抵掌大噱，市人皆惊云云。

罗氏按语云：

如须先生卒于顺治十年，乙酉以后五年居吴，而先生乙酉以后前二十年不入城市，后二十年不出户庭，宁有抵掌吴市之理，此记事之小失实也。

不佞拿出《池北偶谈》来查看，乃遍觅不得，恐怕是在渔洋山人别的著作中吧，一时也不及再查。葛龙仙与徐昭法既相知甚深，所记当可信凭，渔洋山人得之传闻，又加以藻饰，遂不免有失实处，盖酒间原可在山在野，不必一定在阊门市也。寒斋未有《居易堂集》，不知其中有葛君所云之传在否？又年谱注中说及葛瑞五，疑即葛芝之字，亦未能明。葛君与顾亭林同时同县，而书中不一提及，则因顾氏北游不返，或不相知也。



【钟校】

① 1943. 9. 16《古今》31 期。

# 柯园唱和集[①]

◇1943.9

◇书房一角



《柯园唱和集》不分卷，序一页，本文百十六页，题《柯园十咏》，王衮锡首唱，主人沈槱元五和之，此外和者五十二人，共得七言绝句五百八十首。鄙人不解诗，读之亦觉得无甚好句，但是对于此集感到兴趣者，则以柯园乃是沈园故址故也。作序者亦为王衮锡，为谑庵居士之孙，署戊戌秋，盖是康熙五十七年。序中云，柯园在蠡城东南，墨莲桥之阳，地接稽山，巷隔深辙，沈子宜士卜居焉。末又云，或云柯园地即沈园旧址，陆放翁梦游处，果尔，此十咏数百篇恨剑南不及见之。《越风》卷九沈槱元条下云：

> 沈翁家有园亭，在春波桥畔，放翁逢其故妇诗，曾见惊鸿照影来，即此地也。少时觞咏其下，有

和主人柯园诸景诗。内一方池澄泓，可鉴毫发。今案十咏之二为淡影池，殆即此。各诗注云，相传青海鲁公见魁星于此，或云，人有十影，至四五则乱，数尽者大贵。又云，额系王山阴先生书，案即谑庵也。惟商宝意云曾和诸景诗，查集中并未见，但有商元柏，则是宝意之父，案宝意生于康熙四十年，在戊戌才十八岁，或者觞咏尚在其后，故诗亦遂未得刻板软。《越风》记王兖锡著有《十三楼诗集》，沈槱元有《柯亭诗草》，陶元藻《全浙诗话》引录，寒斋有安越堂校本，改亭为园字。惟同书又引杨鲁藩《国朝诗话》，称其著有《吹竹集》，据《贩书偶记》卷十五，原书名《柯亭吹竹集》，初二集共九卷，则似柯亭字不误。集中余石帆诗注亦称主人为柯亭，当系其别号也。



【钟校】

① 1943.9.16 刊《古今》31 期。

# 萝庵游赏小志[①]

◇1943.9

◇书房一角

《李越缦杂著》抄本一册，从杭州书店得来，内为《萝庵游赏小志》、《霞川花隐词抄》、《乐府外集》，共三种。书面题龙集光绪二十有四年九月霞庐主人志庾甫假傅氏抄本录竟题面，朱文长印曰太原公子，内又有印曰志庾珍藏。卷首附粘任秋田手札，文曰：

> 志庾仁仲如握，月前由润田交到《越缦堂杂著》一册，见系手抄，足见浛意文囿，孟晋无量。记此三种曾于都门奉读一过，假抄未果，今复展诵，弥觉寻味不置。间有校讹处订正处，笔之简首，请阅后一印证之，即撕去可也。手此鸣谢，藉颂著祺，不尽缕缕。愚小兄塍顿首。

审其语气，当是师弟关系。案任君《倚舵吟》遗稿章

# 妄妄录

◇1943. 9. 20

◇书房一角



偶买得《妄妄录》十二册，卷首有王季烈题记一叶，文曰：

妄妄录十二卷，朱海撰，海字蕉圃，吴县人。此书作于乾隆五十八年甲寅，自序云，头颅渐老，多病多愁，行将与鬼为邻，则非少年之作可知。至道光十年庚寅付刊，观凡例语气，其时作者尚生存，是已寿逾耄耋矣。笔墨修洁，可资劝惩，记吾吴琐闻，间亦有关掌故，其姓名不载方志及诸生录，殆毕生潦倒，落魄天涯，以终其身者欤。卷首有道光壬午闽抚叶世倬序，自称乡同学弟，叶字子云，上元人，乾隆间举人，道光间抚闽，服官甚久，所在以兴教化美风俗为己任，作

> 者与之同学相友善，则亦非庸庸之士矣。然生前既沦落不遇，死后遂姓名翳如，吁可悲矣。此书刻本罕见，今春祝嘏行在后，游京师海王村肆见之，索值甚昂，余以乡先生之著作，不忍释手，费十锾得之，携以归里门，询之纂修县志之诸君子，无有知其人与书者，因记之于此。宣统辛亥后二十年，春王正月既望所得，阅三月，蟫庐记。

案朱氏自序中有云，效坡仙谪黄州时故事，日强人说鬼，绝不作治生计，半年来妄言妄听，并追忆旧闻，随笔记十二卷，名曰《妄妄录》，神仙诡幻之事不载，惟鬼则记之，盖士不得志，笔下即有神，亦当化为鬼耳。故王君重其为吴郡文献，在不佞则取其专门说鬼，颇足为欲知鬼之情形者之参考，此类资料搜集不易，乃为可贵也。如卷二《河水鬼》一则，记溺鬼化为坛浮水面，诱人拾取，指入坛口遽被拖住，是时水发腥气。又卷三《溺鬼喜豆》[1]一则，言在武林曾见有夫溺于河，妻以炒豆为祭品，散之溺所，佥言溺鬼喜食炒蚕豆，亦奇。此类记录尚不少，皆可甄采。惟书中嬉笑怒骂亦多有之，如卷三《鬼公子》一则，似系故意造作以骂人者，所云汪近涛即是江声，汪字鲸涛，文中明言其苦攻《尚书》，又书小札或购物开帐必用篆字，所记与钱梅溪牴牾或系事实，至于受鬼公子种种侮弄，则当是著者所编造，盖即从文字上亦可以看出痕迹。至卷七之《报怨鬼》，丑诋汪容甫，但化名为汪蓉圃，乃尤为显明矣。（癸未九月二十日）

【钟校】

①“溺鬼喜豆”，原作“溺喜豆鬼”。

# 越妓百咏

◇1943.9

◇书房一角

壬午年中从杭州书店得安越堂平氏藏书十馀种，其中有红格抄本两册，皆杂录诗词，以会稽韩氏作为多，计所记时日大抵在乾嘉之交十七八年间，卷首为嘉庆癸亥韩慕樵与侄予良书，末有平景孙题字五行。册中所抄多极凌乱，惟其中有九页首尾完具，题曰《越妓百咏》，下注云，自壬戌起至戊辰止共七年，萼桴氏未定草，后附《吴妓二十咏》，亦萼桴作，末有《题越妓杂咏诗后》二首，署名鸿轩氏。案抄本中韩汝韡[1]，亦名昶，字萼不、萼桴、鹤夫，韩昂字鸿轩，又字芸沚、耘子。曾见《胭脂牡丹尺牍》六卷，道光乙巳年刊，题韩鄂不著，因知其人盖是游幕者，韩昂亦有嘉庆戊午新城官署与王楷堂唱和诗，可以为证。吕善报《六红诗话》卷三云：

> 会稽韩萼桴汝韡与从兄鸿轩昂集王次回句为无题七律各八十首，较张云轩制所集多至十倍，真奇

> 观也。萼枰诗以清丽为主，佳句如：帘额寻香飞凤子，墙腰抛箨长龙孙，春日偶成句也；天遥万里杳无迹，人静一村微有香，月下寻梅句也；禅关悟道心偏淡，闺阁吟成姓也香，咏柳絮句也，皆不让元人。

此百二十咏本系游戏之作，中多狎亵语，亦正是狭斜恶少之本色，惟在诗中却甚少见，又因此得知其时越中游女之姓氏与人数，不失为绝好史料也。《越缦堂日记补》丙集，咸丰丙辰六月初七日条下记夜中微行，三叩夜度娘家，虽记述简略，差可比拟，此外则不易寻找矣。六七年前题张亨甫《南浦秋波录》有云：

> 近来想稍收集关于冶游之书，而既不专精，又复吝啬，结果自然是不能大有所得，但就所有书中看去，则此册要算是最好的一种，文情俱胜，《板桥杂记》或在其次耳。

《百咏》只是七言绝句一百首，别无记述，岂足与名著抗衡，但艳史所记都是堂子里的事，而此则是一府城里的私门子，正是极难得的记录，在寒斋旧书中甚值得提出来一说者也。

【钟校】

①“韩汝韡”，“韡”原作“鞾”。

# 吴歈百绝

◇1943. 10. 31

◇书房一角

三十六七年前在东京旧书店买得顾禄著《清嘉录》十二卷，日本天保八年（清道光十七年）翻刻，记吴中一年间的风俗，觉得很有趣味，其中多引蔡云《吴歈》，亦多佳作，不知共有若干首。后来又搜得蔡云《吴歈抄》二卷，天保五年刊巾箱小本，即从《清嘉录》抄出者，上下卷共得七十四首，以为蔡氏之作尽于此矣。近来于无意中收得原本《吴歈百绝》一册，乃是全本，末有同治十一年石渠跋，云道光初其诗文集已刻，乱后散失，今据抄本重刊。案蔡氏《月令》卷首有小传，记所著有《月令》两卷，《癖谈》六卷，《借秋亭制艺》，诗文集，不及《吴歈百绝》，或者原系诗集中之一卷欤。《清嘉录》刊于道光十年，意其时所引即据《借秋亭集》本，惜只采其四分之三，又原诗均有小注，录中亦不及引，今得见原书，极可喜也。《吴歈抄》所缺诗共二十六首，计春秋各七，冬夏各六，其中颇多有趣味之作，如春之二云：

潜投红刺姓名轻，安步时防裂爆惊，深巷乱鸡更迭叫，村童结队卖芦笙。

注云：

俗甚重贺岁，然非素相习者，止以名刺投门隙，甚无谓也。群儿聚嬉，爆声连路。芦笙吹以娱小儿者，葭管箬簧，饰成冠羽，名曰叫鸡。

又其九云：

耍煞儿童十数天，夺魁入阁快争先，铮铮排户投琼响，半掷床头压岁钱。

注云：

夺魁谓状元筹，入阁谓升官图，小儿局戏，以骰掷者。除夜将睡，以钱掷小儿女枕边，名压岁钱。

写新年风俗，兼及儿童生活，殊有情致。传称其家居酒一棬[1]，书一卷，或篆刻小印，摩挱古泉以自娱[2]，盖其人亦是很有风趣者也。（十月末日）



【钟校】

①“酒一棬”，“棬”原作“卷”。

②“摩挱古泉以自娱”，原作“摩挱古泉以有自”。

# 题古赋识小录[①]

◇1944.9

◇集外文

数年前从杭州得此书，目次残缺，因据本文补抄之，旋在北京得到全书，此本已无用矣，卖却亦复可惜，故姑存之。

甲申秋日十堂题记。

【钟校】

① 据刘思源《周作人的两则题记》。据云，文末又题云“奉赠诗英兄，作人”。案，诗英是许寿裳的儿子。

# 题广阳杂记[①]

◇1945. 2. 12

◇集外文



十馀年前，闻亡友饼斋说刘继庄，极致倾倒，自云曾号掇献以志景仰。因求得《广阳杂记》读之，果绝佳。唯因后印，纸墨均劣，有剜改处脱落重行嵌入以致颠倒者，殊为疏忽，阅之令人不快耳。

民国三十三年除夕重阅记此。十堂。

【钟校】

① 据刘思源文《周作人的两则题记》。

# 题杨大瓢日记

◇1963. 5. 30

◇集外文



昔日偶然得到杨大瓢《力耕堂诗稿》、《函斋题跋》及《大瓢偶笔》抄本，因写《关于杨大瓢》一文，于民国二十九年发表于杂志上。至三十年夏，乃承杨氏后人以杨子日记一册见示，系大瓢手笔，记康熙丁亥一年间事，甚可珍重，因借抄得一本，即此是也。

一九六三年五月三十日，知堂。

# 印谱题记

◇1964. 7. 11

◇集外文



耀明先生：

春间以印谱见寄，属钤新印，唯余前虽曾玩弄印章，胜利之后则绝少新得者。近年承二三人陆续见赠，始少有所得。其中十九皆冯倚魂君所刻，而冯君今年卧病，以是日久未能出门，至近日始将印章寄到。因钤印成册，已是盛夏矣。

一九六四年七月十一日，知堂并记。

# 甄异传抄稿题记[1]

◇1964.12.11

◇集外文

右《甄异传》抄稿三纸，乃是鲁迅收集《小说钩沉》时稿本。当时我亦帮同抄写，此三纸中鲁迅所录只有三则，其馀是我所写的。其时大概是辛亥年秋冬之交，去今已是五十多年了，今以赠铁铮君并为说明如右。

一九六四年十二月十一日，知堂。

【钟校】

① 据张铁铮《知堂晚年轶事一束》，见陈子善编《闲话周作人》。

# 知堂题记

二

周作人 著文
钟叔河 编订

岳麓书社·长沙·二〇一六

# 第二册目录

## 补遗

# 荒矶译记[①]

◇1905.7

◇集外文

此文为英小说名家陶尔先生（Dayle）所著。先生著有《福尔摩斯全案》行于世，其声价无待言。此其小品中之一，叙惨淡悲凉之景[②]，而有缠绵斐恻之感。今兹译者不文，重辱先生，重辱阅者。

此文本名 *The Man From Achemgle*，日译易曰《荒矶》，今仍之。译者未能读日译，从原本述出，拙不能文，甚自愧也。

先生著作，素以有趣味闻，彼作小说，不喜如理想派之高远落漠，亦不如写实派之平凡无味，故凡所作，皆奇趣可喜。然我译此，则觉悲惨甚，未知阅者以为何如？

【钟校】

① 1905.9刊《女子世界》2年2期，署名会稽萍云。

② “悲凉之景”四字原倒错，今乙正。

# 寂漠译记[①]

◇1908. 11

◇集外文

译者曰：坡（E. A. Poe）名安仑[②]，美之维勒尼亚人也，以千八百九年一月生于波士顿，二岁而孤，受育于爱棱氏，故兼二姓。性脱略，耽酒好博，卒被斥于学校。然其文特奇妙，苍凉激楚，殆有鬼才。论者谓意多神秘，如读比利时文宗密透灵（M. Maeterlinck）所为剧；至禀孤峭之性，则乃类德之霍孚曼（Hoffmaun）与意之罗巴尔悌（Leopardi）云。千八百三十九年以后，历为各新闻社主笔，又屡以事去。至千八百四十九年十月七日，以洪醉得疾，死于袯尔替摩，年止四十一。时亲故多尽，仅得史诺革拉斯（Snodgrass）博士为治理之。篇中所设地力比耶（Libya），即亚斐利加之古称；药叉为 De-mon 之译，此云神魔；毗赫汉士（Behemoth），神兽，出《旧约》书；美牙（Magi）者，古波斯教典也。

【钟校】

① 1908. 12. 5 刊《河南》8 期，署独应。

② “安仑”，原作“安介”。

# 庄中译记[①]

◇1908.11

◇集外文



契珂夫（A. P. Chekhov）以千八百六十年生俄之南，长学为医，后以文章名世，著有传奇数种及小说百馀篇。凡所为文，趣旨与西欧迥别。俄人斯忒兰涅克（I. Strannik）论之曰，近世俄国施政至厉，灵智之士不适于生，而庸众反多得志。著者亦尝云，贤人困顿，盖其定命尔。惟世究鲜贤哲，故所图写，以猥琐者为多，而于书中之人，则不寄之同情，特有讥刺而已。如此篇者，即其一也。

译者识。

【钟校】

① 1908.12.5刊《河南》8期，署独应。

# 童子Lin之奇迹译记[①]

◇1918.1.21
◇空大鼓

Sologub[②]本名Fiodor Kuzmitoh Teternikov，一八六三年生，其经历不可考。或请作自叙传，答曰："吾生别无可记，且吾亦无暇为此不急之务。"人或就著作研究之，仅知曾为学校教师而已。

Sologub以"死之赞美者"见称于世。书中主人实唯"死"之一物，然非丑恶可怖之死，而为庄严美大白衣之母；盖以人生之可畏甚于死，而死能救人于人生也。

Sologub著作，意义多隐晦。或造访之，——彼素不见客，唯此次出见云，——问其意，答言读者可随意立解，无法说明。其言曰：

吾之自我，今称Sologub者，正是历代遗传影响之合体。谁能就吾书中，辨别孰为吾自我，孰为吾祖先之思想耶？吾但能以言文发表吾之感情，而此感情者，又为若干代以来逐渐养成之物。吾之不愿解释隐晦辞意，非不愿，实不能耳。情动于中，吾遂以诗表之。吾于诗中，已尽言当时所欲言；且复勉求适切之辞，俾与吾之情绪相调合。若其结果，犹是隐晦不可了解；今日君来问我，更何能说明？当时之事，已事过情迁[3]，久忘之矣。

所著小说有《小鬼》一卷最有名。短篇亦多佳品，此译其一，意义亦不可甚解。译者虽自有见，然此见地究合于 Sologub 自我之思想，或其祖先之思想与否，仍不自知，故复不为立解也。

一九一八年一月二十一日记。



【钟校】

① 1918.3.15 刊《新青年》4 卷 3 号，收入《空大鼓》改题《童子林之奇迹》，文字亦有改动，此据《新青年》（其他各篇均同）。

② 梭罗古勃。

③ “事过情迁”，“过”原作“通”。

# 皇帝之公园译记[1]

◇1918. 3. 10

◇空大鼓



A. J. Kuprin[2]者，一千八百七十年生，初学陆军，在役计七年，进至中尉；退职治文学，以小说《决斗》得名。又有短篇《生命之川》《泥沼》《马盗》等皆佳作。

Kuprin 思想，颇近乐观；以为现世恶浊，而将来非无光明之希望。《决斗》中 Nazanskij 说：

> 将来有一个时候，世上更无主奴，无损伤残疾，无恶意，无恶行，无有哀怜，亦无有怨恨，人人都是神。那时我看别人都同我一样是个神，我怎么还敢欺侮他，虐待他呢？那时，止有那时，人生才是真的圆满美好。……自由高尚的爱成为世界的宗教。

又有《贺筵》一篇，述二千九百六年庆祝世界大同，席上有人演说云：

> 我辈祝这永久少壮圆满美好的人生，祝这地上独一无二的“神的人类”！赞美人生一切的欢乐！

此篇之意，大要亦相类，唯所谓三十二世纪中叶，社会又复革命，复回旧路，乃与他说不同，莫明其意旨之所在。或者有所感触，遂以此“污恶可憎之虫类”为不可救，不肯悛改本性，虽居“广大美丽地球之上”，亦终觉“狭隘如牢狱，沉闷如坟墓”，而无端发昏，毁灭“止有善在”之世界；（所引成语，前三句见《贺筵》中，后一句见本篇）于是稍稍悲愤，发于小说，亦未可知。欧战后一周年，Kuprin 作《圣母之花园》一篇为记念，结末云：

> “主呵！你的怒到那里是终极呵？”但是神怒酷烈，无有人晓得他的终极。圣母又是悲哀，又是忧愁，转眼向地，止见清白的花瓣中，都满盛了血色的露水。

意思又与此篇开端略同。Kuprin 本来极佩服 L. N. Tolstoij，Tolstoij 对于将来既有希望，Kuprin 当亦如是。此篇何时所作，今虽不详，疑亦当在欧战以后。其时 Tolstoij 已去人间，后人无由知其意见，而 Kuprin 则目睹惨淡之状，于是文章间遂含惨淡之色，亦正是人情之常耳。然有不可不辨者，为此篇仍是希望，并非绝望，因发昏尚非必不可移之本能故，并非咀咒；因彼素来神往于世界大同故，亦非第以危言耸人；因彼自知身在局中，异于隔岸火灾故，又当知此篇亦非据科学研究，与 W. Morris 及 E. Bellanuy 等所作颇不同；因所写止是一时的感觉，作者亦自题“幻想”故也。

七年三月十日，译者记。

【钟校】

① 1918. 4. 15 刊《新青年》4 卷 4 号，《空大鼓》改题《帝王的公园》。

② 库普林。

# 不自然淘汰译记[1]

◇1918.7.4

◇空大鼓



A. Strindberg[2]（一八四九至一九一二）为瑞典近代最大文人。又多所学问，凡天文，矿物，植物，化学，经济，历史，伦理，哲学，美学，皆有著作。文章一类，则有戏曲五十六种，小说三十种，其精力盖非常人所及。尝为 Stokholm 图书馆员，有中国文书未编目，乃习华文订定[3]之。又研究十八世纪中瑞典与中国之交际，作文发表，得俄国地学会赏。其博学多能，盖除 Goethe 外，世间文人，莫能比类也。

A. Strindberg 于一八七九年作赤屋[4]（*Boda Rummet*）仿 Dickens 体，写社会恶浊情状，而更精善，遂有名。及短篇《结婚》（*Giftas*）出，世论哗然。其书言结婚生活，述理想与现实之冲突，语极真实，不流于玩世。而反对者乃假宗教问题罗织成狱，然卒无罪。又作自叙体小说九部。《婢之子》（*Tjen：tequinnans scn*）、《痴人之忏悔》（*Die Beichte eines Thoren*，原书为本国所禁，故以德语刊行）、《地狱》（*Inferno*）等最有名。

A. Strindberg 著作中，戏曲[5]尤为世间所知，与诺威之 H. Ibsen 并称，如《Iulie 姬》（*Froken Iulie*）、《父》（*Fadsen*）、《伴侣》（*Kamraterna*）皆是。其艺术以求诚为归，故所有自白，皆抒写本心，毫不粉饰，甚似 Tolstoj。对于世间，揭发隐伏，亦无讳忌。又缘本身经历，于爱恋深感幻灭之悲哀，故非议女子亦最力，遂得 Misogynistes（厌恶女性者）之称。然其本原，固仍出于求诚也。《Iulie 姬》剧自序有云：

> 人皆责吾剧为太悲，意似谓世间有欢愉之悲剧也者。世人喜言人生之悦乐，剧场所需亦唯诙谐俗曲。一若人生悦乐，即在愚蠢中间；剧中人物皆患舞蹈病（*Chorea*），或悉白痴也。吾则以为人生悦乐，乃在人生酷烈战斗之中；吾能于此中寻求而有所得，斯即吾之悦乐也。

此一节，足为 Strindberg 艺术之正解，即其行事思想，亦可因是解悟，无馀蕴矣。

以上是译者从前所编《欧洲文学史》的一段，因为可供读者参考，所以抄在前面。以下所译，便是《结婚》中的一篇，原题是“不自然淘汰”，一名“种族之起原”。

一九一八年七月四日记。

【钟校】

① 1918. 8. 15 刊《新青年》5 卷 2 号。

② 斯特林堡。

③“订定”二字原倒置，今乙正。

④“赤屋”，原作“亦屋”。

⑤“戏曲”，原作“戒曲”。

# 改革译记[①]

◇1918.7.13

◇空大鼓



这也是短篇集《结婚》里的一篇。从前读日本田村俊子著的《彼女之生活》也感到同一的印象；但田村是“新妇人”，将此事说得很痛切；Strindberg 是一个 Misogynistes，自然别有一种气味。现在翻译这一篇，并非附和著者的态度，也不是因为他比田村有名，不过这篇较短，可是其中的问题，原是一样，很可研究，所以便译了这一篇。

中国第三人称代名词没有性的分别，很觉不便。半农想造一个“她”字，和“他”字并用，这原是极好；日本用“彼女”（Kanojo）与“彼”（Kare）对待，也是近来新造。起初也觉生硬，用惯了就没有什么了。现在只怕“女”旁一个“也”字[②]，印刷所里没有，新铸许多也为难，所以不能决心用他；姑且用杜撰的法子，在“他”字下注一个“女”字[③]来代。这事还得从长计议才好。

一九一八年七月十三日记。

【钟校】

① 1918.8.15刊《新青年》5卷2号。

② “‘女’旁一个‘也’字”，写作“她”。

③ “‘他’字下注一个‘女’字”，写作“他$_{女}$”。

# 扬奴拉媪复仇的故事译记[①]

◇1918. 7. 18

◇空大鼓



蔼夫达利阿谛斯（Argyris Ephtaliotis）的事迹，我全不知道，但从他的著作里，看出他是医师，曾在别国留学。他的小说集的英译本，是一八九七年出版，译者劳斯（W. H. D. Rouse）说《扬奴拉》这一篇在希腊尚未刊行，系从著者的原稿译出，因此又知道他在十九世纪末还是生存罢了。

一九一八年七月十八日记。

【钟校】

① 1918. 9. 15 刊《新青年》5卷3号，此据《空大鼓》。

# 酋长译记[1]

◇1918. 8. 10

◇空大鼓

Henryk Sienkiewicz[2]（一八四六至一九一六）在他本国，以革命首领著名，在世界上却更以小说家著名；世人单佩服他历史小说，识者却更佩服他短篇。美国 Phelps 教授说，古今历史小说，能得 Homeros 精神者，唯彼所作《火与剑》等三部及俄国 Gogolj 作 *Taras Bulba*。丹麦 Brandes 博士著《波兰十九世纪文学论》说他短篇最好：

> Sienkiewicz 系出高门，天才美富，文情斐恻，而深藏讽刺。所著《炭画》记一农妇欲救[3]夫于军役，全自卖其身。文字至是已为绝技，盖写实小说之神品也。又《乐人扬珂》《天使》《灯台守》诸篇亦极佳胜，写景至美而感情强烈，甚能动人。晚近模拟 Dumas Pere 作历史小说，叠出不已，因得盛名且获厚利；唯余甚惜之，所不取也。

Sienkiewicz 作短篇，种类不一，叙事和言情，无不美妙，写[4]民间忧患这几篇尤好。事多惨苦，然文章极奇诡，能用轻妙诙谐的笔，写他出来，所谓笑中有泪，正同 Gogolj 一般。《炭画》就是他的代表著作。

他又最恨日耳曼人，讥刺攻击，无所不至，《酋长》便是其一；《得胜的 Borsek》、《家庭教师日记》等，也是这一类。

Sienkiewicz 世界著名的杰作，是一部历史小说《何往》(*Quo Vadis*)，讲罗马 Nero 王时事，中国未有译本。他的短篇，经我译成汉文的，有《炭画》单行本；《乐人扬珂》《天使》《灯台守》在《域外小说集》中。《酋长》这一篇，本是民国元年所译。寄往上海去卖，寄一处，逐一处，如是的几次，终于连稿子也不见了。今年夏间，整理旧纸，草稿还在，可是那种“古文”，已经用不得。便从新起草，用国语改译。虽然依旧拙劣，但用适当的言语翻译，神气还能保存，不至于硬变“史汉”，似乎还对得起作者，这是自觉极喜欢的事。Sienkiewicz 一字，照世界语拼法，是 Sjenkjeviĉ。从前用汉字合音的时候，写作显克微支的就是。

七年八月十日识。

【钟校】

① 1918. 10. 15 刊《新青年》5 卷 4 号。

② 显克微支。

③“救”原作“求”。

④“写”原作“这”。

# 爱情与小狗译记[1]

◇1918. 8. 20

◇空大鼓

育珂摩耳（Jókai Mór 一八二五至一九〇四）本是法学博士，匈加利独立的时候，尽力国事，后为国会议员。他在欧洲以小说家著名，属传奇派，多作历史小说，世称匈加利的司各得（Scott）。

他的著作经我译成中文的，有 *Egy az Isten* 的节本，改名《匈奴奇士录》。

后来又译有《黄蔷薇》[2]（*Asarga Rozsa*），是他的杰作，又是匈加利大野唯一的牧歌。

第三种便是这《爱情与小狗》，本只是一篇普通的滑稽小品，并无什么深意，但因为匈加利文人的著作译到中国来的还不很多，所以也就留在集内。

匈加利人姓名，系先姓后名，同中国一样，别国多将他改转，但他们自己仍是如此写，——育珂自笔署名数种，都写作 Dr. Jókai Mór——所以我也用名从主人的例，照样写出，但愿读者不要认他作姓摩耳就好了。

一九一八年八月二十日记。

【钟校】

① 此据《空大鼓》。

②“后来又译有《黄蔷薇》”，原无“有”字，今增。

# 空大鼓译记[①]

◇1918.8.22

◇空大鼓



Ljov Tolstoj[②]（一八二八至一九一〇）艺术的和道德的生活思想，略略绍介，便须一本小书，这事只能俟诸异日。现在简单说一句，可说：他的艺术是写实派，是人生的艺术（Art for Life）；他的道德思想是所谓无抵抗主义：非战争，赞美力作，主张共同生活。这篇《空大鼓》就是他非战的宣言；看了，胜过别人的一大篇肤泛的解说。

《空大鼓》是一篇民间传说（Skazka = Folktale），题目上业经说明，是 Volga 地方通行的说话。在传说研究中，属于《友谊的兽》一系（*The Friendly Animal Cycle*），法国 Perrault 编述的童话《着靴的猫》（*Le chat Botte*），便是此系的代表；罗马[③] Apuleius 著

《变形记》（*Metamorphoses*）中《爱与心》（*Cupido et Psyche*）故事，说Psyche做的苦工与Emeljan的事更相似，此篇经Tolstoj改作，寄托他思想的精义；又有自作的《呆伊凡》一篇，同是这一类。Stepniak的《一文钱》（此篇曾译载《域外小说集》内）Shsthedrin的《捐躯的兔》等，也都用这方法。Stepniak说：Shsthedrin的思想勇敢，攻击猛烈，不能直说，所以用他所自称"奴隶的言语"，作东方式的寓言譬喻童话等等。Tolstoj此类著作，在Romanov治下发表，也不得不用奴隶的言语。但从别一方面说，则用这种形式宣传道理，多含暗示，较直说尤好："奴隶"对于他自己的言语，本来更易理会。Tolstoj要使农民明白他的道理，所以利用传说，更为适宜：我想这是第二理由。

Tolstoj的小说，中国译出的，有（一）《复活》的节本，改名《心狱》；（二）*Anna kareaina*，名《婀娜小史》；（三）《骠骑父子》因未曾同原本对读，不能说他如何；（四）托氏《宗教小说》德[4]国教士叶道胜所译，全用白话，可惜现在绝版了；（五）《罗刹因果录》是八种短篇，用古文译成，称为笔记小说，删改的地方也多，全失了著者原来的义旨，也是极可惜的事。此外短篇译载各报上的无从知悉，——

因为融会贯通得太利害，又每每不署原著者姓名，所以难于查考。我曾在什么月报上，见有《路西恩》一篇小说，仔细[5]看来，原来就是 Tolstoi 的 *Lucerne*。这样被人错认为中国大文豪著作的，想必自然还多。

中国又有一部历史小说，名《不测之威》，题托尔斯泰著，但这是 Aleksej Tolstoj 所作《银公爵》（*Knjaz Serebrjannyj*）的译本，并非 Jasnaja Poljana 老预言者 Ljov Tolstoj 的手笔。中国人时常并为一谈，所以顺便说及。

七年八月二十二日。



【钟校】

①《空大鼓》（原名《点滴》，1920.8 北京大学出版部初版），翻译短篇小说集，1928.11 开明书店初版。本篇为集中第一篇《空大鼓》的译后记，1918.11.15 刊《新青年》5 卷 5 号。

② 列夫·托尔斯泰。

③“罗马”原作“罗事”。

④ 原无“德”字，据《空大鼓》增。

⑤“仔细”原作“子细”。

# 卖火柴的女儿译记[①]

◇1918.8.25

◇空大鼓



Hans C. Andersen[②]（一八〇五至一八七五）的著作[③]的特色，曾在《随感录》二四中约略说过，现在所译的便是他的童话之一。他的童话全分，收在全集第二十七八两册中。在第二十七册卷头，有他自撰的童话年谱，今将关于这一篇的说明，抄在下面：

> 一八四八年童话第二集第二分出，中为《老屋》《一滴水》《卖火柴的女儿》《幸福的家庭》《母的故事》《苎麻》六篇。……《卖火柴的女儿》在 Grasteen 旧城所作，当时接到 Herr Flinch（案此系当时出版业者）的信，嘱我为他题画，共有三张，我取了一张绘着女儿拿火柴的画，就写了这一篇。

当时所印的画，可惜现在已经没有了。但他集内丹麦人 Pedersen 的插画，有两张小图插在这故事里，也非常得神。

Andersen 这篇故事，又与平常的童话略略不同，所以别有一种特色。他写这女儿的幻觉，正与俄国平民诗人 Nekrassov 的《赤鼻霜》诗里，写农妇在林中冻死时所见过去的情景相似，可以同称近世文学中描写冻死的名篇。

一九一八年八月二十五日记。

【钟校】

① 1919. 1. 15 刊《新青年》6 卷 1 号。

② 安徒生。

③“著作”，原作“著抄”。

# 小小的一个人译记[1]

◇1918. 12. 15

◇集外文



这一篇从江马氏小说集《寂寞的路》（*Sabishiki Mitshi*，一九一七）中译出。本名 *Tshijsaj Hitori*，用英文译不过是 *A Little One* 的意思；译作汉文，却很为难，变成了那六个生硬的字了。江马氏是新进作家，有人道主义的倾向。此外著作，有长篇小说《受难者》《暗礁》两种，又有《爱与憎》，也是短篇小说集。

【钟校】

① 1918. 12. 15 刊《新青年》5 卷 6 号。《小小的一个人》后来收入《现代日本小说集》时，却并没有收入这篇译记。

# 铁圈译记①

◇1918. 12. 30

◇空大鼓

Sologub 本名 Fiodor K② Teternikov（一八六三至　）。本志四卷三号已经载过他的一篇《童子 Lin 之奇迹》，但他杰作是长篇小说《小鬼》与短篇《迷藏》等。这一篇《铁圈》虽然并非他的一等著作，但很可看出他的根本思想，所以颇有研究的价值。

Sologub 是厌世家，又是死之赞美者（Peisithanatos）。他在《小鬼》中，表明人生的恶浊无意义；要脱离这苦，但有死这一条路；如《迷藏》中的小女儿 Leletshka，又或如《未生者之接吻》中的胎儿，便最好了。其次要算发狂，他称为祝福的狂气。此外还有两种法门，可免人生的苦恼：第一是美，第二是空想。但无论怎样天真的美，一与人世接触，也被污染毁坏；所以诗人的空想，便是唯一的避世的所在。英人 Cournos 说：

空想是美的媒介，能令人在悲哀中求得悦乐。有空想的人，真是幸福。他在这日光所照鄙俗可厌的人世之外，别有一个世界：怪异荒唐，同童话

的世界一般，也便是夜的世界。（见一九一五年九月分《两周评论》中）

Sologub 的意见大略与意大利诗人 Leopardi 相似：

以为人生止有苦趣；灵智之士，苦亦益大。盖人生慰藉，实唯空虚。人有希望空想幻觉，乃得安住。如幻灭时，止见实在，即是悲苦。欲脱此苦，唯梦或死。（译者所编《欧洲文学史》的一段）

这篇小说里的老人，便只因能有了空想幻觉，所以虽然过了一世“狗的生活”，也能很温和愉快的微笑；死在不相关切的人的中间，也能很平静的微笑。所以他可算一个“真是幸福”的人。因为他能在这不幸的真实的世界之外，别有一个空虚的世界，可以容得他安住。

但我的意见，不能全与著者相同，以为人的世界，究竟是在这真实的世界一面，须能与“小鬼”奋斗，才算是唯一的办法。所以我们从别一方面，看这抛圈的老人的生活，与《卖火柴的女儿》比较观察，也是一件颇有意义的事。　　（七年十二月三十日）

【钟校】

① 1919. 1. 15 刊《新青年》6 卷 1 号。

② “Fiodor K” 原作 “Fiodork”。

# 可爱的人译记[①]

◇1919.1.31

◇空大鼓



Anton TshekhoV[②]（一八六〇至一九〇四）本是医师，初作短篇两卷，很有诙谐趣味。一八八〇年后，时势改变，他的作风也变了；虽然仍带滑稽，却满篇有一种阴惨之气。其时亚力山大三世即位，听了旧党的话，大行虐政，民气颓丧，Tshekhov 所写，便是此时的现象，所以有人说他著作里的人生是灰色的，他以短篇出名，与法国 Maupassant 并称，但只是技术相似，思想实不尽同：他虽悲观现世，对于将来却有希望，如剧本《樱树园》所说，十分明了。所作小说共十六册，译成汉文的有《塞外》及《戚施》两篇，载在《域外小说集》中。

这篇《可爱的人》是 Tshekhov 杰作之一，很得

Tolstoj 称赞，曾有一篇批评；这批评也有名，所以一并译出，附在篇末。著者的本意，大约正如 Tolstoj 所说，“表示一种型式，教女人不可如此”，他未必咒诅这“可爱的人”；惟造成这样的咒的社会，才应得咒诅。Tolstoi 是近代大思想家，他的主张，可以佩服的极多，但这篇评话，却尚有可商的馀地，必须略略说明。Tolstoj 提倡人道主义，这人道里面，本只有唯一的道，不能有两性的差别；若轻轻断定女子天分上，与男子不同，便不免立出两歧的道来，不能圆满了。南非洲女著作家 O. Schreiner 做的《女子与劳动》第五章，对这问题，也已辩白。我辈虽承认女子生理心理上与男子有多少差异，但不能因此便成别一种人，别有一种天职。爱与生殖这两件，并非专是女子的事。男子既于这两事外，还有许多做人的事业；女子也是如此；她爱男子，生育儿女，此外也还应做人：她对于丈夫儿女，是妻是母，还有对于人类是个人，对于自己是“唯一者所有”。我辈不能一笔抹杀了她的“人”，她的“我”，教她做专心奉事别人的物品。Tolstoj 说 Olenka 是柔弱的顺从的知力不发达的专心奉事男子的女人；在这些德性上，译者也不觉可以赞美；她固然可爱可怜，然而世间女人，正不必如此：譬如见一小孩，走不得路，说话也未能清楚，诚然是怪可爱的，但决不望他永远如此；愿他长成了，为人类的一员。所以译者对于这篇里“可爱的人”的态度，是与著者相同，以为她单是可爱可怜，又该哀悼，并且咒诅造成这样的人的社会；希望将来的女子不复如此，成为刚健独立，知力发达，有人格，有自我的女人；能同男子一样，做人类的事业，为自己及社会增进幸福。因为必须到这地步，才能洗净灰色的人生，真贯彻了人道主义。

八年一月三十一日。

【钟校】

① 1919. 2. 15 刊《新青年》6 卷 2 号。

② 契诃夫。

# 沙漠间的三个梦译记[①]

◇1919.4.12

◇点滴

O. Schreiner[②]生于一八五九年，本姓 Cronwright，后嫁 S. C. Schreiner。伊是有名的女权论者，又是小说家。一九一一年作《妇人与劳动》（*Women and Labour*），竭力主张女子经济的独立，称为女子问题的圣书。法国 F. Lolie'e 著的《比较文学史》上说：

> W. D. Howells 与 H. James，都是十九世纪末二十世纪初最好的英文小说的作者；我们又加上南非洲有才能的小说家，专为被虐的人民奋斗的选手 Olive Schreiner，新时代的光荣的人名表，就完全了。（英译本第二九八页）

现在译过来的一篇，从小说集《梦》（*Dreams*，一八九三）中选出，是伊的代表著作之一。伊的文体，很简直，是仿《新约》的，又多是比喻（Allegoria）体，仿佛《天路历程》（*Pilgrim's Progress*）一流。现代读者，或要嫌他陈旧也未可知；但我们所要求的文学，在能解释人生，一切流别统是枝叶：所以写人生的全体，如 Maupassant 的《一生》（*Une Vie* = *A* women's Life）的写实，或 Andrejev 的《人的生活》（*Zhizni Tsherovjeka = The Life of Man*）的神秘，固无不可。又或如 F. Van Eeden（现代荷兰文人）的《小约翰》（*Der kleines Johannes = The Little Johannes*）或 Maeterlinck 的《青鸟》（*L'oiseau Bleu = The Blue Bird*），用象征比喻，也可以的。现代文人对于人生，又多带乐观的倾向，在文艺上，理想主义渐占了势力。Schreiney 夫人对于女子问题，回顾过去，近看现在，自然多是黑暗；但远望将来，却抱着无限光明的希望：所以伊的著作的基调，与消极的自然派便自不同。伊一样的根据现实，但并不就此完结；却更以理想，寻求圆满的解决。这积极进行的态度，与古来空想家的梦幻，又有分别；所以这篇比喻虽说《天路历程》一流，却更加真实。因为写人间生活的历程，在现代人看了，自然觉得尤其深切；俗语说，"旧瓶装新酒"，我们不能认定了外形，便疑到内容的。

这本小说集承半农借给我，使我能够翻译这一篇，也应该道谢。（一九一九年四月十二日）

【钟校】

① 1919.11.1 刊《新青年》6 卷 6 号，收入《点滴》。

② 须莱纳尔。

# 齿痛译后记[①]

◇1919. 10. 30

◇空大鼓



外国报说 Leonid N. Andrejev[②]（一八七一至一九一九）于九月三十日死在芬阑了。我因此译这一篇，为他作记念。他的著作据我所知道译成汉文的，只有《域外小说集》里的《默》与《谩》，《欧美短篇小说丛刊》里的《红笑》。此外重要著作，全未译出，我译这篇，也还是第一次，是他短篇中最短的，但是颇有意义的一篇小说。原名 Ben Tobit，现在换了一个题目；文中的地名人名，多是《新约》中所有，却都照着旧译本沿用了。

Andrejev 四十八年的生涯，虽然不及 Tolstoj 那样悲壮与 Gorjkij 那样奇异，但也充满了“平凡的悲剧”，可以称得模范的“人的一生”。他在大学时候，便很穷困，从来没有饱时，而且常常绝食。毕业后做律师，又不流行，只有人邀请他一次，然而诉讼却输了；以后改了业，给新闻做速记，借此存活着。一八九七年才作小说，得 Gorjkij 的推重，渐渐有名。俄国革命后，逃在外国，详细情形不得而知；近来 Gorjkij 有被杀消息——虽然疑是谣传，同克鲁泡特金的事情一样，——画家 Rjepin 早饿死了，Andrejev 的死，想来也难免藏着一场悲剧。他的有名戏剧《人的一生》（一九〇七）中“灰色的人”说：

> 末了我们看见他是个老人，弱了病了。梯子的阶级全已攀完，只有黑的深渊张着口在他蹒跚的脚前。蜡烛的火光，向着地面低了下去，变了青色的微光。这光低下去而且战动，低下去而且战动，——于是轻轻的熄了。
>
> 　　这样人是死了。他从黑暗里来，还回到黑暗里去了；又被吸到时间的无限的虚空里去，更没有一点踪迹遗留了。……

那人从穷困得到尊荣富裕，随后终于回到穷困，死在酒店里，口里叫道：

> 我的捧甲胄的在那里？我的剑在那里？我的盾在那里？我没有兵器了！救我，快，快！我咀咒——

这一篇悲剧，宛然是 Andrejev 自作的挽歌，但有这一点不同：他虽然去了，他的踪迹永远留在世间，便是“灰色的人”也不能毁灭。种种著作，——小说戏曲，——便是他的武器。

Andrejev大概被人称为神秘派，或颓废派的作家，但仍然带着浓厚的人道主义的色彩，这是俄国的特性，与别国不同的。一九〇八年所作《七个绞死的故事》是呈Tolstoj的，书中记五个革命党人一个强盗一个杀人犯同时处刑的事，是一部根本的反对死刑的大著作。著者寄与美国译者H. Bernstein的信中。有一段说：

> 我的工作是在指出死刑的恐怖与不正，无论在什么事情之下。死刑的恐怖本来很大，倘使这件事落在勇敢正直的人的身上，他们唯一的罪便只在他们的过于有爱与正义，——在这时候，令人良心震动。**但那绳索做成了圈子，套在愚弱的平民的颈上时，尤其可怕了**。说起来似乎有点奇异，我对于Werner与Musja等革命党人的处刑，比那Janson与Tsiganok等思想情意都薄弱的，无知的杀人犯的绞死，还觉得少一点悲哀与苦痛。对于不可免的渐渐近前的死刑最后的恐怖，Werner能够用他的开明的思想和铁的意志，Musja用伊的纯净与天真来抵当他。……但在那弱的有罪的

人，除了发狂与心灵的基本上的剧烈的震动以外，还有什么可以对付呢？

这几句话，几乎是 Dostojevskij 的口吻了。他又说：

我们的不幸，便是大家对于别人的心灵，生命，苦痛，习惯，意向，愿望，都很少理解，而且几于全无。我是治文学的，我之所以觉得文学可尊者，便因其最高上的功业，是在拭去一切的界限与距离。

这正是他文学上的宗旨，也就可以代表俄国人道主义的文学者，作他们的宣言[3]。

一九一九年十月三十日记。



【钟校】

① 1919.12.1 刊《新青年》7 卷 1 号。

② 安特来夫。

② 以下部分《空大鼓》集删去，今从删。

# 圣处女的花园译记[1]

◇1919. 11. 15

◇空大鼓



库普林在俄国文学上本以写实派出名，但用别的方法可以加增表现的力量时，也就用别的方法。这篇小说是在欧战开始一周年（一九一五年）的时候做的，表明他对于这战事的情绪，倘用写实，便不容易在寥寥几页之中，造成这样深刻的印象了。

一九一九年十一月十五日记。

【钟校】

① 1919. 12. 1 刊《晨报》增刊，此据《空大鼓》。

# 摩诃末的家族译记[①]

◇1919. 11. 30

◇空大鼓



Vassilij I. Nemirovitsh-Dantshenke[②]（一八四九至　）可萨克人，是陆军的军官，后来为新闻记者，一八七七至八年俄土战争和一九〇四至五年日俄战争，他都从军为通信员。这一篇文章，大约是在巴尔干半岛时候做的。又有一篇《清白的心》，写俄土战争中一个看护妇的历史；伊虽然在污泥里过了一生，精神却清净慈惠，有灵光围绕着。不知道为什么，俄政府当时竟将他禁止了。他的著作虽然不能及 Tolstoj 或 Tahekhov 这样重人，但也很有意义，所以便译了这一篇到中国来。

一九一九年十一月三十日。

【钟校】

① 1920. 1. 1 刊《新青年》7 卷 2 号。

② 但兼珂。

# 诱惑与黄昏译记[①]

◇1919. 12. 20

◇空大鼓



Stefan Zeromski[②]是波兰现代的小说家，他的事情，我不很知道。J. Hole Winski 著的《波兰文学史略》第五章，将他归在印象的主观主义派下：

> Zeromski 是个伟大的才人，他能吸收传奇的英雄主义与实验派的信仰，并在一处。他的著作里，寄托[③]着他的一代的一切苦痛的声音。在他的锐敏的感情上看来，恶是世界的实体，魔是胜利者；义务的本能是英雄主义。

看《黄昏》里的 Walek 夫妇的英雄的行为，约略可以看见作者的思想的一斑了。

《诱惑》这一篇的意思，同法国 Maupassant 的《月夜》（见《域外小说集》卷二）大略相似。但

Maupassant 是唯物论者，他所承认的爱的力，自然也只是物质的一面。《诱惑》的作者是理想主义的文学家，所以他的爱的赞美，是真诚的，也是健全的，这是根本上的不同了。

这两篇小说是从英国 Else Benecke 的《波④兰小说集》卷一译出的。《黄昏》第十三节的末句，原作“掘成了四立方码”，但我看上下的语气，似乎有点不妥，所以径把他改写作“六立方码”了。

一九一九，一二，二〇，译者记。

【钟校】

① 1920. 2. 1 刊《新青年》7 卷 3 号。

② 什朗斯奇。

③“寄托”，原作“奇托”。

④“波”原作“渡”。

# 晚间的来客译记[1]

◇1920.2.29

◇空大鼓

Aleksandr Kuprin（一八七〇至　）的著作，从前曾译过两篇:《皇帝之公园》(《新青年》四之四）与《圣处女的花园》（《晨报》三四四)，都是一种空想的作品。

他别有《马盗》等一类短篇，是强烈的写实；但最有名的《生活的河》与《泥沼》等几篇，写实里面，也都含有新理想主义的色彩：这可说是他的特色所在。

我译这一篇，除却绍介 Kuprin 的思想之外，还有别的一种意思，——就是要表明在现代文学里，有这一种形式的短篇小说。小说不仅是叙事写景，还可以抒情；因为文学的特质，是在“感情的传染”，便是那纯自然派所描写，如Zola说，也仍然是“通过了著者的性情的自然”，所以这抒情诗的小说，虽然形式有点特别，但如果具备了文学的特质，也就是真实的小说。

内容上必要有悲欢离合，结构上必要有葛藤，极点与收场，才得谓之小说：这种意见，正如十七世纪的戏曲的三一律，已经是过去的东西了。

一九二〇年二月二十九日记。

【钟校】

① 1920.4.1刊《新青年》7卷5号。

# 被幸福忘却的人们译记[①]

◇1920.7.25

◇空大鼓

大卫宾斯奇（David Pinski）于一八七二年生在俄国，二十岁的时候，住在墨斯科，因为遇着放逐犹太人，移居波兰。后来他到德美留学，曾在纽约办过社会党的日报。宾斯奇著有短篇小说许多，但戏剧尤其有名，有 Abigail 等数篇，叙古代大卫王的恋爱，德国路易孙教授（L. Lewisohn）批评他说：

> 这些剧本，都用宾斯奇独创的韵律的散文所写。散文的美妙，仿佛美忒林（Maeterlinck）或冶支（Yeats）一样；但在热情与真实上，这犹太的作家又超出两人之上了。

犹太人的古文是希伯来文，但还有一种变形的德文，当作现代通用语，称 Yiddisch，便是德文的

Jüdisch 之转，犹太现代作家大抵用这种文字著作。宾斯奇这篇剧本，原名 Gluecks-Oergessene，经 Goldberg 博士译成英文，载在《犹太戏剧六篇》中。他在序中说：

> 自己牺牲的姊妹的题目，在犹太剧场上是很普通的，正如为了他人而牺牲自己，在犹太生活中也很常见的一样。剧的发展上，他用了戏剧的能力，节制，人生的信实，使他完成；宾斯奇在犹太戏剧家中间，占第一的位置，就是为此。

六篇中有阿胥（Sholom Ash）的一篇《冬天》，也是描写同一的题目的，但不及这篇精彩了。

一九二〇年，七月二十五日，在北京记。

【钟校】

① 1920. 11. 1 刊《新青年》8 卷 3 号。

# 深夜的喇叭译记[1]

◇1920.9.18

◇现代日本小说集

千家元麿[2]（Senke Motomaro）一八八七年生，是日本现代的诗人，所著诗集有《我所见》（*Jibun wa mita*，一九一八）、《虹》（*Niji*，一九一九）两种，每年又发刊集志《诗》，现在出到第八号了。但他又做小说戏曲，也都极好，近来编作一册刊行，名《青枝》（*Aoieda*，一九二〇）。长与善郎的批评里说：

> 千家是现今具着希有的“心”的一个人。这心是极端亲和的感情，又是燃烧着的猛火。千家为这个心所驱使，燃着这个火而生活着的诗人。这个心便生出他的可惊的感受性；这感受性又生出千家独特的艺术与宗教。飘飘的同风一样，千家到处因了自己的心，发见别的心与生命。感情是一切——这一句话，在千家实是真理。用了现在希

有的，对于自然的[3]真的从顺与对于或物的真的虔敬，千家仿佛是被凭依者一般，自然的喷出他的可惊叹的诗与散文。他那一字一句的活跃，恍如看燃烧着的火焰。只有能知道千家的心的人，才能知道喷出这火焰的洞穴的深奥。像千家这样善良和蔼的人，我可以说不曾有过。凡是略略与千家的心接触过的人们，不能不爱这希有的自然的人罢。这集里的作品，都是我们用了深的感动所爱读的著作。我们盼望这书的出现，真已好久了。我是千家的友人，这是我的光荣；日本有这千家，也是[4]日本的光荣。我敢大胆的说，千家在或一点上，已经是世界的人了。

这一节话，很能说出他性格与著作的特色。这一篇小说，即是从《青枝》中间译出的。有一两处不大明白的地方，承著者给我说明，很是感谢。

一九二〇年九月十八日记。

【钟校】

① 1920.12.1 刊《新青年》8卷4号。《现代日本小说集》，1923 商务印书馆初版，入集时本文移作附录并有改动，馀同。

②“磨”原作“磨”。

③ 原无“的”字，今增。

④ 此处原衍“的”字，已删。

# 世界的霉译记[①]

◇1920.9.28

◇现代小说译丛



普路斯（Boleslaw Prus）本名格罗伐支奇（Alexander Glowacki），是现代波兰有名的小说家。据诃勒温斯奇（Holewinski）的《波兰文学史略》说：

> 普路斯是一个乐天的艺术家，伟大的造形的才人，实证主义的门徒，——但这派的束缚过于狭窄的时候，他也摆脱了，——精密的科学的老手，有强盛男性的情感的文人。他所作的《哨兵》（*Placowka*）和《回波》（*Powracajaca Fala*），都是感情的综合；同样的综合法也见于《泥人儿》（*Lalka*）、《法老》（*Faraou*）诸书。《法老》是叙述少年君主想在古来承认的秩序之下，应用他那高上的正义理想之无效的努力；这部书已经遍

译成欧洲各国的文字，在这书里普路斯可以说是达到他完全的内面的和谐了。

凯拉绥克（J. Karásek）在《斯拉夫文学史》卷二说：

在普路斯看来，人生是一个谜，他所想解决的；但在显克微支却以为是色彩，人格和活动所合成的合奏。从现代的批评说来，显克微支是个性派，普路斯是综合派了。

这一篇也是据格拉波夫斯奇世界语译本，从《万国文选》里译出。

一九二〇，九，二八，译者附记。



【钟校】

① 1921.4.1 刊《新青年》8卷6号。《现代小说译丛》，1922 商务印书馆初版。

# 一滴的牛乳译记[1]

◇1920.9.30

◇现代小说译丛

阿美尼亚是小亚细亚的一个小国，只有二百万的人口，向来为土耳其与波斯所分据。他们虽然也是伊兰人种，但因为是基督教徒，所以为回教的人所恨，到现在还是屡遭虐杀：阿美尼亚真可以说是殉道的国了。这篇的叙述大约便是虐杀时代的难民的生活。著者阿伽洛年（A. Agaronjan）的身世虽然不详，料来也是现代的人。阿美尼亚的著作，因为文字难解的关系，外国传译的极少；十几年前我曾见过一部小说，名《暴风雨之前》（*Before the Storm*），现在书已遗失，连著者的姓名都记不起了。近日在爱斯普列忒（Ajspurit）编的《万国小文选》里，看见达列陀夫（Daridov）世界语的这一篇的译本，非常喜欢，便将他翻译出来。承孙芾仲先生借书给我，使我能够译出这篇，我很感谢。（一九二〇年九月三十日记）

【钟校】

① 1921.4.1 刊《新青年》8卷6号。

# 乡愁译记[①]

◇1920. 11. 16

◇现代日本小说集



加藤武雄（Kato Takeo 一八八八至 ）的小说集《乡愁》（*Kyoshu*）是一九一九年十月出版的，内共小说十二篇，现在所译的便是其中之一，题作集名的他的杰作。中村白叶在杂志《新潮》（*Shincho*. No. 190）上曾说道：

> 外国人如问现代日本作品中间，有什么可以翻译，我们有几篇可以立刻推举出去么？有一回，一个俄国的朋友问我的时候我一时迷惑了不能回答；但是随即想到，有了，这就是加藤氏的一篇《乡愁》。我当时觉得对于日本与外国的文坛全体，负了责任，可以这样宣言。……这篇里贯彻的悲哀，就是纵横的深深的贯彻人生的悲哀；无论是俄国人，或是印度人，是太古的初民，或是人类的远孙，这篇著作翻译了给他们看，都是无所不宜的。我也想能够写这样的作品，便是一生

只写得一篇也满足了。

加能作次郎又评他著作的态度是一种求救助的心。

我所求于艺术的东西，一句话说，是救助的感情。我想在这世间，充满了辛苦烦恼，从我自身的经验上说来，也确是如此。我想到人生的苦恼，忍受不住他的伤痛，常常想对着或物祈祷，且牵住了求他的救助；又想和无论什么人，只是同具这样心情的人，互握着手，恸哭一番。这时候能够多少的救助我的心的，现在除了艺术更没有别的东西了。我用了这样的心情对待别人的艺术，也用了这样的心情，自己制作。……我读加藤氏的《乡愁》，心想他可不是也用了同样的心情制作的么？

加藤氏常被称为乡土艺术家，实在他还是人道主义思想的作家，不过他的艺术材料是就最接近的世界中取来罢了。他的《乡愁》是人类对于他的故土与同伴的眷恋，不只是单纯的怀乡病（Nostalgia）了。

一九二〇年十一月十六日记。

**【钟校】**

① 1921. 1. 10 刊《小说月报》12 卷 1 号。

# 少年的悲哀译记[1]

◇1920. 12. 10

◇现代日本小说集



国木田独步（Kunikida Doppo 一八七一至一九〇八）是日本自然派小说家的先驱，他的杰作《独步集》在一九〇四年出版，但当时社会上没有人理会他，等到田山花袋等出来，竖起自然主义的旗帜，这才渐渐有人知道他的价值，但是他已经患肺病，不久死了。《独步集》里的《正直者》（*Shojikimono*）与《女难》（*Nyonan*）等几篇，那种严肃的性欲描写为以前的小说所未有，的确可以算是自然派的旷[2]野上的喊声；但他的兴味并不限于这一方面，他的意见也并非从左拉（Zola）一派来的：他的思想很受威志威斯（Wordsworth）的影响，他的艺术是以都尔盖涅夫（Turgenev）为师的，所以他的派别很难断定，说是写实派固然确当，说是理想派也无所不可。现在所译的《少年的悲哀》（*Shonen no Kanashimi*）也是《独步集》里的一篇，颇可以看出他的特色。飘流之女的运命，原来很是明显；那高兴的少年的农夫，在他高歌大笑的中间，也隐藏着多少悲哀的痕迹。他描画那些回避公开的不幸，他特别是服从运命的人们的作者。他描画沉默的悲哀之内面的生活，——便是说不幸者的静生活。我想起丹麦勃兰兑思（Brandes）博士批评都尔盖涅夫的话，觉得独步虽然不能完全承受，却也不愧为都尔盖涅夫的真的弟子了。

一九二〇年十二月十日记。



【钟校】

① 1921.1.1 刊《新青年》8卷5期。

②“旷”原作“矿”。

# 愿你有福了译记[①]

◇1920. 12. 24

◇现代小说译丛



显克微支（Henryk Sienkiewicz 一八四六至一九一六）的事情，我在《域外小说集》及《点滴》上曾讲到一点，所以现在不再说了。这一篇是据波兰人格拉波夫斯奇（Grabowski）的世界语译本译出，本来载在《万国文选》里边的。我们从这一篇可以看见他在理想的写实派以外，又是一个纯粹的抒情诗人。伐尔密基是印度史诗《罗摩衍那》（*Ramayana*）的作者，被称为“第一诗人（Adikavi）”，大约生在基督前四百年。罗摩是印度传说中的一个大人物，说是毗湿奴（Vialmu）的第七次的化身；第八次的是克利须那，第九次便是佛陀了。

这篇小说和以下的两篇，性质上并没有什么联系的地方，只因为都是从世界语译出，所以并作一起发表罢了。（一九二〇年十二月二十四日记）

【钟校】

① 1921. 4. 1 刊《新青年》8 卷 6 号。

# 到网走去译记①

◇1920.12.28

◇现代日本小说集



志贺直哉（Shiga Naogya 一八八三至　）是现代日本的小说家，著有小说集《留女》（*Rumé*，一九一三）、《大津顺吉》（*Ōtsu Tunkichi*，一九一七）、《夜之光》（*Yorunohikari*，一九一八）等三种；此外也有几篇著作收在《白桦》丛刊内。广津和郎（Hirotsu Kazuo）在第一七五号的《新潮》（*Shincho*）上说：

明治四十年（一九〇七）顷，日本文坛上，还是自然主义全盛的时代；志贺氏著作的几篇，已经在那时候作成。其后文坛几经变迁，各种的主义主张，倾向党派，接续出现，志贺氏的著作却不为他们所混乱，从那时起直到现在，始终一贯的保持他独特的风格与文体。那种与内容合致的技巧，——尽力省去夸张与虚饰，尽力简洁质直的描写，那种静涩而有底光的技巧，在文坛正从自然主义要转到享乐的倾向去的那个浑沌时候，差不多已经将由志贺氏创造完成了。

又说：

他心底虽然燃烧着热的火焰，他透见事物的眼光却是冷静而且锐敏。但是他又毫无那些有冷静而且锐敏的眼的人们所容易得到的冷笑与嘲弄的分子。他却别有一种浓厚的忧郁与哀怜。这就是他的心是率真，清净，而且心的指针常是正确的证据。

《到网走去》这一篇最初登在《白桦》第一号（一九一〇年十月）上，后来收在《白桦之林[2]》（*Shirakambano mori*，一九一八）里，现在便据了这一本译出。

一九二〇年十二月二十八日记。



【钟校】

① 1921.4.10刊《小说月报》12卷4号。

②“林”原作“森”。

# 病中的诗题记[①]

◇1921. 4. 17
◇集外文



自从三月底旧病复发，进了病院之后，连看书写字都被禁止，变成了纯粹的病人，除却生病以外，一件事都不能做了。但是傍晚发热，以及早晨清醒的时候，常有种种思想来到脑里，有的顷刻消灭，有的暂时存留。偶值兄弟走来看我，便将记得的几篇托他笔录下来，作一个记念，这结果便是我的《病中的诗》。或者有人想，躺在病室里，隔开世事，做诗消遣，似乎很是风雅的事。其实是不然的。因为我这些思想的活动，大概在发热苦痛中居多，并不是从愉快里来的。待到病苦退去的时候，这种东西也自然要渐渐减少的罢。

（四月十七日）

【钟校】

① 1921. 5. 3 刊《晨报》。原无“题记”二字，但实为诗的题记。

# 日本俗歌五首译记[1]

◇1921.5.28

◇集外文



这几首歌是从日本海贺变哲所编《端呗及都都逸集》内选译的。原本共有端呗五百五十首，都都逸一千七百首，现在只从端呗之部选了几篇。端呗用五七调叠成，长短没有一定，都都逸限定四句二十六字，都是可以歌唱的俗谣。歌中主旨几乎全说恋爱，也多有讲“花柳社会”的生活的，木下杢太郎[2]所谓“鄙俗的但是充满眼泪的江户平民艺术”，恰是这些俗歌的适当的评语。现在所选，并不是说最好，只拣可懂可译的罢了。有几篇花柳社会的歌，虽然我看了很以为好，已经将他译出，只因译语不能如原本那样柔软含蓄，恐怕有人误会，所以踌躇良久，终于删去了。其实江浙一带的山歌，也多是讲“私情”的，在明白的人看来，本来没有什么忌讳，但是现在当作一般的读物发表，还是注意一点的好，所以只留了这五篇。

一九二一，五月二十八日记。

【钟校】

① 1921.6.29 刊《晨报》。

②“木下杢太郎”，“杢”原作“木”。

# 燕子与蝴蝶译记[①]

◇1921. 7. 1

◇现代小说译丛



戈木列支奇（Wiktor Gomulieki），据诃勒温斯奇的《波兰文学史略》上说，“是在实证主义文学失败分散时代（案即近来三十年间）的一个诗人，唯理主义之子，所谓高蹈派的第一显著的优雅的代表”。关于他的小说，在本年一月号的小说月报上，有王剑三先生译的一篇《农夫》和说明，可以参考。

这一篇原名“这是燕子胡蝶们所不懂的”（*Kion ne komprenas La hirundoj kaj papilioj*），德国巴因（K. Bein）博士用世界语译出，收在所编的《波兰文选》（*Pola antologio*，一九〇九）里，现在便据这一本重译的。

一九二一年七月一日记。

【钟校】

① 1921. 8. 10 刊《小说月报》12 卷 8 号。

# 二草原译记[1]

◇1921.7.7

◇现代小说译丛

显克微支（Henryk Sienkiewicz 一八四六至一九一六）的小说，由我译出的，有《炭画》（单行）、《乐人扬珂》、《天使》、《灯台守》（《域外小说集》内以上皆文言）、《酋长》（《点滴》内）、《你祝福了》（《新青年》八之六）共六篇。这一篇也是从世界语《波阑文选》译出，原注云印度故事，与《你祝福了》同属一类，是空想的诗的作品。格拉波夫斯奇（Grabowski）的《万国文选》里，又有他的一篇《宙斯的裁判》（*La juĝo de Zeŭg*）也是这一类的希腊的故事。这种新作的古事，犹如旧酒囊里的新酒，有一种特别的风味。无论时地情事怎样的渺远荒唐，但现代人的心却在底下跳着，所以同写实作品一样的能够引动我们的心情。

七月七日附记。

【钟校】

① 1921.9.10 刊《小说月报》12 卷 9 号。

# 我的姑母译记[①]

◇1921. 7. 15

◇现代小说译丛



科诺布涅支加（Marja Konopnicka 一八四六至　）是现代波阑的女诗人，但伊也做小说，诃勒温斯奇在《波阑文学史略》里说：

近代波阑诗界里的大人物是亚斯尼克（Adam Asnyk）。……但这是马理亚科诺布涅支加，波阑最大的女诗人，在诗人的竖琴上添了一枝新弦：便是现代意义的“平民”。从伊的伟大的才能，产生出许多富美的各式的文学作品。最近的一书，名《在巴西的巴尔折耳先生》，是一篇平民的史诗，正如密支该微支（Mickiewicz）的《泰达思君》（*Pan Tadeusz*）是贵族的史诗一般。这不但是文学上的一个界牌，而且是民众教化上的边境的标柱；他表明国民已经超出阶级精神之上，容纳平民到全灵堂里去了。

凯拉舍克（J. Karásek）著《斯拉夫文学史》第

二卷云：

> 科诺布涅支加在许多地方，是哲学的，对于古典世界有着特爱的一个确实的勇敢的人物。……伊是女子的苦楚和哀愁的诗人。伊的功绩，是在以民族的全灵堂——饶富其民众。伊以叙述移住民生活的，尚未完成的史诗《在巴西的巴尔折耳先生》引起颇大的惊异。……至于故事，则该尔支的旅行记载，尤其是抱了对于南斯拉夫的特爱而作的。但伊也识得诺曼的海岸。诗人之外又为动人的故事家；也做文学的论说和美文，虽然多是主观的，而构思叙述却都颇为奇特。

这一篇小说，从世界语《波阑文选》译出，虽然没有女诗人的那种特色，但别有一种殊胜的地方，为别人所不能及。这便是描写独身女人的感情的变化。那种细腻优美的描写，带着一点轻妙而且有情的滑稽，的确是女性的特长，不是一般男性文人所能容易学到的。我以为在这一点上，女小说家的独有的价值差不多就可以确定了。

七月十五日记。

【钟校】

① 1921.10.10刊《小说月报》12卷10号。

# 周建人译犹太人附记[①]

◇1921. 7. 18
◇集外文



“亚当式曼斯奇（Adam Szymański）的散文小篇，有西伯利亚流人的歌的幽郁。”——诃勒温斯奇（T. Holewinski）《波兰文学史略》第五章。

“式曼斯奇也经历过送往西伯利亚的流人的命运，是一个身在异地而向祖国竭尽渴仰的抒情的人物，从他那描写流人与严酷的极北的自然相抗争的小说中，每飘出深沉的哀痛。他并非多作的文人，但每一篇出现时，在波兰却以多大的同情而被容纳。”——凯拉舍克（T. Katásek）《斯拉夫文学史》第二卷。

关于式曼斯奇的事迹，我们所能知道的只有这一点。这篇小说收在英国般纳克（E. C. M. Benecke）女士所译的《波兰小说集》中，原名《卢巴耳妥夫来的斯鲁尔》（*Srul-from Lubortów*），序文有云：“此篇在式曼斯奇的西伯利亚小篇中，普通被人推为最动人之一，他的著作从个人经验而来，因为他自己也被流放在西伯利亚有许多年。”

这篇依据英文本译出之后，因为巴音博士的世界语《波兰文选》里也有这一篇，所以由我校对一过，发见了几处繁简不同的地方，决不定是那一本对的。我知道鲁迅先生有德译式曼斯奇的小说集，所以便请他再校，当作第三者的评定。他的答信里说：

> 所寄译稿，已经用洛普商斯奇（S. Lopuszoński）的德译本校对一过，似乎各本皆略有删节，现在互相补凑，或者可以较近于足本了。……德译本在 Deva—Rcnan—Sammlung 中，也以消闲为目的，并非注重研究的书，只是译者亦波兰人，通原文自然较深，所以胜于英译及世界语译本处也颇不少，现在即据以改正。此外单字之不同者还很多，但既以英译为主，便也不一一改易了。……

这篇《犹太人》，我们能够得到三种译本，互相比较，作成汉译，希望他或能近于足本，对于著者及读者可以略少疚心，这是我们所很欢喜的。

一九二一年七月十八日，周作人记。

【钟校】

① 1921.9.1 刊《小说月报》12 卷 9 号。

# 父亲拿洋灯回来的时候译记①

◇1921. 7. 31
◇现代小说译丛



约翰尼哀禾（Juhani Aho）本名勃罗佛尔德（Brofeldt），一八六一年生于列塞尔密（Lisalmi，芬阑内地）。早年作小说数篇，有名于时，英国倍因（R. Nisbet Bain）评云：

> 哀禾的艺术是将丕佛林多（Päivärinta）的一切的照相的精确与宽宏的善感，与来约南（Rcijoncn）的真实的滑稽结合而成，但哀禾的滑稽却更广且深；他此外又有优美的空想与活现的想象，——这些特质，在芬阑小说家大抵很是缺乏的。

一八九〇年哀禾以官费游历法国，颇受自然派的影响，一时褒贬纷然。据倍因说，因为他的真实的滑稽，优美的空想，柔和的忧郁，深厚的感情，都与自然主义不甚相合；这或者是确当的断语，但是他最近的成就，我们也无从得知了。这一篇从倍因译哀禾小说集中译出，是他早年著作之一。德国勃劳绥威德尔（E. Brausewetter）在《北方名家小说》（*Nordische Meisternovellen*）传记里说：

> 芬阑近代诗中最重要最特别的趋向之一，是影响于芬阑人民的欧洲文明生活的潮流的反映。在这事上，少有一个诗人，能深深的攫住而且富于诗致的展布开来，如站在他祖国的精神运动中间，为第一芬阑日报的领袖之一的哀禾的。
>
> 他在公布的第一册，总题为《国民生活》的三篇故事之中，《父亲拿洋灯回来的时候》和《铁路》两篇里面，将闯入的文明生活的势力，用诗的意义来体现他。最初的石油灯和最初的铁路，及于少年和老人的效力，有种种的不同。人看出开创的进步来，但从大口的仆人的状态上，也看出一切文化在最初移植时偕与俱来的无可救药的势力；而终在老仆沛加这人物上，对于古老和过去，都罩上了传奇的温厚的微光。正如伽耶尔斯坦（Geijerstam）美妙的表白说："哀禾对于人生的被轻蔑的个性，有着柔和的眼光。这功效，是他能觉着交感，不特对于方来的新，而且

> 也对于方去的故。”但这些故事的奇异的艺术的效力，却也属于能将这些状态纳在思想和感觉态度里的哀禾的才能。

《铁路》这一篇，据倍因说：

> 他用了真实的芬阑的滑稽和详细，描写乡下老夫妇初见铁道时的影响；他们在看见以前，不相信有这事；看见以后，又不赞许这事。

哀禾早年著作，大抵是乡土艺术一流。因为芬阑虽为属国，但瑞典与俄国先后待他都颇宽和，不像波兰那样的受压，所以爱国思想趋重歌咏乡土，而怀慕古昔之情，也就自然的同时发生了。但到九十年代末，哀禾的著作便倾向于写实，与先前不同。倍因译集中《海尔曼老爷》与此篇，属于前期；《前驱》与《诚实》皆后期之作。《前驱》曾译载《域外小说集》中，又《欧美小说丛刊》中亦别有译本。

七月三十一日记。

【钟校】

① 1921.10.10刊《小说月报》12卷10号。

# 伊伯拉亨译记[①]

◇1921. 8. 1

◇现代小说译丛



蔼夫达利阿谛思（Argyris Ephtaliotis）生年事迹不详，但知其为医生，曾留学欧洲大陆。这一篇从英国劳斯（W. H. D. Rouse）译的《希腊诸岛的故事》中译出。原书一八九七年出版，云当时希腊文本尚未刊行，是从著者手稿翻译的。他虽然是爱国思想的作家，但仍是富于人情，描写希腊和土耳其人不分什么轻重，令人对于篇中的人物，一样的各自引起同情，这可以说是他的好处。

一九二一年八月一日记。

【钟校】

① 1921. 10. 10 刊《小说月报》12 卷 10 号。

# 神父所孚罗纽斯译记[①]

◇1921. 8. 9

◇现代小说译丛



蔼夫达利阿谛思（Argyris Ephtaliotis）是希腊现代最大的小说家之一，曾在欧陆留学，本业医。这篇据英国劳斯（W. H. D. Rouse）的《希腊诸岛小说集》译出。我们读这一篇故事，不觉联想到二千多年前的谛阿克利多思（Theokritos）。他的描写物色，有如收获祭的那篇牧歌；神父的恋爱的苦甜，很有些类似愿化为胡蜂进阿玛吕利斯（Amaryllis）的岩室去的牧人和对月呵禁的魔术女（Marphakeutria）：但是一样的悲哀，却没有那样的热烈了。侏儒（Punchinello）与舞姬之爱，我们在于俄（Hugo）及安兑尔然（Andersen）等的著作里，差不多看得很普通了，但这篇加上一个希腊的背景，又有别一种的情趣。

著者是独立战争时代的人，所以富于爱国思想，而反抗异族的运动，即以怀慕古昔之情作根柢：这在被压迫的民族里，原是自然的趋势，如现代波兰和爱尔兰都是一例。在这篇里，所以怀古的思想也很丰富。但是革命精神的怀古，是一种破坏现状的方便，与对于改革而起的反动的保守的运动很不同，譬如希腊复活古语，貌似复古，其实却在驱逐闯入的土耳其语。中国革命以前的复古思潮也如此，与革命后的反动的复古完全是两样的；所以我们对于被压迫民族的怀古的思想要能客观的理解他，不可将他认作民族的传统精神。希腊民族的真精神，还是在于先代的异教的现世主义；劳斯在卷头的论文《在希腊诸岛》内说：

> 但没有运命女神，没有哈隆（Charon，渡人的魂灵到冥间之鬼），也没有疾病的恐怖，能够使希腊人忧郁。他应着必要尽力的工作，去得食物以活命。……希腊人将时常跳舞着，正如英国人高兴的时候将唱一只滑稽歌一样。

一九二一年八月九日记。

【钟校】

① 1921.9.10刊《东方杂志》18卷17号。

# 颠狗病译记[①]

◇1921. 9. 5

◇空大鼓



伊巴涅支（Vicente Blasco Ibanez）是西班牙现代的文人，现年五十馀岁，关于他的生活沈雁冰君有一篇评传，登在今年《小说月报》上，这里不重说了。

伊巴涅支最著名的著作是《启示录里的四骑手》（*Los Cuatro Jinetes del Apocalipsis*），关于欧战的一部长篇小说。现在这一篇原文在他小说集《月女》（*Luna Benamor*）里边，据戈耳特堡（Isaac Goldberg）博士英译本译出。这是他描写故乡伐伦契亚生活的作品之一。美国福特（J. D. M. Ford）教授在《西班牙文学的主流》里批评这些作品说：

没有一点愉快的事物来减轻这些图画上悬着的阴暗；他是这样的一个画家，专将阴影和悲苦的景

> 色移到画布上，不取那些含有光明与喜悦的。但他是一个有确实的技艺的艺术家，虽然他的材料和色彩的选择只能显出一个凄厉的印象。

我们读这一篇也可以看出这特质，只是他虽然“过于喜欢左拉（Zola）的技工”，但他又是社会的宣传家，因此他的著作于自然派的气息以外很有理想派的倾向了。

一九二一年九月五日，在北京西山记。

【钟校】

① 1921.9.1 刊《新青年》9卷5号。

# 金鱼译记①

◇1921.9.10

◇现代日本小说集



铃木三重吉（Suzuki Miekochi）是夏目漱石（Natsume Soseki）的弟子。漱石在二十世纪初年日本自然主义最盛的时候，提倡他的低徊趣味的文学，独立一派，可以说是新古典主义。三重吉从他受业，但并不是低徊派，同时也便不是自然派了。派别原是不易定的，有人称他为理想派，不过聊以别于他派罢了。

他最擅长描写男子的对于理想的女人的追求与幻灭的悲哀，又写少年时代传奇的情绪也很美妙，如《栉》《黑血》《鸟》及长篇《小鸟的巢》都是。

现在所译的这一篇，收在他小说集第八卷《金鱼》（*Kingyo*，一九一五）里，是他得意著作之一。今年土岐哀果编罗马字的日本小说集，请各作家自选一篇，三重吉的便是这《金鱼》。

三重吉的文章非常优美，因此不容易译。他又有特别的修辞，如青的雨，黑的心情之类，是他的一种特色，现在都仍沿用，因为不好去更改他，以致失了原有的趣味。

一九二一年九月十日附记。

【钟校】

① 1921.12.25 刊《东方杂志》18 卷 24 号。

# 巡查译记

◇1921. 10. 15

◇现代日本小说集



国木田独步（一八七一至一九〇八）的著作，我曾译过一篇《少年的悲哀》，登在《新青年》第八卷内。这一篇从小说集《运命》（一九〇六年出版）中选出，据江马修在《国木田独步评传》中说，是一九〇一年寄寓在西园寺侯[2]爵邸内的时候所作。

在这期间，他做了两篇佳作，《牛肉与马铃薯》及《巡查》。……《巡查》是以侯爵邸内的巡查为范本而作的，虽然很短，他自己却很中意，曾说："这是我的杰作。像这样写的如意的作品，还不曾有过。不能容于现今的读书界也未可知，但我自己相信这是杰作。"这两篇都载在大阪的文学杂志小天地上。……

当时他预料《巡查》一篇的酬金至少当有五元，所以约定朋友去上饭馆，等到送来的时候，却只有三元，他心里很不高兴。这也是关于这篇小说的一则轶闻。

一九二一年十月十五日附记。

【钟校】

① 1921. 10. 20 刊《晨报副镌》。

②“侯”原作“候”。

◇1921. 10. 17

◇陀螺

# 大言译记[①]

路吉亚诺思（Lukianos）二世纪时叙利亚人，讲学雅典，以希腊文著作。其问答体诸篇最佳，具喜剧拟曲讽刺诗哲学问答诸种分子。此篇系其《妓女问答》（*Hetairikoi dialogoi*）之一，原第十三，别无篇名。古今相去千七百馀年[②]，但人情没有变化，读古文书，仍有现代文艺的趣味，所以译他出来。我想古典之有生命者，不以古而遂湮灭，正犹今“典”之无生命者不以今而得幸存。

一九二一年十月十七日附记。

【钟校】

① 1921. 10. 28 刊《晨报副镌》。《陀螺》，1925 新潮社初版。

② “千七百馀年”，原无“千”字，今增。

# 兵士译记[1]

◇1921. 10. 21

◇陀螺



这篇也是《娼女问答》之一，原列第十五。海罗达思《拟曲》第二，述娼家主人巴达洛思诉水手泰勒思劫娼女密耳达勒，大略近似。巴云：

> 我在这泰勒思手里，受了多少苦恼，正如掉在沥青里的老鼠。我被打了，我家的门捣破了，我的门楣烧掉了，——我却一年拿出四个斯达台耳（值银三十元）做房租，老爷们。密耳达勒，前来，给大家看，不要害羞，只当你所见的那老爷们都是你的父亲和兄弟们便好了。老爷们，请看伊的柔嫩的身体，给那恶棍在拖伊出去的时候，怎样的都被抓破了。

他又对泰勒思说：

我想，你爱密耳达勒罢。那是不足为奇。我也爱麦。给我那个，你就得到这个了。否则，凭了上帝，倘若你胸中有情火烧着，将伊的身价塞到巴达洛思的手里来。那么，伊是你的了，你可以去随意的捶伊了。

十月二十一日附记。

【钟校】

① 1921.11.6 刊《晨报副镌》。

# 魔术译记①

◇1921.10.22

◇陀螺

这是《娼女问答》的第四篇，与谛阿克列多思《牧歌》第二相似，而较轻妙，盖所言系外宅，所以没有那样的真挚而猛烈。文中魔法轮原云 Rhombos，陀螺之一种，如原始民族所用的牛鸣板，挥舞之作大声。《牧歌》中云：

> 正如这青铜的轮之旋转，他也将因了爱神的禁厌，这样没有安息的转转于我的门外。我的魔法轮呵，牵引我所爱的人回我这里来！

又说：

> 兑耳菲思从他的外衣上落下这条花边，我现在将他撕碎，投入凶残的火焰里。

这便是用硫黄熏鞋子的意思，想因了感应之力伤害衣物的主人。

十月二十二日附记。

【钟校】

① 1921.11.14 刊《晨报副镌》。

# 苦甜译记①

◇1921.12.5

◇陀螺



朗戈思（Longos）的事迹无可考，只知道大约是四世纪时的人罢了。他所著的一部《达夫尼思与赫洛蔼》，是后世田园小说的始祖，正如台阿克利多思之于《牧歌》。现在牧羊人与牧羊女的那种拟古的小说虽然已经不再流行了，但是在描写田园生活的作品里，一切的清新优美之气，差不多仍然从这个源泉里出的。原书凡四卷，共一百四十馀节，现在所译系第一卷十六至十八节，是全书中有名的处所之一。丹麦尼洛布（Nyrop）教授在《亲吻与其历史》中说，“最初的亲吻以后的感情，曾记述在那古代的纯朴而又极优雅的恋爱故事《达夫尼思与赫洛蔼》的里边”，所指便是这几节。文中略有涉及神话故实的地方，今附注于左。

宙斯（Zeus）是希腊最大的神，幼时为母羊所乳。达夫尼思与赫洛蔼都是贵家的弃儿，亦受母羊乳哺，后为牧人所留养，所以文中说正如宙斯一般。

牧神（Ran）居山林中，角耳及两足皆如羊，又有山灵（Satyroi）形状相似，但品位稍下，数亦众多，不如牧神之只有一人。

提阿尼梭思（Dioaysos）是一切生命之神，亦是酒神，状如美少年。

“面色比夏天的草更青白”，本出于古代女诗人萨普福（Sappho）有名的《寄所爱（的女）》的诗中。伊的断片中又有“苦甜”（Grykypikron）一个字，表示恋爱的苦恼[②]，现在便拿来当作题目。“伊的嘴比蜜房更甜”，在《旧约》雅歌里也说“你的嘴唇滴蜜，好像蜂房滴蜜”，台阿克利多思《牧歌》第一章说，“愿你的美的嘴满是蜜，满是蜜房”，正是古代常用的文句。

一九二一年十二月五日记。

【钟校】

① 1921.12.11 刊《晨报副镌》。

② “恼”原作“劳”。

# 日本俗歌六十首题记[①]

◇1921. 12. 24

◇陀螺

俗歌这个名称，是我所假定的，包括日本民间合乐或徒歌的歌词，以别于文学上的短歌，或一般合乐的长段的俗曲，如“义太夫”及“清元”等。这俗歌里的种类本来颇多，如形式上的端呗与都都逸等，性质上的盆踊歌插秧歌以及“花柳社会”的歌；现在不加分别，只统称俗歌，因为我的目的不是在分析的研究，只是想介绍一点日本俗歌的思想与文词的大略罢了。

这六十首歌，是从我所见到的几册俗歌集里选出来的；选译的标准，并不限于模范的佳作，因为国语与个人的表现力大抵都有若干的限制，想要自由的恰好的写出别国诗歌中的情调，至少在此刻是不可能的；所以尽有许多歌词，在我看来本很好，但没有将他传达出来的能力，终于只能割爱：这是我自己所最惋惜的。因此，“现在所译并不说是最好，只拣可懂可译的罢了”这几句话，不免又须重述一番，当作一个声明了。

我的翻译，重在忠实的传达原文的意思，——原文所无而由译者加入的文句，加方括弧为记号，——但一方面在形式上也并不忽略，仍然期望保存本来的若干的风格。这两面的顾忌使我不得不抛弃了做成中国式的歌谣的妄想，只能以这样的散文暂自满足。倘若想保存了原诗的内外之美而又成为很好的五七言绝句或古风，那是“奇迹中的奇迹”，决不是我所能做到的事情。日本有一卷古书名《艳歌选》，其中抄录俗歌，各附以汉译的五绝一章，如下文第四首译诗云：

歌送东关人，舞迎西海客；为月还为花，春朝又秋夕。

又如第五一首云：

郎意欲迎妾，妾身宁得行？行程五百里，风浪转相惊。

虽然著者自己谦逊，在序里说：“但供和俗顾笑，假使华人见之，则不知何言之比也。”（原序汉文）实在却是很漂亮的子夜歌；不过成了一首汉诗，已经不是日本的俗歌了。俗歌的特色，同别种的日本诗歌一样，是“言简意赅”，富于含蓄，能在寥寥两三句话里，包括一个人生的悲喜剧。第三首本是插秧歌之一，只写男子对他的故妻的“未练”（未能忘情的心情），却藏着一个悲凉的背景，亲权家风或习俗逼迫的不自主的离婚；言词愈简，含意也愈深，实在超过德富芦花的一部《不如归》。正如中国的一篇《蘼芜行》，日本可以译成诗的散文，而不能译成俗歌，所以我们也不能将俗歌译成中国的子夜歌。欧洲人译《旧约》里的《雅歌》只用散文，中国译印度的偈别创无韵诗体，都是我们所应当取法的。我们翻译介绍外国作品的原意，一半是用作精神的粮食，一半也在推广我们的心目界，知道我们以外有这样的人，这样的思想与文词；如果不先容纳这个意见，想在翻译中去求与中国的思想文词完全合一的诗文，当然是不免失望：但这责任却不是我们的。为他们计，已经有许多中国的古诗在那里了。

一九二一年十二月二十四日记。



【钟校】

①《日本俗歌四十首》1922.2.15刊《诗》1卷2期，又《日本俗歌二十首》1922.9.17刊《努力》周报20期，二者合为《日本俗歌六十首》，收入新潮社1925.9出版的《陀螺》译诗集中。

# 波特来耳散文小诗译记[1]

◇1921. 12. 30

◇陀螺

波特来耳（Ch. Baudelaire，一八二一至一八六七）于一八五七年发表诗集《恶之华》，在近代文学史上造成一个新时代。他用同时候的高蹈派的精炼的形式，写他幻灭的灵魂的真实经验，这便足以代表现代人的新的心情。他于诗中充满了一切他自己的性格的阴影，哲学的苦味，和绝望的沉痛。他的幻景是黑而可怖的。他的著作的大部分颇不适合于少年与蒙昧者的诵读，但是明智的读者却能从这诗里得到真正希有的力量。他又有散文小诗一卷五十章，原名《巴黎之忧郁》，也是同类的精湛的文字，现代散文诗的流行，实在可以说是他的影响。现在据英国西蒙士诸人的译本，并参考德人勃隆译全集本，译出八章。

一九二一年十二月三十日附记。

【钟校】

① 文中所云“译出八章”连同本文均收入译诗集《陀螺》。

# 媒婆译记[①]

◇1921.12.30

◇陀螺

海罗达思（Herodas）大约是基督前三百年的人，事迹不详，但存所作拟曲数篇。

> 拟曲者亦诗之一种，仿戏曲之体而甚简短，多写日常琐事，妙能穿人情之微。古作者中以海罗达思为最胜，生当中国汉初，著作尽逸；二十年前始于埃及败棺中得其残写本，仅存七章，及断简三四而已。

八九年前我曾将其中《媒媪》及《塾师》译成“古文”，登在《中华小说界》上，上面的一节便是当时序言的一部分。现在将《媒媪》重译一过，有几处与古文译本颇不相同了。

一九二一年十二月三十日记。



【钟校】

① 1922.1.1刊《晨报副镌》。

# 形影问答译记[1]

◇1922. 1. 5

◇现代日本小说集

佐藤春夫生于一八九一年，是现代日本的一个诗的小说家，所著有《田园之忧郁》等五种。我以前曾译过一篇《雉鸡的烧烤》，登在去年本报上，在《觉悟》上又登过鸣田君译的《早春的一日》。现在这一篇系从小说集《美的街市》中译出。法国波特来耳的散文小诗中有一章《月的恩惠》（我的译文收在译诗及小品集《我的华鬘》中，今年春间想付刊)，可以参看。

一九二二年一月五日附记。

【钟校】

① 1922. 1. 8 刊《晨报副镌》。

# 潮雾译记[①]

◇1922. 1. 10

◇两条血痕



有岛武郎（Arishima Takeö）生于一八七七年，本学农，留学英国。一九一〇年顷，杂志《白桦》发刊，有岛寄稿其中，渐为世间所知，历年编集作品为《有岛武郎著作集》，至今已出到第十三辑了。这一篇当初载在东京《时事新报》上，又收在《白桦之林[②]》里，其后编入著作集第七辑。

关于他的创作的要求与态度，他在著作集第十一辑里，有一篇《四件事》的文章，略有说明。他说：

第一，我因为寂寞，所以创作。在我的周围，习惯与传说，时间与空间，筑了十重二十重的墙，有时候觉得几乎要气闭了。（但是）从那威严而且高大的墙的隙间，时时（望见）惊心动魄般的生活或自然，忽隐忽现。得见这个的时候的惊喜，与看不见这个了的时候的寂寞，与分明的觉到这看不见了的东西决不能再在自己面前出现了的时候的寂寞呵！在这时候，能够将这看不见了的东西确实的还我，确实的纯粹的还我者，除艺术之外再没有别的了。我从幼小的时候，不知不识的住在这境地里。那便取了所谓文学的形式。

第二，我因为爱着，所以创作。这或者听去似乎是高慢的话。但是生为人间而不爱者，一个都没有。无因了爱而收入的若干的生活的人，也是一个都没有。这个生活，常从一个人的胸中，想尽量的扩充到多人的胸中去。我是被这扩充性所克服了。爱者不得不怀孕。怀孕者不得不产生。有时（产生）活的小儿，有时死的小儿，有时双生儿，有时月分不足的儿，而且有时母体自身的死。

第三，我因为欲爱，所以创作。我的爱被那想要如实的攫住在墙的那边隐现着的生活或自然的冲动所驱使。因此我尽量的高揭我的旗帜，尽量的力挥我的手巾。这个信号被人家接应的机会，自然是不多。在我这样孤独的性格，更自然不多了。但是两回也罢，一回也罢，我如能够发见我的信号被人家的没有错误的信号所接应，我的生活便达于幸福的绝顶了。为想要遇着这喜悦的缘故，（所以创作的）。

第四，我又因为欲鞭策自己的生活，所以创作。如何蠢笨而且缺向上性的我的生活呵！我厌了这个了。应该蜕弃的壳，在我已有几个了。我的作品做了鞭策，严重的给我抽打那顽固的壳。我愿我的生活因了作品而得改造！

【钟校】

① 1922.1.10 刊《东方杂志》19 卷 1 号。《两条血痕》，翻译日本小说集，1927 开明书局初版。

②“林”原作“森”。

# 一日里的一休和尚译记[1]

◇1922. 1. 12
◇两条血痕



武者小路实笃（Mushakôji Saneätsu）生于一八八五年，先前为“白桦派”文人的领袖，近三年来在日向经营新村，但一面在文艺上仍然很努力，在《白桦》之外去年又创刊一种杂志名《生长的星之群》。

他的著作集现在刊行者共约三十册，其中十种是评论感想，其馀都是戏剧和小说。这一篇从《小小的世界》中选出，是他得意之作的一篇，去年土岐哀果编集罗马字的短篇小说集，请各著作家自选一篇，他所选的便是这《一日里的一休》。文中意思很明显，用不到再加注释，现在只就史实上略略说明。一休是禅宗大德寺的高僧，初名周建，后改宗纯，一休是他的号。文明中奉勅住持大德寺，赐紫衣；文明十三年

（一四八一）[2]卒，年八十八。他在大德寺里的住所，称瞎驴庵；后世传述他的奇行甚多，常被用作近代通俗小说的材料。

武者小路君的著作里，还有戏剧《三和尚》小说《从一休听来的话》，也是说着一休的。

一九二二年一月十二日附记。

【钟校】

① 1922.4.10刊《小说月报》13卷4号。

② 日本文明十三年为公元一四八一年，“一四八一”原作“一五八一”。

# 星的小孩译记[①]

◇1922. 3. 15

◇集外文

小林章子是现代日本的一个女诗人，伊的年纪我不知道，看伊的照相不过七八岁罢了。伊同姊姊园子千贺子都能做很美而自然的诗，去年《觉悟》上曾经有人介绍过，可惜我此刻找不到了。“星的小孩”是他们三人诗集的名字，现在从这里面选译了最小的女诗人的十首小诗。

三月十五日记。

【钟校】

① 1922. 3. 19 刊《晨报副镌》。

# 法国的俳谐诗译记[①]

◇1922. 3. 31

◇陀螺



一九二〇年十二月九日《读卖新闻》上有冈野薰的一篇《俳谐与法国诗人们》，说有保朗等十人从诗人古修研究日本俳句，共作俳谐体三句诗，并译出十首附在后面。一九二一年十一月与谢野宽在《明星》第一期上介绍法国的俳谐诗，略附说明道：

法国诗坛受了俳句的暗示，作三行的俳谐诗(Haikai)，始于古修，已经是十七八年前的事情了。这一派青年诗人在最近的大战去出征，并且作俳谐诗。这个真正的"无说明之诗"（Poesie san explication)，据说是甚适于表现战地的一刹那的感兴。其中也有死在战争里的人。这俳谐派虽然人数还少，却已确在法国诗坛的一隅有了基础。其作品出现在于诸杂志，诗集已有几册出来了。……

他们诗虽然称作俳谐，在形式上相似的地方，是以三行组成，但未必用五七五的字数。其内容与语数相比例，大抵也较俳句更为复杂，无宁近于短歌。感情的暗示的地方，很与俳句相像。俳句有季节的限制这一件事，他们是不知呢，还是知道而故意的不顾的，都未可知。

现在便就两家所译的俳谐诗，重译出来，共十人二十七首。

一九二二年三月三十一日附记。

【钟校】

①《法国的俳谐诗》1922. 3. 15 刊《诗》1 卷 3 期。本文作于其后，与诗二十七首一同收入《陀螺》集中。

# 与英国人译记[1]

◇1922. 5. 30

◇集外文



一九〇七年顷在东京的时候，K君拿了这篇诗来，叫我译成白话。那时我们受了太炎先生的影响，正做着古怪的古文，没有译白话的意思，但K君说这诗在一本小册中，张溥泉君正在翻为白话，所以这篇也非白话不可，因此我便将他译作一种曲调的东西，送给他去。到了现在，这件事差不多完全忘记了。前日E君忽然提及，说演说里要引用，叫我译他出来，我于是想到那本小书，四处找寻，好容易在C君处总算找到了，但是原本八节，在那里只有六节，所以不得不修改一遍。其中有三四节还是旧译，没有很大的变动，此外虽然是新译，但也略仿旧的体裁，使得语气不至大差。至于这种译法，据我现在的意见，总觉得是劳而无功的。

一九二二年五月三十日。

【钟校】

① 1922. 5. 31 刊《晨报副镌》。《与英国人》是英国诗人雪莱的诗。

# 世界语的诗译记[①]

◇1922.6.8
◇集外文



今日上午北京世界语学会在法政专门学校开讲演会，除世界语演说之外，尚有爱罗先珂君的独唱。现在将原诗三篇及译文先行发表，其中柴孟霍夫博士的二诗，在盛国成君的讲义中曾有译本，因为是文言的，所以应爱罗君之嘱，改成语体了。爱罗君的诗据说汪馥泉君也已译过，但找不到那一个本子，也由我匆匆的另译一过了。

周作人附记。

【钟校】

① 1922.6.11刊《晨报副镌》。

# 杂译诗二十五首前记[1]

◇1922. 9. 30

◇陀螺

这几年里读书的时候，看见有些诗歌颇有趣味，便将他们译出，到现在总结起来共得二十五首。我选译这些诗歌，只因为他们的思想美妙，趣味普遍，而且也还比较的可以翻译，并非说诗歌中只有这几篇算最好。又这二十五首的种类及思想也很不一律，所以我特地标明是杂译诗。

一九二二年九月三十日记。

【钟校】

①《杂译诗二十五首》是译诗集《陀螺》中的一组，但实有诗二十九首。其中大部分的诗曾以《杂译诗二十三首》为题于1920. 11. 1刊《新青年》8卷3号，《燕子》一首也曾于1920. 10. 23刊《晨报副镌》，故各首的后记有可能作于本文之前。

# 某夫妇译记[①]

◇1923. 7. 17

◇两条血痕

这一篇小说见去年出版的短篇集《燃烧的树林》中，今收在《武者小路全集》卷五第二部。

武者小路君的著作之译成中国语者，有毛李二君合译的《人间的生活》，鲁迅君译的戏剧《一个青年的梦》，我所译的《久米仙人》和《第二之母》。在《现代日本小说集》（《世界丛书》之一，未出版）中，俞寄凡君译的童话剧《开花翁》及《地藏与鬼》等。

武者小路君的文体非常简明而有力，不易传其神气，意思亦很明了，本无说明的必要，现在只就自己所感到的略赘数语。《约翰福音》里说，文人和法利赛人带了一个犯奸的妇人来问难耶稣，应否把她按照律法用石头打死，耶稣答说："你们中间谁是没有罪的，谁就可以先拿石头打她。"这篇的精神很与他相近，唯不专说理而以人情为主，所以这边的人物只是平常的，多有缺点而很可同情，可爱的人，仿佛是把斯特林堡（Strindberg）的痛刻的解剖与陀斯妥也夫斯奇（Dostoievski）的深厚的感情并合在一起的样子。像莎士比亚的阿赛罗（Othello）那样猛烈的妒忌，固然也是我们所能了解的，但是这篇里所写的平凡人的妒忌，在我们平凡人或者觉得更有意义了。

中国有许多人读小说，专在里边求事实，或者用为笼统的论断的根据，譬如看见易卜生的《群鬼》便说诺威青年多半发疯，看见苏德曼的《故乡》便说德国女子大抵淫凶无耻之类，决不是少见的事情。其实人性总是相同的，在时间空间上迥不相同的国里可以发见许多类似的暗黑面（当然也有许多类似的光明面），这原是不足为奇的事；但如在目的截然不同的文学作品里想来寻求攻击的资料，那未免大错特错的走错了门了。凡爱好文学者当然早已了解这些道理，所以上边所说的话不免有冒犯读者之嫌，但是据自己的经验，因为时常遇见这些误解，在介绍者的责任上似乎不得不预先说明一声，以免错误，所以加了这一节蛇足的话。至于对于明白的读者们，我当然诚意的请求他们的原谅。

一九二三年七月十七日。

【钟校】

① 1923. 11. 5 刊《小说月报》14 卷 11 期。

# 西行法师译记[①]

◇1923. 7. 21

◇两条血痕



长与善郎（Nagayo Yoshio）生于一八八八年，是白桦派的一个代表著作家。这一篇收在小说集《春天的访问》（一九二一）中，他自序中说是会心的作品之一。他的小说由我译成中文的有《亡姊》及《山上的观音》两篇，收在《现代日本小说集》（世界丛书社）中。

西行（Saigyo）是镰仓时代的高僧及诗人，生于一一二八年，本名佐藤义清，初为上皇院卫士，二十三岁时见友人猝死，因舍妻子出家，行脚全国，以歌咏自娱，著有《山家集》二卷，七十五岁卒。文学史上称“其歌自具一种风骨，纵横自在，不拘规格，虽为后世轨范家所不喜，但风调清新，融化自己于自然之怀，且有直逼真实人生之概，非专以新诗形装旧诗思为事的平安末期歌人之所能企及的。”文治二年（一一八六）西行过镰仓，为将军源赖朝所要请，嘱讲武术，优加礼遇，本文所说本此。

一九二三年七月二十一日附记。

**【钟校】**

① 1923.7.10 刊《东方杂志》20 卷 13 号。

# 婢仆须知抄引言

◇1924. 12. 20

◇冥土旅行



斯威夫德（Jonathan Swift，一六六七至一七四五[①]）是一个主教，后来乃风狂而死，可以算是英国文学界的奇人。他的著作有《格里佛游记》（*Gulliver's Travels*），前二卷经林琴南先生译成汉文，改名《海外轩渠录》，但最重要的第四卷终于没有译出。我在去年曾译过他的《育婴刍议》（原名 *Modest Proposal*），是我所最喜欢的一篇文章。

现在这几节是从《婢仆须知》（*Directions to Servants*）中选出，原书系他未完成的遗稿，在一七四五年出版，共分十四章，完成者仅有八章。据编者甲克孙说（Bohn's Library 中全集第十一册），这一篇是斯威夫德的最粗暴刻毒的讽刺之一，今选取其精彩的一部分，但《侍婢须知》诸章中有几节虽是很好，却终于没有写出来，因为怕老实的读者见怪，以为有坏乱风俗之嫌疑，虽然明明是[②]一种巧妙的反语。斯威夫德很熟悉仆人们的弊病，他有很好的对付方法，据斯谛芬（L. Stephen）的《斯威夫德传》里说，传闻有一回他申斥仆人不曾刷鞋，仆人答说反正穿上也随即弄脏了，他便叫仆人不必吃早饭，因为反正不久也就要肚饿的。这也值得收到《婢仆须知》里去。

一九二四年十二月二十日记。

【钟校】

①“一七四五”原作“一八四五”。

②“明明是”原作“是明明”。

# 古事记中的恋爱故事后记①

◇1925. 1. 4

◇陀螺

以上所译两篇并在《古事记》下卷，照年月推算，女鸟王的事发生于三五二年（晋永和八年），轻太子的事发生于四五四年（宋孝建元年）。这或系当时事实，但我们现在所念到的只是经过了诗人的空想的传说，不是史实。这两件事就是在上代人的心目中也是有点违反道德的，女鸟王的谋杀天皇与轻兄妹的恋爱都得到悲剧的结局正是当然，但热烈迫切的恋爱引起深厚的同情，所以传述中加入了许多美妙的诗歌，给这些殉情的男女做华鬘戴上。（歌后注明这是什么歌的起源，可见这故事诗歌在民间的流行与影响。）虽然日本的古史传说中多加入诗歌，本是常事，但没有这样的多而且好，据和辻哲郎在《日本古代文化》中说，这两篇故事是《古事记》里的杰作，而轻兄妹故事中的几首情歌又是全书里的最优美的诗篇。中国《诗经》中也有恋爱的诗，但殊少奔放一点的，大抵是压在家族制度底下的呻吟声，像这种“死之胜利”的情歌绝难听到，无论是好是坏，总之这是中日两国的很不相同之一点。

《古事记》是日本最古的书，系安万侣奉诏编纂，记述稗田阿礼所暗诵的传说旧词而成，共分三卷，记天地开辟以至推古天皇时代，后世称为神典，比于基督教的圣经。书成于元明天皇和铜五年（七一二年，唐睿宗末年），当时日本尚未有和文字母，故用汉字纪录，音训夹杂，甚难诵读。安万侣《上古事记表》（原系骈文）中说明记述的困难并采用这种方法的缘由云："……然上古之时，言意并朴，敷文构句，于字即难：已因训述者词不逮心，全以音连者事趣更长。是以今或一句之中交用音训，或一事之内全以训录。"十八世纪后日本国学勃兴，本居宣长就原文加以和训，为《古事记传》四十九卷，于是此书才略可解，今所译参考诸说，大旨仍以本居本为据。

上边所说这两篇故事——特别是那些诗歌怎么样优美，只是说它的原文，我这译本里当然不大看得出了。诗歌尤其译得不成样子，只留存大意而已，有一首偶然写得近于古文，也就不再改了，虽然或者不很调和。十四年一月四日译了记。



【钟校】

① 1925.1.12刊《语丝》9期，后全文收入译诗集《陀螺》。

# 密谈译记[①]

◇1925.1.20

◇陀螺



这是海罗达思（Herodas）所作《拟曲》的第六章，今从英文本重译。等七章说美忒罗带了几个女友到皮匠开尔敦的店里去买皮鞋，末节开尔敦说：

吹箫的友蔼台列思时时来这里，求我将这鞋卖给她，但是我不喜欢她，我不肯卖，倘若她不出四个达勒科（约值十元）。她很凶的骂我的妻。我知道你是等着鞋穿。不要那么呆，把这个拿去送给友蔼台列思，或是赫加台，或是她的女儿。是了，你拿这两双去，算七个达勒科罢。我为了美忒罗这样算了罢。——唉，你的亲吻将送我直到天上，即使我是一个石像。这你的并不是舌头，这是幸福的筛。唉，你为他日夜开你的嘴的人，真是与祝福的神们相去不远了。

这一节话，颇可以作上文的参考。至于这开尔敦与美忒罗，当然与第六章的人物没有什么连络，古代喜剧中某种人物差不多有一定的名字，古典喜剧的皮匠便统叫作开尔陀。这一个字出于希腊语的开尔陀思，意云利，云狡计，后移为狡狯者，为狐之别称，这里所用大约便取这意思。

一九二五年一月二十日补记。

【钟校】

① 1925. 1. 26 刊《语丝》11 期。

# 蔼理斯与福来尔附记[①]

◇1925. 4. 1

◇集外文



这回又承顺风先生告诉我们蔼理斯的生平，至为感谢。衣萍先生从美国新出版杂志找到蔼理斯的木刻画像，也复制了一并发表在这里，——《感想录》第一卷上虽有一张像，但是不便复制，所以没有用。

蔼理斯、福来尔他们的两性道德的主张，在上等人听了的确有善美健全的效力，于德育智育体育都有极大的好处。是的，我重复的说，“在上等人”——有稳健的常识，周遍的理解，独立的判断和完全的责任的人，这才配来领取这种福音。至于心力发育不完全的“下等人”，他们看自己或别人，男的或女的，都只当作“走肉”的大多数，则于他们绝对没有用处，我们还应防止他们的利用。国民之文化上的进行不是横列，永远是纵列的，“落伍”的人们总听不懂前哨的口号：这有什么方法呢？前哨的人数加多一点，这就是文明的进步了，后面拖着走的人们还是隔着那些距离，老是那副嘴脸。愿望度尽众生的人不免要失望吧，然而我们又何必呢。

四月一日，开明附记。

【钟校】

① 1925. 5. 11 刊《语丝》26 期。

# 婴儿屠杀中的一件小事[1]译记

◇1926. 4. 20
◇两条血痕

上文初登《白桦》，后收在戏曲集《心与心》（一九一三）中，现此书已绝版，唯《武者小路全集》内尚有，在第一册内。

三月十八日执政府大屠杀以后，我心中感到一种说不出的郁抑，想起这篇东西觉得有些地方颇能替我表出一点心情，很想把他翻译出来。但是因为心绪纷乱，只起了一个头便又搁下了。十一日起忽发高热，足有十天不能出门，又拿出来看，在热退后的四五天里随手补译，到了今天总算已经写完了。我译这篇的意思，与其说是介绍武者小路君的著作，还不如说是我想请他替我说话。

一九二六年四月二十日在北京——中国之伯利恒。

【钟校】

① 1926. 5. 3 刊《语丝》77 期。

# 婴儿杀害的引言和附记[①]

◇1928. 8. 23

◇集外文



## （一）引言

这篇《婴儿杀害》（Eiji-koroshi）登在《现代三十人集》上，集系有岛、志贺二人所编，大正十年（一九二一）出版。我当时读了觉得喜欢，就想翻译，但是因为起头的地方两句极普通的招呼的话没有中国话可翻，所以中止。以后屡次想到，去年又因K女士说起无剧本可以上演，答应她在一星期内把这篇译出给她，可是也因为同样的困难，终于没有践约。今年秋雨连绵，坐在家里，又拿出来看，决心要译他出来，用了三天工夫，总算勉强成功了，不过困难还是不能全然解决。此外译得不如意的地方也不少，至于全体用语之拙笨那更不必说了，——如有人要拿去演，这非改成流丽纯粹的白话不行。本篇声明系“社会剧”，究竟他的文艺的价值如何，社会的意义如何，在我外行是说不上来。但我相信这个资本主义的社会，总是应该“打倒”的，而文学却也非是宣传，——他不是别种东西的手段，他自己就是目的；反资本主义的思想沁进到人心里去，燃烧起来再发出为言语文字，这样可以成为好的文学，是动人的艺术而非符咒或号令。我这所译的恐怕未必就是这种好著，不过总还值得看，也还可以演，比那些流行一时的漂亮的绣房剧要好一点罢。

民国十七年八月二十三日于北平市。



## （二）附记

剧中的房屋器具，言语风俗，多系日本特有，恐需解说才可明了，唯亦不能具详，只就两三点略说如下：

一、日本宗法社会的遗俗，一家里子女次序并非总算，乃依性别分计，故小山巡查长男年纪可以比阿继（长女）为小。

二、剧中所云佛坛，在中国实在应当说神堂或祖先牌位堂。因为佛教的关系，普通称死者为佛，谓成佛了的人，所以人家安放祖先牌位的小龛也就名为佛坛了。

三、阿朝（朝夕之朝）的丈夫生肺病，临死一年前就不能工作了，而还生了一个遗腹子，或者有人要疑心作者胡说，其实这倒是有科学根据的。肺病患者常有性欲旺盛的现象，据说有一个人在死的前一天，还有这种兴致与力量，所以这剧里所说并无什么破绽。

【钟校】

① 1928. 9. 17 刊《语丝》4 卷 38 期。

# 古希腊恋歌题记[1]

◇1928.11
◇集外文



原诗、译文及插图均甚佳，但何以要说是“重译”呢？这种情调似非希腊[2]所有，虽然著者说女诗人的母亲是斐尼基人，加一点东方的色彩，但以浅陋所知，古希腊文学史上未曾有此项恋歌。（或者伪善的英国故意把它没煞了么?）据我看，这明系鲁易的诗。美国 Wright 的《法国文学史》上说这是假托的希腊译本。李先生也何妨说这是译鲁易的原作呢？本书“奥附”那样三重的写法（原作者等等）未免可笑，希望再版时改正。除了这一点之外这是我所喜欢的一本书。

【钟校】

① 1928.11.10 刊《开明》1 卷 5 号。

②“希腊”，原作“希拉”。

# 慈悲译后记[①]

◇1929. 2. 21

◇集外文



拉皮诺微支（S. J. Rabinowitsch，一八五九至一九一六）是犹太近代文人，生在俄国。唆隆亚来咁（Sholom，Aeichem）乃是他的别号，据说是一句希伯来语，意云“愿你平安”，是犹太人相见时招呼的话。他以滑稽小说戏曲著名，但他的著作里是否单只是滑稽，这却不容易断定。此篇从英文转译，汉那贝尔曼译本名“*Jewish Children*”[②]，一九二二年在美国出版。

文中“搜剿”一语，原文是坡格隆（Poorom），原出俄国，指那有组织的暴动，大抵专以杀犹太人为事。犹太人在欧洲，到底品性如何，我们远在北平无从知道，且与犹太人非亲非故，亦不必搜求证据为之辩护，但此种坡格隆之为野蛮行为，则不难断言耳。

记得《工人惠绥略夫》中，有说及此种搜剿的地方，可以供好奇的人的参考。

王鲁彦君曾从世界语译有一卷犹太小说集，其中有拉皮诺微支的作品，但这一篇不曾收入。

十八年二月二十一日，难明老人附识。

【钟校】

①《慈悲》，犹太拉皮诺微支作短篇小说，译文 1929. 5. 20 刊《语丝》5 卷 12 期。

② 原注：犹太儿童。

# 村里的逾越节译后记[1]

◇1929. 3. 15

◇集外文



这篇故事后面理应有点说明，但是鄙人怕发议论，现在只抄集一点材料在这里，当作小注罢。

## （一）《旧约·出埃及记》第十二章

耶和华在埃及地晓谕摩西、亚伦[2]说，你们要以本月为正月，为一年之首。你们吩咐以色列全会众说，本月初十日各人要按着各家取羊羔，一家一只。若是一家的人太少，吃不了一只羊羔，本人就要和他隔壁的邻舍共取一只，你们预备羊羔，要按着人数和饭量计算。要无残疾的一只公羊羔，你们或从绵羊里取，或从山羊里取，都可以。要留到本月十四日，在黄昏的时候，以色列全会把羊羔宰了。各家要取点血，涂在吃羊羔的房屋左右的门框上和门楣上。当夜要吃羊羔的肉，用火烤了，与无酵饼和苦菜同吃。不可吃生的，断不可吃水煮的，要带头腿五脏，用火烤了吃。不可剩下一点留到早晨，若留到早晨，要用火烧了。你们吃羊羔当腰间束带，脚上穿鞋，手中拿杖，赶紧的吃，这是耶和华的逾越节。因为那夜我要巡行埃及地，把埃及地一切头生的，无论是人是牲畜，都击杀了，又要破坏埃及一切的神，我是耶和华。这血要在你们所住的房屋上作记号，我一见这血，就越过你们去，我击杀埃及地头生的时候，灾殃必不临到你们身上灭你们。你们要纪念这日，守为耶和华的节，作为你们世世代代永远的定例。



## （二）《谈虎集》下卷《从犹太人到天主教》

——她走到她父亲的园里，
摘下一个又红又绿的苹果，
拿这诱那可爱的休公子，
诱他进到屋里。
——她引他走过一重暗门，
一重重地走过了九重，
她把他放在一张桌上，
像一只猪似的宰了他。

——最初流出浓浓的血，
随后流出了那稀薄的，
随后流出心里的鲜血，
里边再也没有馀留了。
——她用一饼铅箔卷了他，
叫他好好地睡着，
她把他抛在圣母井里
有三十丈深的井里。

这是英国叙事民歌《休公子》（*Sir Hugh*）的第六至九节。全篇共十七节，说林肯地方有童子二十四人在那里拍球，球落在犹太人家里，休进去，被犹太人杀死，其母求得尸体葬之，寺钟自鸣，空中闻诵经声云。第十三节叙老母觅子处，语颇凄楚，最为世所知：

——她走到犹太人的园里，
猜他在采摘苹果，——
倘若你在这里，我的休儿啊，
请你对我说话。

据说这是一二五五（南宋理宗宝祐三年）的事情，英诗人屈塞（Chaucer）在《坎忒伯利故事》中又借了尼公的口讲过一遍，更使他有名了。

这篇故事当作文学看，颇有趣味，但里边却含有一个极野蛮的迷信。犹太人谋杀休公子，到底为什么呢？有人说是把他钉在十字架上，以侮弄基督，但普通则说是杀了童子沥取鲜血，当作逾越节的羔羊用。大家知道《出埃及记》上说起，耶和华除灭以色列人的仇敌，叫他自己的人民用羊血涂门为记，他就逾越过去，不加灾害，以后每年举行这个节日，这一回不过轮到休公子身上，做了无辜的羔羊的替身罢了。

这小小一件故事不打紧，在事实上却发生了不少之悲剧，欧洲有些半开化的地方如匈加利俄罗斯之类，直到近来还相信犹太人要攫去基督教的童男女沥血祀神，引起许多次反犹太的惨杀行为。犹太人在上古时代究竟是否用人于社，我不知道，或者用过也难说吧，但中世纪以来似乎没有这回事，至少在被虐杀的这几回总没有证据，这个责任是完全在迫害基督教徒的人的肩上。

——够了，自己不能说话，多抄刊文何益。

十八年三月十五日，于北平。

【钟校】

①《村里的逾越节》，犹太梭隆亚来甘作短篇小说，译文1929.3.18刊《华北日报》。

②“摩西、亚伦”原作“摩西亚伦”。

# 论居丧附记[①]

◇1930. 3. 15

◇看云集



路吉亚诺思（Lukianos）生于二世纪时，本叙利亚人，在希腊罗马讲学，用希腊语作讽刺文甚多。我曾译过一篇《冥土旅行》，又《娼女问答》三篇收在《陀螺》中。原本我只有《信史》等数篇，今均据奥斯福大学英译本译出。关于此篇，福娄氏（Fowler）序文中曾云："这不必否认，他有点缺乏情感，在他分析的性情上是无足怪的，却也并不怎么不愉快。他是一种坚硬而漂亮的智慧，但没有情分。他恬然地使用他的解剖刀，有时候真带着些野蛮的快乐。在《论居丧》这一篇里，他无慈悲地把家庭感情上的幕都撕碎了。"

是的，路吉亚诺思[②]的讽刺往往是无慈悲的，有时恶辣地直刺到人家心坎里。但是我们怎么能恨他。他是那么明智地，又可说那么好意地这样做，而我们又实在值得他那样的鞭挞。正如被斯威夫德骂为耶呼（Yahoo），我们还只得洗耳恭听。这虽然或者有点被虐狂的嫌疑，我们鞭挞自己的死尸觉得还是一件痛快事，至少可以当作这荒谬万分的人类的百分之一的辩解。

（下略）

十九年三月十五日，于北平。

【钟校】

① 1930.4.30 刊《未名》终刊号。

②“路吉亚诺思”，原作“路吉诺亚思”。

# 卡戎译记①

◇1962.7

◇集外文



《卡戎》（*Kharôn*），一名《观察者们》（*Episkopountes*），是卡戎和赫耳美斯两个人的对话。卡戎是希腊神话里专门送死人过渡到阴间的船夫，这一日向冥王请了一天的假，心想走上阳间来，　　希腊人相信阴间在地底下，可是同井底下又是不同，似乎那里又是平原，那里有一条河，在阴阳交界处，这就须得卡戎渡过去，可是又有两条河做交界，在那里就没有渡船了，——来一看阳间是怎么样的情形，因为在他船上的死人总是那么悲叹，好像生活得很有意思，舍不得离开它似的。他一上来，遇见了他的老伙伴赫耳美斯，赫耳美斯是主神宙斯的一个儿子，专给神们做使者，传达各事，也是商业这里包括买卖、欺骗以及劫夺之神，他又管把死人送往阴间的事，所以和卡戎是一向很熟的。卡戎便请他引导去观察人世，但这事似乎不很简单，所以他们便决定登上高山，望了一下子，并听了一回吕狄亚王克洛索斯和哲人索隆的对话，克洛索斯是传说非常有钱的人，生于基督前六世纪，正当中国春秋的时代。所以卢奇安在他的对话上所写也都是古时的情形，并不着重在描写现实，如海罗达斯的《拟曲》那样，因为他乃是在假借古事讽刺现今，两者的用意是绝不相同的，虽然在形式上有许多相像的地方。



【钟校】

①《卡戎》为《卢奇安对话集》之第五篇。

# 过渡译记①

◇1962. 8

◇集外文



《过渡》（*Kataplous*），一名《霸王》（*Tyrannos*），是说卡戎载一船鬼魂过渡到阴间去，其中有一个是霸王，这当初只是说他不依法定程序取得政权，后来渐成为暴君的意思了。篇名原意云往下航行，这里特别是指往阴间去，即是从上边到下界去的过渡，与普通的渡河不同，因为这条路是有去无回的。神话上有些英雄，如赫剌克勒斯、俄底修斯等，都曾到过阴间，但是他们并不经过这条河，是绕道从陆路去的。这篇里照例嘲笑世人的贪恋荣华富贵，特别借了那霸王来加以描写，中间用两个人做陪衬，即皮匠弥库罗斯与犬儒库尼斯科斯，这皮匠即是《公鸡》一篇中的主人，他似乎接受了公鸡的启发，已经放弃了发财的梦想，变成极端的乐观而且玩世了。犬儒则自有他那一套人生观，轻视世俗的所谓幸福，在著者的意思似以此为至善，应分发往“福地”里去。在公元前三世纪时，有一个犬儒派的哲学家，名叫墨尼波斯（Menippos），曾经著好许多讽刺文章，对于世人种种缺点加以嘲笑，他的著作虽然都已散佚，不曾流传下来，但卢奇安的对话却是模仿他的，有两篇对话还以他的名字为题目。有批评家曾说，墨尼波斯著有《召鬼术》（*Nekyia*），卢奇安仿之作《死人的对话》，并用其材料为此篇，虽无征不信[2]，殆亦可能吧。

这一篇我于一九二二年曾据“奥斯福丛书”福娄（F. G. Fowler）的英译本译出，题名曰《冥土旅行》，这回能够于四十年后根据原本，再将此篇重译一过，实在是很可欣喜的事情。

【钟校】

①《过渡》为《卢奇安对话集》之第六篇。

②“无征不信”，“征”（徵）原作“徵”。

# 公鸡译记[①]

◇1962.11

◇集外文



《公鸡》(*Alektryôn*)一名曰《梦》(*Oneiros*),或者颠倒过来,也有叫做《梦》,一名曰《公鸡》的,但是这样地说似乎意思不大明了,所以普通总是叫作《公鸡》,因为主要的是一只哲学家转世的公鸡,说起人话来,和它的主人大谈人生问题,它的主人乃是在《过渡》篇中出现的皮匠弥库罗斯,当初也是羡慕世俗的荣华,梦想那富翁的生活[②],后来经过这番说服,变成安贫乐道的人了[③]。

【钟校】

①《公鸡》为《卢奇安对话集》之第七篇。

②"富翁的生活","的"原作"而"。

③"变成安贫乐道的人了","变成"原作"变得"。

# 宙斯被盘问译记[1]

◇1962. 12

◇集外文

《宙斯被盘问》（*Zeus Elegkhomenos*）就只是一个名称，系记述犬儒学者往见宙斯，问询关于定命和神意的矛盾问题，因为万事都由前定，故归结到没有神的自由意志，即是失了神的存在意义了。这与《伊卡洛墨尼波斯》（*Icaromenippos*）的用意相近，但在那篇里讲怎样飞上天去，情形颇是详细，而于此则是略过去了，便直从和宙斯对谈说起。另外有一篇《宙斯在演剧》（*Zeus Tragôidos*），直译该是“在演悲剧”，说他听两个哲学家，一个犬儒派，一个斯多噶派，在辩论神的有无，斯多噶派是主张有神的，结果终于失败了。也是同一题材的，但要写得详细一点，可是没有这篇的那样尖锐。



**【钟校】**

①《宙斯被盘问》为《卢奇安对话集》之第八篇，1964. 5 曾刊《世界文学》总 131 期。

# 提蒙译记[①]

◇1963.5

◇集外文



《提蒙》（*Timôn*）亦名《憎人者》（*Misanthrôpos*），——此语通常译作厌世家，但它的原意只是憎恨人，并不是厌弃世间，所以改用了这样一个生硬的译语。据传说雅典人提蒙本来家很富有，因为好客慷慨，所以挥霍光了，到后来穷困的时候，旧时友好悉反眼若不相识，无人肯予以资助，乃怨恨世人，挥镐掘地为生。一世纪时普路塔耳科斯（Plutarkhos）著有《名人列传》（*Bioi Paralleloi*），于安托尼乌斯（Antonius）传中说及提蒙的事，云安托尼乌斯在公元三二年阿克提翁海战大败之后，为亲友所弃，独自隐居埃及，住在一所叫作提蒙庄（Tïmoneion）的屋里，以提蒙自比。但是这篇里说提蒙后来又复发财，旧日一班恶友又聚集拢来，乃报以恶骂殴打，这大概是著者所创作的了。在卢奇安以前，有喜剧作家安提法涅斯（Antiphanês）曾经做过一本名叫《提蒙》的剧本，主人公贫而复富，对于那些势利之徒加以报复，这很是适合喜剧情节，但是剧本现已散佚，所以这是异同如何不可得而知了。可是它受古代喜剧的好些影响那是很明了的，第一是提蒙与财神的辩论，很像那里的所谓“对驳”，第二是宙斯叫财神来照顾提蒙，也像是受了阿里斯托法涅斯（Aristophanês）的影响，因为在他的一篇《财神》（*Plutos*）里，说财神原是瞎眼的，所以从前的富翁都不是什么好人，后来有人给他求那天医治好了眼睛，以后就改正过来了。（那篇《财神》经我翻译出来，收在《阿里斯托芬喜剧集》里。）但是在财神睁开了眼睛以后，一切就不一样，正直的人都有了钱，也没有人祭神了，以致一向跟神的祭司和赫耳墨斯也不得不来向财神求差使了。莎士比亚在所著史剧中，有一篇《雅典人提蒙》——这里或者应该照俗译作“泰门”亦未可知，但那是英国读法，这里为统一计，所以不用了，——不过那是悲剧，所以只有它的前半，大概是照《名人列传》里所说的了。

**【钟校】**

①《提蒙》为《卢奇安对话集》之第十篇。

# 伊卡洛墨尼波斯译记①

◇1963.6

◇集外文



《伊卡洛墨尼波斯》（*Ikaromenippos*）一名《云上人》（*Hyperphenelos*），后者的意思即是说在天上的人，前者则是集合伊卡洛斯与墨尼波斯两个名字而成。伊卡洛斯的父亲乃是古代希腊有名的匠人代达罗斯（Daidalos），他同中国的鲁班一样能造各样奇巧的东西，因犯罪被流放到克瑞忒岛，国王弥诺斯（Minos）怕他跑到别处去，便将他父子二人都关在迷宫里头。代达罗斯乃用鸟的羽毛做了两副翅膀，用胶粘在肩头，直从迷宫飞了出去，伊卡洛斯年轻好事，觉得很高兴，就愈飞愈高，渐渐接近太阳，那胶就熔化了，翅膀脱落，他也落入海里了，这一部分海后来便以他的名字叫做伊卡洛斯海，代达罗斯因为飞得低，所以没有危险，逃到了西刻利亚。这里因为墨尼波斯用了代达罗斯的方法飞到天上去[②]，故题目是如此，但是为什么用掉在海里的伊卡洛斯的名字而不用代达罗斯呢，这似乎只是语音配合的关系，没有什么别的原因吧。墨尼波斯是一个古代犬儒派哲学家，著有讽刺文数卷，今已失传，皆是诗文杂出，卢奇安所作《宙斯唱悲剧》（*Zeus Tragôidos*）起头的地方是模仿它的。因为墨尼波斯写过一篇《访问鬼魂》（*Nekyia*），所以这里便借用他上天去访问宙斯，作者对于犬儒较有同情，所以在对话上常用他们为脚色，而于墨尼波斯为尤多，这一篇和后来的《墨尼波斯》是以他为主人公的，此外《死人对话》（*Nekrikoi dialogoi*）三十篇中，有墨尼波斯参加的计有十篇之多。

【钟校】

①《伊卡洛墨尼波斯》为《卢奇安对话集》之第十一篇。

②“飞到天上去”，“天上”原作“天下”。

# 墨尼波斯译记①

◇1963.7

◇集外文



《墨尼波斯》(*Menippos*)一名《死人占卜》(*Nekyomanteia*),亦可云《召鬼术》。墨尼波斯本犬儒派哲人,亦作对话嘲讽世人,今悉不传,一世纪时罗马诗人伐洛(Varro)曾有仿作,称"墨尼波斯杂体诗"(Saturac Menippeae),以诗文杂糅故名,亦已散佚,唯尚存著者的拟作,或能见其大略。《伊卡洛墨尼波斯》亦是讲墨尼波斯的,但说往天上找宙斯,此则是说往阴间找鬼魂,寻问人在世间应如何生活最为适当,因墨尼波斯亦曾写过《召鬼术》,故文体于散文中夹杂韵语,似更有意模拟,唯原文既不可见,亦遂无可依据。或谓对话中资料或亦多用前人意匠,其间更出己意,似未甚融和,似亦言之成理。盖观全文及死人决议,似重在抨击富贵的人，而篇中又杂出攻击哲学家的话，全体不甚调和，虽亦无可证明，但读去有此感觉，却也是事实。后人考证，此篇当是写于公元一六一年之后，因罗马出征帕耳提亚（Parthia），历时三载，多有损伤，终于无成，文中说过卡戎渡口的时候，遇见许多过渡的鬼魂，都是阵亡的，可以为证。

【钟校】

①《墨尼波斯》为《卢奇安对话集》之第十二篇。

# 真实的故事译记①

◇1963.9
◇集外文



《真实的故事》(*Alêthôn Diêgêmatôn*),或有称为《真实的历史》(*Alêthous Historias*)的,但编订者以为系根据俗本,所以不足为据。原文皆用名词多数属格,似其前尚有一前置词,故其意当云“关于那些真实的故事”。本篇不用对话体裁,乃以第一人称叙述,大略如小说形式。——关于代名词的第一二三位名称,向来承袭西欧文法成例,其源实来自希腊罗马,固古人质直故所说自近及远,首先说我,其次乃说你和他,次序乃与中国正相同,但是西欧却故作谦退,平常言说必说你和他和我,与文法背驰,这里所说却是文法上的本义,也就是中国的习惯了。——其意本在讽刺历史家与哲学家之虚妄不实,因模拟其说,历述漫游奇境，所见率荒诞不经，唯其所模拟之书今多散佚不传，故嘲讽已失目的，唯所写故事乃极奇诡可喜，甚见重于后世，过于所作对话。这篇虽似继续那两篇墨尼波斯的升天与入地而作，但是改换了一个方法，有似小说的形式，而文笔轻妙，实较后来的小说家还要写得好，即如公元三世纪时的隆戈斯（Longos）的四卷《关于达佛尼斯与克罗厄的故事》（*Ta kata Daphnin kai Khloên*），看去只是幼稚的恋爱故事，虽然也别有一种趣味，但文艺价值则相差甚远了。《真实的故事》在后世文学上也很有影响，十六世纪法国的拉伯雷（Rabelais）作讽刺小说《巨人传》，其第二部中叙“胖大官儿”（Pantagruel）的漫游，十八世纪中伏尔德（Voltaire）作《老实人》，英国斯威夫特（Swift）作《格利佛旅行记》，都是直接受着它的影响的。德国流行民间的明希豪曾男爵（Baron Münchhausen）旅行谈，也是出自同一源流，不过没有讽刺的意味，只是叙述一个说大话的人，讲他的离奇荒唐的经历而已。其实嘲讽的棘刺因了岁月久远也是要钝的，这篇故事写在一千八百年以前，其讽刺的对象——这里大半是书籍上的记载，现在已止存百一了，——已经不大明了，所以其价值差不多全在它的故事方面了。中间对于梭格拉底和荷马史诗里女主人公海伦，亦加以讽刺，西欧的评家或有微词，以为对于古代的先哲及美人似缺少珍惜之意，其实这也是过苛的责备。故事第二部只是说梭格拉底在福人岛战功卓著，海伦则因为她曾再三出奔，所以难免旧性不改，与少年为第三次的逃亡，这实有操刀必割之势，不能怪作者的笔下不留情面了。作者对于宙斯还不表示客气，此外的人就不用说了。

这一篇不用对话式的，所以没有别的上场人物。

【钟校】

①《真实的故事》为《卢奇安对话集》之第十三篇。

# 诸神对话译记①

◇1963. 12
◇集外文



《诸神对话》（*Theôn Dialogoi*）是卢奇安主要著作四种对话之一，以希腊神话中诸神为脚色，虽然是神人的身份，可是一切言动却全是凡人的，这是作者讽刺之所在，可是也可以说是希腊神话的本色。因为希腊的宗教与各国的宗教有一个极大的不同，这便是没有圣书，因此也就没有所谓先知。它的圣书乃是诗人所作的诗篇，流传至今的有赫西俄多斯（Hesiodos）和荷墨洛斯（Homeros 今通称荷马）的三篇史诗，以及荷墨洛斯派的颂歌三十六章。换句话说，便是他们以诗人作为他们的祭师，而诗人却又照例是爱美与富有人情的，是以希腊的神话经他们的手写出来，显得那么的美妙，虽是神异，却也是很近情的。他们的神也动感情，搞恋爱，做出了好些不大可以佩服的事，在公元前六世纪时诗人克塞诺法涅斯（Xenophanês）以来，许多唯理的哲学家也群起批评，后来基督教早期的神学家更是振振有词，所以希腊的多神教在宗教上的确是表现了弱点，但同时在文艺上却未始不是它的一个优点，使得它在艺术上面占着长久的生命，这是为别的神话所不能及的了。古来埃及，印度，以及希伯来的神们，非不伟大威严，但是太神圣了，这便是距离人间太远了，使人们觉得不好亲近，仿佛有一种异物之感。作者利用了这一点，就希腊神话的故事中择取一定的情景，加以描写发挥，虽是叙述诸神的事，把它写成一篇很好的小喜剧，仿佛是长短不一的“拟曲”（Mimos），就只是它不是用韵文所写，里边所讲的也并非市井间事，可是这些事情实在琐屑得很，大抵是神话故事里所应有，现在却给作者想象补足出来就是了。虽然意在讽刺，但是它在后世留给读者的，只是娱乐，读了之后会心一笑而已。

全篇共凡二十六节，各节不别立名目，只以上场人物为名。



【钟校】

①《卢奇安对话集》，又名《路吉阿诺斯对话集》，译者生前未出版，《诸神对话》为其第一篇。

# 海神对话译记①

◇1964. 4

◇集外文



《海神对话》（*Enalion Dialogoi*）共凡十五章，据说这在这些对话中是最愉快的一组。其理由是在海神里没有什么大人物，其中最大的便是波塞冬，虽然他是宙斯的兄长，但是分得的领土乃是荒漠无边的海洋，他的神话故事没有宙斯那么多，尤其是关于恋爱的冒险上面。他与他的妻子安菲特里忒（Amphitritê）似乎也还相处得颇好，他的那些儿子们也都不成材，有的给英雄们收拾掉了，如“圆目巨人”便是其一，在他身边的只是一个特里同（Tritôn），但他乃是一个人鱼，著者没有什么东西可以讽刺，这固然使他有本领没处使，但是因此却也使他写得更其和缓些，也就觉得平易可亲，说是愉快也无所不可吧。看他所用的材料多取自史诗，那两篇荷马的大作，还有荷马派的颂歌，以及忒俄克里托斯（Theokritôs）和摩斯科斯（Moskhos）等人的牧歌，——牧歌这字乃是“小品诗”（eidyllion）的意译，原意只是一种小诗，写田园农牧风景的，后来有人加上一个形容词云“饲牛人的”（boukolikon），因为是写乡村小景的，所以内容总是和平，而且有时带点滑稽色彩。有些情景，或者画家拿来作为图画，在著者当时看见得当不少，这些也或者取作对话的资料，因此使得它更有画趣了。上场的脚色既然多是小人物，不过是些小神或是神女，他无从发挥那讽刺的力量，这虽然似乎埋没了他唯一的长技，但因此也发见了他另一方面的本领，即是在对话里也有那牧歌一样的空气了。



【钟校】

①《海神对话》为《卢奇安对话集》之第二篇。

# 死人对话译记①

◇1964.6

◇集外文

《死人对话》（*Nekrikoi Dialogoi*）共三十篇，是著者最重要的作品之一，它与别的作品有一种不同的地方。神们的对话出场的都是些神话的人物，所讽刺的也就是他们的事，于后来攻击希腊多神教的时候（其实是基督正教的神父们利用资料罢了），很发挥些作用，但是在这里对象乃是些死人，即是那些英雄，他们虽然有“半神”之称，可是终于死了，多数是神话传说里的人物，有的也是历史上的，如马其顿的亚力山大王和斐尼基的汉尼拔，此外则是些哲学家，好的如犬儒大家墨尼波斯和狄俄革涅斯，坏的是一般假哲学家只作嘲笑的资料而已。此外也有些财主和帮闲，虽是有钱却还贪图别人的遗产，也在那里钩心斗角地竞争，不过这些都不是闻名的人，所以这几节只是描写社会风俗，与《妓女对话》已经很是相近了。

著者的思想是属于犬儒这一边的，上边所举的两位大家便是代表，在这三十篇对话里边也不断请出他们来，他们所说的差不多也就是作者的意见。一般希腊人对于人生的态度大都是现世主义的，虽然他们相信有死后的生活，但是既然没有了肉体，所以生活也是空虚的，如《俄底塞亚》里阿喀琉斯叹息说，在冥中为王不如在人世做无产的人的奴隶。犬儒派的哲学家，至少在著者是这样想，死却是很好的，因为死是最民主的，在它面前一切平等，没有贵贱贫富之分，可能还有贤愚之差别，但是这可尽足发人们的深省了。不过他还更进一步，不问是什么英雄美人，他悉一律以枯骨看待，这虽然有似庄子的一种说法，但是拿来应用在说海伦什么人的时候，未免有点杀风景罢了。本篇中主要的人物虽说都是死人，但有的是赫耳墨斯与卡戎，或是普路同与埃阿科斯，他们都是“不死的”，所以是神的一类，只是因为和死人有关系，所以也列入死人中间了吧。



【钟校】

①《死人对话》为《卢奇安对话集》之第三篇。

# 妓女对话译记[①]

◇1964.8

◇集外文



《妓女对话》(*Hetairikoi Dialogoi*)共计十五篇，是描写当时也实在永久的这社会里的情景的，所以出场的只是现时的人物，而不是历史上有名气的人。换句话来说，其所形容所讽刺的乃是社会的形象，所以有些人说他这一类的著作是受着所谓新喜剧的影响的。其实别的对话也一样地受着影响，不过那是古喜剧的影响罢了，借用古代历史传说的人物，讽刺宗教哲学思想的都是。只可惜古喜剧虽然尚有存留，新喜剧却几乎全都散佚了，剩下若干断片以及罗马诗人仿作，约略可以见个大略，但是结构和情节都很是简单，似乎还不及从这里出来的小喜剧的高明。所谓小喜剧，就是指希腊拟曲(Mimoi)而言，今存忒俄克里托斯

(Theokritos)的《牧歌》里面有五篇，赫洛达斯(Hêrôdas)的《拟曲》七篇，加上四百年后的卢奇安的所作，分量不能算多，但是在成绩上却可以说是不错了。与著者差不多同时代，有名叫阿尔吉佛戎(Alkiphrôn)的人，著有尺牍三卷，模拟妓女与狎客的通信，也是取材于当时喜剧的作品，只是其中的一片段，却写得很是简要得神，有青出于蓝的称誉。

在这里关于妓女的名称，需要加以说明。原文赫泰拉（hetaira）本来只是赫泰洛斯（hetairos）的女性化，原义只是“伴侣”，从前许多学派和政党便都叫作赫泰里亚，例如梭格拉底的那些从游的人便是他的赫泰洛斯，女诗人萨福（Sapphô）的女学生则称为赫泰赖，可以译为女伴们了。可是因了社会上的变动，文字上也就随之发生了变化，于是作为男人的女朋友来说，这就发生了外宅，或妓女的意义，虽然还是那个字。后世堕落时期的文人甚至对于萨福的女伴也发生了流言，他们说勒斯玻斯（Lesbos）岛的女人们怎么样，在后来两性学上留下特别的术语，即如本篇的第五节对话，即是说这事的。讲到希腊的文化向来以伊俄尼亚（Ionia）为正宗，换句话说，这便是以雅典为主体，而关于妇女的教育与文化方面，这却老实地说是没有什么值得赞扬的地方。希腊文明是西方文化的前驱，但在这里它似乎是很株守着东方的传统，倒还是在小亚细亚沿岸诸岛的希腊人更是开放的，有一种新气象。公元前五世纪的历史家图库狄得斯（Thukydidês）曾说："女人愈是不出现于街上，不被人谈论，便愈算是好。"梭格拉底的弟子有名文人克塞诺丰（Xenophôn）也说："她们应当尽可能地少看见，少听到，也少问一切的事情。"所以雅典的女人比起同族异派的埃俄利亚（Aiolia）的女人来，在教育技艺方面不免要相形见绌了。而且雅典这一邦里有一个法令，它规定凡雅典市民结婚的对手以市民为限，因此在婚姻上遂有一种异常的现象，这便是于正妻之外多有外宅，作为公然的次妻。因为法律规定，应娶一个雅典的妻子放在家里，而这多是无才便是德的，若是才色兼备的女子大抵都是异邦人，所以只好当作一个女伴罢了。外宅是长时期的，此外也有短时期的，时期长短虽异，但其关系无不同，于是由妾而妓，其名称亦随之而改变了。

在希腊历史传说上有过不少名妓，同中国的鱼玄机薛涛相似，她们多是才色双绝，与当代名流打过交道。顶有名的要算公元前五世纪的阿斯帕西亚（Aspasia），她为珀里克勒斯所爱，终身不渝，且也很有学问，梭格拉底也极佩服她。塔伊斯（Thaïs）也是一个，曾从亚力山大王东征，他攻略珀耳塞波利斯，举火焚宫殿以取悦于她。佛律涅（Phrynê）在雅典被人告发为不敬神，许珀瑞得斯（Hypereidês）为之辩护，叫她解衣袒胸，陪审员悉眩惑，遂得免罪，今所传阿珀勒斯（Apellês）所画爱神从波浪中出之图，即是以她为模范云。又有拉伊斯（Laïs），亦甚有名，雕刻家密孔（Mykôn）不见接纳，疑系白发之故，次日染为褐色再往，则曰，“愚人，昨日你的老子来，我已拒绝他了，今天你也来学他么?”但是在对话里出现的，现在却不是这些有名的人物，她们的故事也已经陈旧了，而且讽刺也没有多大的意思，倒还不如描写现实的平凡的赫泰拉的，于寻常的事件之中可以得到不少的悲喜剧。这里虽然只是寥寥的十五节，可是却尽有些不凡的描写，其写妓女方面，有天真老实的（第六和七各节），也有不中用或狡猾泼辣的（第九和十四节），客人有诚实不渝的（第二和十节），也有不然的，如一节讲跳槽，四节要找寻巫婆来作法均是，此外遇见大兵，便是横暴地打人，或是说大话丢脸罢了（第十五和十三节）。以上都是很好的喜剧资料，但是这里边也包含着悲剧，因为人世间有这么一个行当，虽然说是出于自然，却是有点不合人道的，所以尽管有些文人替它鼓吹，却是盖不住里边的一抹暗影。我们读那几节母女的对话，如第三节里母亲对菲林那说："女儿，你不知道我们是同乞丐一样的么？你忘记了我们从他那里得到多少东西么？并且若是爱之女神没有打发他来，我们怎么样能够过得去年的冬天呢？"我们便自然地联想起《水浒传》里的一节来，那时白秀英在勾栏里说书，先唱下四句定场诗来，其末二句云："人生衣食真难事，不及鸳鸯处处飞。"这也是一联极好的反语，有如说古人云，饮食男女人之大欲存焉，但是民生贫苦难得两全，卖淫寓饮食于男女之中，所以可称是理想的办法。著者原意写这样对话是意在讽刺，教人当喜剧去看，却不意在这些文章上碰到了彻骨的悲剧，这大概是他自己所没有料到的吧。

【钟校】

①《妓女对话》为《卢奇安对话集》之第四篇。

# 关于丧事译记[①]

◇1964.8

◇集外文



《关于丧事》（*Peri Penthous*）乃是一篇散文，不是对话体的，所以没有什么登场人物，只是作者出面来说话。他在这里仍然在很挖苦对于鬼神的俗信，不过对象不是那些讲诸神的故事的诗人了，却是民间对于人的死后的俗信以及行事，加以深刻的讽刺。这是一种所谓“骂倒”（diatribê）之词，为犬儒派哲学者所喜欢用的，他们见了人们有些不合情理的愚蠢的行为，往往不留情面地痛加诃斥，声音很大，因此赢得“狗”（Kyôn）的尊号，作者在这里便很发挥了犬儒的本色了。奥斯福英译本的译者在序文中有云：

这不必否认，他有点缺乏情感，在他分析的性情上是无足怪的，却也并不怎么不愉快。他所有的是一种坚硬而漂亮的智慧，但没有情分。他坦然地使用他的解剖刀，有时候真带些野蛮的快乐。在《关于丧事》这一篇里，他无慈悲地把家族感情上的幕都撕碎了。

作者的讽刺往往是无慈悲的，有时恶辣地直刺到人家的心坎里，但是我们怎么能恨他，因为他是那么明智的，而且又是那么好意地这样做。他在这一点上似乎可以同后来做《格列佛游记》（*Gulliver's Travels*）的斯威夫特（J. Swift）相比，斯威夫特在一七二九年著有一篇《育婴刍议》（*A Modest Proposal*），——原本题目很是冗长，经我缩译成四个字，很和平地痛骂了那穷人没有生路的社会。现在卢奇安的对话可以当作古典文学了，但是那篇斯威夫特的文章，虽然也是二百多年前的作品了，却还是活着，可以请天下的资本家地主们看一看。

**【钟校】**

①《关于丧事》为《卢奇安对话集》第十四篇。1930.3译者已译过一次，译文题云《论居丧》，1930.4.30刊《未名》，并先后收入了《看云集》和《知堂文集》，但两次译文颇有不同。

# 关于祭祀译记[①]

◇1964.10

◇集外文



《关于祭祀》（*Peri Thysiôn*）与《关于丧事》一样，也是一篇散文，是说宗教行事的荒唐的，其中以祭祀为代表，但所讽刺的亦仍以关于神的故事为主，和作者的多数对话没有什么不同的地方。其实关于神话，希腊的并不见得特别地可笑，但是因为有那一班哲学者首先发难，来攻击它，接着是基督教徒因异教的关系，接续下去，结果诸神都变成了魔鬼了。希腊的宗教很是特别，它虽有先知却是只管占卜，没有人著书立说，说是得到神的启示，成为后世不刊之经典，但只是凭了两个诗人的作品，据为典要，后来却也逐渐推广，并采及诗人戏剧家的著作。所以神话里的故事，有些很是美妙，却也有很粗野的，杂有原始时代的思想，但是其趋势乃是渐进于美化，这是与别国的神话显著地不同的。不过在唯理的哲学家看来，虚妄还是虚妄，仍是一样地值得讽刺罢了。据编者说，这两篇关于丧事和祭祀的文章，当是一贯相承的，虽然著作年代不可考，看两篇语气前后似有连贯的地方，这话似有几分的道理。

【钟校】

①《关于祭祀》为《卢奇安对话集》之第十五篇。

# 爱说诳的人译记[①]

◇1964. 10

◇集外文



《爱说诳的人》(*Philopseudês*)一名《不信者》(*Apislôn*),这题目说明了两面,一面是那边那些专爱说诳话的人,一面是不相信的,这里是堤吉阿得斯代表了著者。著者的态度这里与平素有点不大相同,平常讲到神话里的虚妄故事他总喜欢嘲弄那古代的诗人,以为他们扯谎,这回却有恕词,因为诗与真实差不多是对立的,运用空想就会脱离了现实,所以做得好诗好小说的人免不了要说些假话。他所攻击的乃是当时的哲学家,实在就是所谓学者,他们乃是“爱智慧”的人,论理应该是切实懂得事理的人了,但是他们只凭了传统,各立门户,有所主张,可是也只用空想,弄些诡辩,实际是和庸众没有什么不同。古来的哲学家虽然也不免是空论居多,但不少杰出的人物,如公元前六世纪有那伟大的唯理派哲学诗人克塞诺法涅斯

(Xenophanês)，他首先非难荷马、赫西俄多斯的以人间种种恶行加于诸神，又反对神人同形的神话道，假如牛马狮子有手能绘画作诗，那么牛就会造出像牛的，马就会造出像马的神来吧，又说道，埃提俄庇亚人说，神们是塌鼻子黑脸的，特刺刻人说是碧眼红毛的吧，同时还有唯物的原子论者得摩克里托斯(Dêmokritos)，如本文中也曾引到他的故事。但时移世易，在经过五六百年之久，情形大不相同了，有如在《渔夫》(*Alieus*)里所说，各种学派已经名实不符，变成了庸俗以下的东西了，他们不但不足为群众的表率，简直同流合污地成为他们的先进了。在《伪预言者亚力山大》里第二十五节说，柏拉图派，画廊派，皮塔戈刺斯派成为他的朋友，与他和平共处，这就足以作本篇的注脚。这个伪预言者是著者同时代的人物，种种利用迷信骗人的事情写得很是详细，但写的时候像是真有点动了感情，文章不大写得很好，所以这回没有选译，虽然觉得很是可惜的。本篇中著者露出本相来，侃侃与说诳者争辩，不免减少讽刺之趣，似亦是一个缺点。

**【钟校】**

①《爱说诳的人》为《卢奇安对话集》之第十六篇。

# 宙斯唱悲剧译记[1]

◇1964. 11

◇集外文



《宙斯唱悲剧》（*Zeus Tragôidos*），原文后边的这字是与宙斯同位的名词，意思是说他作为一个唱悲剧的人，不是表示他的动作的，虽然如为通俗起见，不妨译为“宙斯唱老生”，因为形容他气急败坏，力竭声嘶的神情。宙斯这样着急并非出于无因的，因为他听说下界有两派哲学家在讨论诸神之有无，事关神界的前途，所以心里忐忑不安，往来行走，独自说话，引起家里的疑问，结果因事情重大，主张开诸神大会，共同讨论。诸神开会以后，便来听取哲学家的议论，这里对决的两派的代表，一个是画廊派[2]的提摩克勒斯，是主张有神的，一个是厄庇库洛斯派的达弥斯，是主张无神的。所以这篇的结构是显然分作两个场面，前边的重心是在天上，神们在会议场各自发言，后边则重心移到地上去了，重要在于两造的陈说，诸神只是旁听罢了。结果是主张有神的御用哲学家有点理屈词穷，渐渐不支，末了只好破口大骂，动手要打，实际上表明已是全盘输却了。这两个场面代表了古代雅典人在民主时代的活动，即在议会和法庭的论辩，也即是辩士发挥他本领的地方，虽然时移世易，已是数百年前的事，著者利用这些来作材料，手段是很巧妙的。此篇特别起首用韵文，与散文夹杂，这是所谓墨涅波斯体，墨涅波斯③是公元前三世纪中的一个犬儒派，所作讽刺诗悉已散佚不存，著者很推重他，在《死人对话》和别的对话中多以他为主角，也模仿他的文体著作，所可惜的只是这一篇留存着而已。在对话中写宙斯的很多，有些还保存着荷马诗里的威严，但是在这篇里却写得他很有点可怜相，目睹要垮台了，束手无策，可是实际上还是很高明的，他虽然心里希望提摩克勒斯得胜，实在是还是佩服达弥斯，看他末了答赫耳墨斯的话，可以知道他的意思了。

【钟校】

①《宙斯唱悲剧》为《卢奇安对话集》之第九篇。

②原注：画廊派系指在“画廊”（Stoa Poikilê）讲学的什农

（Zênôn）的一派，其学说承认神与物质并存，与唯物论的厄庇库洛斯（Epikouros）派正相反。厄庇库洛斯承认得摩克里托斯（Dêmokritos）的原子说，故主张无神，今人只知道这是“快乐派”，实在是一个大的误解。

③ 原注：墨尼波斯（Menippos）是公元前三世纪时的一个犬儒，著者时常称道，作为许多对话的人物。著有讽刺诗，以韵语及散文夹杂，今俱散佚不存，唯有著者这一篇略存遗意，此外罗马文人伐洛（Varro）生公元前一世纪中，曾有拟作，今亦仅存断片。

# 拍卖学派译记①

◇1964.12

◇集外文

《拍卖学派》(*Biôn Prasis*)与它的后编《渔夫》(*Alieus*)可以说是相连续的，这里须要一个说明才好。《拍卖学派》这篇文章给予读者一个误解的可能，这误解起源于两方面。一是题目，它原文可以读为“生活的拍卖”，二是人物，其被拍卖者乃是古代的许多哲学者，从皮塔戈剌斯以下一一列举，其所陈说又多依据传说，故易被当作对于哲学诸大家的讽刺。其实却是不然，因为这里所讽刺的只是当时所谓哲学者，这时已是公元二世纪了，距梭格拉底之死已是五百几十年了，时移世易，而学派流传，因袭前人，转益可笑，文中以古人作各派代表，其所描写则实为后世的情形。但此节在本文中无从说明，须得后篇才能明了。这两篇都是著者重要的作品，唯因内容关系，不很能够通俗，以本篇为尤甚，因为不了解古代希腊哲学大要，便难免觉得没甚兴趣。

【钟校】

①《拍卖学派》为《卢奇安对话集》之第十七篇。

# 渔夫译记[①]

◇1965.3

◇集外文



《渔夫》（*Alieus*）一名为《再生的人们》（*Anabiountes*），一本则名《再生的人们》，一名《渔夫》。普通所用的多是第一种格式，虽然所据原本却是第二种格式的。在著者的对话里常有这样两个名称的，如第六篇《过渡》一名《霸主》，第十一篇《伊卡洛墨尼波斯》一名《云上人》就是，这是因为过渡的鬼魂中间有一个霸主，仿佛是这一幕中的重心，墨尼波斯到了天上，却又被打发回来，好像伊卡洛斯的从半空掉了下来，所以虽然有这样一个别名，却并无什么特别意义。这篇里似乎有点不同，因为这里边所说前后分作两起，前半是古代众哲学家因为得知著者在前篇对话里将他们拍卖了，并且形容尽致，有失真实，所以都向冥王请了假，来向著者问罪，结果在爱智女神面前公开审判，说所卖的乃是后代自称各学派的人们，并不是在说古代的哲人，于是“再生的人们”心开意解，与著者言归于好。这是上半的叙述，虽是说明卢奇安对于古代哲学家的意见，可以除去他的文章里的有些误解，和他的另一篇对话，叫做《双重告发》（*Dis Katagoroumenos*）的，同样地有意思，可以知道他的本心，但是以讽刺的文章论却并不是他的最有特色的地方。后半著者为的证明自己所说，将后代学派的末流加以揭露，乃同检察之神共赴高城，用无花果与金子作钓饵，把怕被盘问而逃走的学者们，钓了起来。“再生的人们”在前半是原告，著者原是被告的地位②，到了后半却变作原告了，开始活泼行动起来了，题名叫作“渔夫”，意思便在这里。我们从讽刺的对话着眼，所以也觉得以用第二种称为《渔夫》为合适。



【钟校】

①《渔夫》为《卢奇安对话集》之第十八篇。

②“被告的地位”，“地位”原作“地方”。

# 苍蝇赞译记[1]

◇1965. 3

◇集外文



《苍蝇赞》（*Myias Enkômion*）这篇名直译起来是“苍蝇的赞辞”，这个名字有点定得尖头把戏，其实是这样的。这篇小文在卢奇安作品里并不占什么重要的位置，因为这里边既没有他的拿手的讽刺，也并没有关于动物生态出色的描写，实在只是他辩士生活的一种习作罢了。英译者的一人哈蒙（A. M. Harmon）说：

> 这篇既不能说属于美文范围，也不好说是科学。正像文艺复兴时期的意大利诗人一样，衰颓时代的辩士每喜欢表示他们的灵巧，来写文章“赞颂”各种的事物，好的，坏的，以及不好不坏的。

这里说得很好，《苍蝇赞》便是这种灵巧的文章。我们选译了他拿手的讽刺的杰作，再译一两篇别的文章来看看，似乎于了解作者也是必要，可见他的作品不只一样，不过那或者多是他的少作，就也是应当了解的。

【钟校】

①《苍蝇赞》为《卢奇安对话集》之第十九篇。

# 关于琥珀或天鹅译记[①]

◇1965.3

◇集外文

《关于琥珀或天鹅》(*Peri tou Êlektrou ê tôu Kyknôn*) 也是作者的一篇不重要的作品，但是值得译出来，以供读者的比较与参考。这是那辩士（Rhètôr）在宣读他的辩论时的引言，就是中国说部上所说的楔子，虽是在宋人话本里的得胜头回，也有些写得颇漂亮的，但究竟是一种附属物，没有什么很大的价值。不过在这里却仍旧可以看出作者的特色，他的文词的干脆利落固是其一，就是他的“疾虚妄”的特性，在他拿手的讽刺文字里所表现出来的，也照样存在，这是很足以供我们参考的。

【钟校】

①《关于琥珀或天鹅》为《卢奇安对话集》之第二十篇。

# 补遗[①]

## 题偶存集

◇1930. 8. 26



此系吾乡陶子缜先生遗书，二面题字即其手笔也。民国十九年八月二十六日于北平记，岂明。

廿八年四月二十日晨重订讫，阅一过，再题数字，相去十年，即自己的字亦已大有改变了。知堂。

【田注】

① 补遗中所有篇目均摘取自周作人收藏古籍自写题记，书中不对其出处另作说明。

# 题补勤子诗存

◇1930. 9. 25



陈昼卿先生为先祖介甫公业师，幼时屡闻先祖说及，至今不忘，搜得其全集藏之后，又在绍兴大路旧书铺得此本，多存先生手迹，尤可宝也。民国十九年九月二十五日展观，敬题于北平煅药庐。周作人。

# 题虫荟

◇1931. 11. 10



此书刻板至今才四十年，而市上少见，价亦随贵。今此一部又系从修绠堂得来。该堂以漫天索价闻名京师，然则其价之不廉，盖可以想见矣。民国二十年十一月十日，知堂记。

# 题竹生吟馆墨竹诗草

◇1932. 2. 25

此新印本，已颇漫漶。民国初年在绍兴城内清道桥刻字店买得，二十一年二月二十三日重订一过。二十五日记于北平苦雨斋。作人。

# 题二树紫藤花馆印选

◇1932. 2. 23



民国二十一年二月二十一日启无见赠，云得之于厂甸也。二十三日改订讫记。作人。

近日苦雨，取出此书来看。黄、丁、奚诸作几无一不佳，但觉得不可追踪古人。所谓学我者病，岂不亦此类欤？廿七年七月廿六日又记。知堂。

# 题群芳小集

◇1932. 2. 24



麋月楼主即谭复堂，兰当即陶子缜，眉子王眉叔也。《洞仙歌词》三首及原序均见《箜月词》卷四。民国二十一年二月从杭州书店得此册，二十四日改订讫，记于北平苦雨斋。作人。

# 题小儿语

◇1932. 2. 29



《小儿语》一卷、《女小儿语》一卷，明吕得胜著，《续小儿语》三卷、《演小儿语》一卷，吕坤著，共一册。民国初年得之于越城大路书摊。二十一年二月二十九日重衬订一过，记于北平苦雨斋。作人。

# 题帝京景物略

◇1932. 3. 26

《帝京景物略钞》一卷，连序跋共百三十六页，陶筠厂先生手抄本。先生生于崇祯九年丙子，至康熙二十九年庚午五十五岁。民国二十一年三月，从杭州抱经堂购得之，可珍也。二十六日，作人记。

# 题武林失守杂感诗百首

◇1932. 5. 5



二十一年五月从杭州抱经堂得此册，系民国七年抄本。纸墨粗恶，诗亦不甚佳，但因系乡邦文献，故改订藏之。五日，作人记于北平西北城之苦茶庵。

# 题风山集

◇1932. 5. 25



孙大濩《秋槎诗抄》卷二《哭王半村》诗注：乾隆①四十年乙未九月三日夜，半村自沉于罗纹坂。又云：半村母丧，负逋卖文，偿之不足，卒以此自毙。诗有云：岂是鸿毛轻性命，翻因鹅眼贱文章。民国二十一年五月二十五日改订讫题记。

【田校】

①“乾隆”前原有“康”字，此处删掉。

# 题醉古堂剑扫

◇1932. 5. 25

此书在日本甚通行，与《菜根谭》同为人所爱诵，但在中国则似久逸，素未闻有人说及也。民国二十一年五月从名古屋市其中堂书店买得此本，二十五日重订讫，题记于北平之苦茶庵，岂明。

书中颇有“违碍”字句，在前清或是禁书，但书目上不见。又记。

# 题度针编

◇1932. 10. 8

《度针编》，吾乡小皋部人所编、经梁星海批点者。民国二十一年十月七日下午看护国寺庙会，于地摊上得之，重衬订讫，次日晨记此，知堂。

# 题汉杂事秘辛

◇1932. 11. 6

民国廿一年十一月，得《津逮秘书》残本。此二书适同册，因改订存之。商苇亭有题词，见《诗草》。世间常以此与《控雀监》并举，以为古艳三书，其实随园所作更近小说矣。十一月六日午，知堂记。

# 题陶午庄赋稿

◇1932. 11. 11



劫木莽旧藏《陶午庄赋钞》一册八十三叶。民国廿一年十一月得自上海书店。十一日改订讫记此，知堂。

案：汪世锡系龙庄孙，生于嘉庆八年癸亥，见《病榻梦痕录》。又载继培娶会稽陈芑洲女，然则劫木庵盖即陈氏与？廿三年一月二日，灯下又记。

# 题虎口日记

◇1933. 1. 2



民国二十二年元日午后游厂甸，于摊上得此册。十馀年前读《补勤诗存》，知有此书，求之不可得，今于无意中遇之，亦可喜也。次日重订讫记。知堂。

廿九年二月廿三日再阅于北平。

# 题庭闻忆略

◇1933. 2. 6



宝竹坡江山花蒲鞋头船事件本无甚关系，乃图晚盖作此程朱眉眼向人，一何可笑。至于夏鼎武辈，则原不足道也。民国廿二年二月六日于厂甸得此册，重订讫记，作人。

# 题冬心先生杂著

◇1933. 4. 26



《冬心先生杂著》六种一册，陈曼生重刊本。民国廿二年四月从杭州得来，廿六日晨衬订讫记，知堂。

# 题世说新语注钞

◇1933. 5. 3

此系“三注钞”之一种。民国二十二年五月从杭州得来。惜书估草率改订，末有误易处不能修正耳。五月三日，知堂。

# 题半生眉目

◇1933. 6. 26



抄本二卷，审其中避讳字，当系道光中所抄也。原本似系第三、四卷，书贾作伪，乃挖改为一、二字，唯亦非近时所为，且此集未见刻本，吉光片羽，亦足珍重耳。中华民国廿二年六月廿六日，知堂题于北平苦雨斋。

# 题东山谈苑

◇1933. 7. 7



徐晟父树丕号活理庵道人，著有《识小录》四卷，卒于康熙癸亥（一六八三），晟时年六十六，然则当生于万历戊午（一六一八）。澹心则生于丙辰（一六一六），长于晟两岁也。

近年，南京影印澹心《玉琴斋词》行世。散原老人跋云，旧藏《东山谈苑》抄本，以活字印行。然则此本盖即陈氏所印者也。民国廿二年七月七日，知堂记。

# 题窥园留草

◇1933. 8. 25



廿二年八月廿四日在佛西处见地山，以此书见赠。窥园者，即地山尊人也。廿五日记，知堂。

# 题求己录

◇1934. 1. 11



民国廿三年一月七日在厂甸买得。此书作于甲午之后，良药苦口，忠言逆耳。今日展读，不禁叹息，四十年来如一辙也。十一日灯下，知堂记。

廿六年十一月廿二日在北平再阅一过。

廿八年三月十六日又阅一过。

# 题二树山人写梅歌

◇1934. 1. 11



二树山人诗，旧有越中三子诗本《抱影庐诗》一卷、《二树山人诗略》五卷，又《秋虫吟》一卷抄本。此《写梅歌》三十年前曾在族人琴逸先生处一见，惜不能得。今年一月，忽见杭州经香楼书目中有此，亟嘱寄阅。则并续篇在内，尤为可喜。家中旧藏山人印一，文曰“如之何如之何”，边款云“丙戌九秋作，二树钰”。盖隐藏二“如”字，即二树之原文，意取如玉如金，与“钰”相应也。今见续编中四十九叠韵云“童二如鬈鬈鬌”，注“予幼字也”，可证上说不误。今特钤于卷末，并记数言以志欣幸。民国廿三年一月十一日，知堂于北平苦茶庵。

# 题什一偶存

◇1935. 1. 21

此乌程徐氏家集，徐叶昭女史所编刊者也。古来女子作诗词者甚多，而写古文者不常见。《职思斋学文稿》三十五篇多朴实冲淡，可诵读，大不易得也。文中云“辛丑五十三岁”，计是年为乾隆四十六年（一七八一），然则听松主人当生于雍正七年己酉（一七二九），至作序之年乾隆五十九年甲寅则已六十六岁矣。此书得自杭州书店已三年矣，今日重阅，书此。民国二十四年（一九三五）一月二十一日，知堂于北平。

# 题画虎集文钞

◇1935. 2. 14



前得敦礼臣著《燕京岁时记》，心爱好之。昨游厂甸，见此集，亟购归。虽只寥寥十三叶，而文颇质补，亦可取也。民国廿四年二月十四日，知堂记。

# 题偁山遗集

◇1935. 2. 18

此道墟人章锡光诗文集，民国十年所刻。辛亥后自称孑僧，作遗老，其思想背谬不足怪，乃文甚恶劣，可称越中文苑之末人也。校刊不精，其中且有许多墨钉未刻者，纸劣而又横印，种种离奇，无一可取。吾买此册费四角半钱，真是看青山的面子耳。民国廿四年二月十八日改订讫，记于北平苦茶庵。知堂。

# 题梦痕馆诗话

◇1935. 3. 20



玉津翁不知何名，自云系石笥宗人，然则当姓胡，亦山阴人也，诗话无足取，因其系乡邦文献，故存之。民国廿四年三月二十日，知堂记。

此人名胡薇元，大兴人，虽原籍山阴，今不以越人论可也。廿八年三月廿日又记。

# 题兼山诗钞

◇1935. 3. 21

兼山诗止于辛丑，时为清康熙六十年，又称庚子时六十一岁，然则当生于顺治十七年也。中华民国廿四年三月廿一日，知堂记。

# 题聊斋续编

◇1935. 4. 4

此书系青城子自著，而称曰《聊斋续编》，殊不可晓。唯文尚佳，清疏可诵，又非尽志异，有述意见、记名物者，亦颇有可取，因留存之。以视乡人之《梦厂杂著》，似胜一筹也。廿四年四月四日晨，知堂记。

# 题粤寇起事记实

◇1935. 5. 10



此书系徐霞村君所赠。题半窝居士撰，不署姓名，中记包村事，云吾郡云云，盖是越人也。廿四年五月十日记。

# 题西湖棹歌

◇1935. 10. 10



廿四年十月九日从杭州复初斋书店得此册，铅印光纸，而价须壹圆，可谓贵矣。却仍买得之，则因其有《鉴湖棹歌》也。此真所谓乡曲之见欤？次日灯下订讫记此。知堂。

# 题历代名媛杂咏

◇1936. 1. 30



此书为吾乡龙尾山邵君所著。据道光十年刻《镜西阁诗选》汪允庄女史题辞及光绪初《越缦堂日记》所说，均云已散失，不易得矣。予曾从上海购来一部，旋以赠徐耀辰君。后又于北平隆福寺街三友堂书店得此，可谓甚有缘分。今日偶翻阅，辄书数语以志欢喜。时中华民国二十五年一月三十日灯下，知堂记。

# 题姜畦诗集

◇1936. 1. 30

姜畦即无恙之祖，见《镜西阁诗选》中。此本得于杭州，盖乾隆时刻也。民国廿五年一月三十日，知堂记。

## 题传芳录

◇1936. 2. 8



前日阅《越缦堂日记》，查所记王山史、全谢山关于王谑庵死节之论辩。《孟学斋日记》乙集下“同治四年乙丑十月十九日”条下有云：“谢山《与绍守杜君札》力辨王遂东之非死节，而极称余尚书，自是乡里公论。杜守名甲，尝刻《传芳录》，于有明越中忠臣皆绘象系赞，而有遂东无武贞，盖未以谢山之言为信也。”昨游厂甸，忽见此书，喜出意外，亟购以归。录中凡有像十幅，似皆转录《越中三不朽图赞》者。题语则杜补堂自撰，其谑庵一赞，亦颇有致。末云“饿死事小，行其所志”，王、全诸人可以塞口矣。越缦对于谑庵之死前后所说亦不一致，大可笑也。廿五年二月八日，知堂。

# 题佚笈姑存

◇1936. 3. 18



残本尺牍一册，自七十五至百二十，凡四十五叶。板心题曰“王湘客书牍”，卷末则云“薄游书牍”，明临沂王若之所撰也。书中说明末官兵寇虏各种情形，多可供参考。其说及虏处字多镵毁，盖清初刻而又稍后印者欤。纸墨均佳，廿五年三月十八日从蜚英阁书店得此并记。知堂。

此书价值可以与陶崇道《拜环堂集》内尺牍相比，今日读之，尤增叹慨，如《答史道邻书》是其一也。又记。

# 题环游地球新录

◇1936.5.7

前得李小池《游记》系善成堂重刊，今又于隆福寺街得此，乃是元刻本，唯缺自序二页、凡例二页，为可惜耳。廿五年五月七日，知堂。

# 题知足知不足斋诗存

◇1936. 9. 16



梦迹山人诗本与不佞别无关系，因前月偶得梁氏《试律丛话》八卷，题知足知不足斋刻，乃求得《诗存》读之，亦不知是否系山人所刻也。陈乃乾编《室名索引》著录知足知不足斋，下注“长白宝琳”，盖亦据此《诗存》欤？中华民国廿五年九月十六日，知堂记于北平苦雨斋。

# 题梦馀诗钞

◇1936. 9. 28



知堂收藏越人著作之一。民国廿五年八月在北平从厂甸德友堂得此。九月廿八日，周作人记。

# 题通俗编

◇1936. 11. 8



此书系吾乡周半樵先生藏本。先生著有《越咏》二卷，刻于咸丰甲寅，盖去今已八十有三年矣。此本刻印均佳，不知何以流转至此。从海王村群玉斋书铺买得之，亦可珍也。民国廿五年十一月八日，知堂记于北平之苦雨斋。

# 题日本杂事诗

◇1937.2.2

此本不著出板时、地，查行款与同文馆本相同，但每半页少一行，铅字亦甚类似，或即黄君定本跋语中所云之中华印务局本与。廿六年二月二日，知堂。

# 题南山堂自订诗

◇1937. 4. 22



日前从松风阁得此册，目录斯毁，知其不全。查《历代诗话》，刘跋亦只云有《自订诗》，不说卷数。及拆末尾书面，则其里有题字云“《南山堂自订诗》，下册，六至十卷佚阙”，又一行云“旦生公遗著，裔孙永敬识”。惜系用洋纸，不能留存。今此册却又止有四卷，或下卷应为五至十卷与？民国廿六年四月廿二日改订讫记此，知堂。

# 题快雪轩文钞

◇1937.5.12



三年前偶于厂甸得钱君著书，喜其见识通达，因注意搜集，至今凡得八册，共十五种。此二册似不完，惜《诗话》等不能得到也。第十九页缺一传，察系撕去者。原是论孔子诛少正卯事，想必有新意思，为俗人所不悦与？序言著者在壬辰十八岁，当生于光绪元年乙亥（一八七五），今年尚健在，盖是六十三岁也。廿六年五月十一日从松风堂得此，灯下改订讫，次晨记此，知堂。

# 题山房积玉

◇1937. 5. 31



此即《醉古堂剑扫》翻刻本，一字不易，只将书名改换而已。廿六年五月得于北平，三十一日改订讫记，知堂。

# 题袚园集

◇1937.6.11



前见《雕丘杂录》，觉得颇有意思，因欲得其诗文集读之。查《四库提要》一八一“别集存目”八有《袚园集》九卷，云“梁清远撰。清远有《雕丘杂录》已著录。是集清远所自编，凡诗四卷、文四卷、词一卷。其诗直抒性情，颇能蝉蜕习俗之外。而人所应无尽无，人所应有尚未能尽有也”。语殊诙谐，岂纪大烟斗之手笔耶？邃雅斋有一部，甚居奇，今从荣华堂以五元得此，尚可读。书本有大小，墨色亦淡，为易书面并折正改订之。廿六年六月十一日，知堂记于北平。

# 题湘舟漫录

◇1938. 2. 27



此书本系二种合刻，今只存《湘舟漫录》三卷。数年前，曾得《白香丛刻》一部，《骖鸾集》亦缺，《漫录》题叶已重刻，仍署“嘉庆十六年”，龚氏一序亦遂撤去，可知其缺盖已久矣。此本虽不完，却有序文，卷末亦多十六至二十一共六叶，颇有可取。在护国寺庙会以一角钱得之，总算很值得的了。民国廿七年二月廿七日，知堂记于北平。

# 题冰雪堂诗

◇1938. 2. 27

《冰雪堂诗》一卷，正黄旗陈氏著。《天咫偶闻》卷五所举八旗人著述书目中未列入。《贩书偶记》中有之，注曰“乾隆甲午刊”，则亦不确。卷中记道光丙申年事，故序跋之甲午、庚子当俱是道光时也。在护国寺庙会得此册。诗不必佳，亦政以人存耳。民国廿七年二月廿七日，知堂记。

# 题可园诗存

◇1938. 4. 25



《续存》《癸卯除夕诗》自称六十七翁，则此系丙午所照，即西历一九零六年也。廿七年四月廿五日，知堂记。

# 题三异笔谈

◇1938.10.5

此书笔墨简洁，记事亦多实在，虽志怪异而无逆妇变猪等事，亦难得也。惜只此四卷，遍求二三集乃终不可得。廿七年十月五日改订讫书此，知堂。

# 题吹影编

◇1938. 10. 10



垣赤道人初不知其姓名，跋中但云“谑堂”而已。顷阅朱笠江《寄闲斋杂志》第一卷程攸熙批语，始知其为《吹影编》作者，程即字谑堂也。廿七年十月十日，知堂记。

# 题春在堂尺牍

◇1938. 10. 19



前年在护国寺书摊得此册，止四卷，以为是残本，盖《全书》中本有六卷也。近日阅《全书》卷首《清史列传》所记尺牍，只云四卷。俞先生文中亦说及云三卷，似陆续增刻，故初无一定。然则此册当系刻成四卷时所印者欤？旧书面题“俞荫甫先生尺牍”七字，不云上卷，且如有两册，亦应每册各三卷，不会上册乃有四卷也。廿七年十月十九日改订后记此，知堂。

# 题啸盦诗存

◇1938. 10. 28



夏君别号枝巢子，著有《旧京琐记》十卷。今《诗存》卷二中有《枝巢落成诗》一首。廿七年十月廿八日书于北平苦雨斋，知堂。

# 题都门竹枝词

◇1938. 12. 12



此书不知系何人所辑，序文亦未署名，文理亦有欠顺处。而词多可读，作手不一，惜无从一一分别之矣。廿七年十二月十二日，知堂改订后记于北平。

此即徐永年所编《都门杂咏》而稍有改变，计加三十首，但不尽佳耳。乙酉夏。

# 题罨画楼诗话

◇1939. 1. 19



此诗话编录法甚奇，全书无叶数，每叶自为起讫，长短数则，安排恰好，极为难得，不知其有何用意也。去年夏间买得，友人借阅，久留郊外。昨日始见还，因改订记之。廿八年一月十九日午，知堂书于北平。

# 题洗斋病学草

◇1939. 3. 21

《洗斋病学草》系山阴胡寿颐所作，因有足疾，故号踵息道人。卷首原有画象，今已撕去。以廉值从杭州得来，不知旧为何人所有，乃如此勤学，于空白处写上许多笔记，其殆学法政之徒与。廿八年三月廿一日重订后记，知堂。

# 题谈异

◇1939. 6. 3



据《复堂日记》所说，此书乃是陈六舟（彝）所撰。廿八年六月三日灯下，知堂记于北平。

# 题睫巢后集

◇1939. 6. 5



前得《睫巢集》二册，有叶焕彬藏印，乾隆六年刻本。刻者洪东阆，即陔华子。书颇精致，与人讲殊相似。此《后集》则五年后杜补堂所刻，板式同而工不逮前，又是后印，用白纸，故不能与前者配合也。廿八年六月五日，知堂记于北平。

# 题谭子雕虫

◇1939. 6. 22



民国廿八年夏至日改订书面，距原刻书时盖正二十年矣。知堂记。

# 题塍录

◇1939. 6. 27

廿八年六月在北平得此册，有“碧琅玕馆”藏印，书中批点盖亦是杨庸叟手迹，可珍也。二十七日，知堂阅后记此。

# 题拜环堂文集

◇1939. 8. 14



此书曩从上海得来，只第四、五两卷，全是尺牍，差可喜耳。路叔盖是石匮之犹子，惜其详不可得而考矣。廿八年八月十四日改订讫记此，知堂。

# 题六朝文絜笺注

◇1939. 8. 31

《六朝文絜》应得有注，庶便初学。此本笺注虽不得力，亦尚可备览，胜于无有耳。唯校字太不精，首数叶中有误字五六，却均刻作一字，殊可齜笑也。乱世文人常多暇，如得有人重加订补，精校付刻，其有益于中国殆胜写报章文字万万也。廿八年八月末日，知堂记。

后得原刻本，颇精善，此盖是坊间翻刻本欤？又记，民国三十二年七月四日。

# 题天演论

◇1939. 10. 8



辛丑年至南京，始见此书，读之终未卒业。今秋整理故纸，忽又得之，前后已三十八年矣。乃今读之，仍未终卷。天演之理，似本不甚难知，而装在此周秦诸子文体中，遂大费解。保藏此册，聊以纪念过去事迹耳。廿八年十月八日改订讫，记于北平苦雨斋东窗下，知堂。

# 题思痛记

◇1940. 5. 28

廿九年五月在北平得此册，较别本多黄慎之序一篇，价二元半也。廿八日，知堂记。

# 题西厢酒令

◇1940. 9. 26



廿九年九月在北京从三友堂得此，价甚不廉。因不多见，故终收得之。嘱衬纸改订，今日已成，记其缘由。廿六日午，知堂。

# 题四鸣蝉

◇1940. 11. 4



《四鸣蝉》一卷，所收汉译杂剧凡谣曲二，歌舞伎、净琉璃各一。《熊野》《赖政》皆世阿弥作，《山崎与次兵卫寿门松》为近松作，《大塔宫曦铠》则是出云作也。堂堂堂主人又称“白霓居士”，不知为谁。此书刊于明和辛卯，即乾隆三十六年。其时法梧门正十九岁，以第二名入学云。日本有汉译《忠臣藏》，序题“乾隆五十九年”，殆可与此竞爽。廿九年十一月四日灯下，知堂记于北平。

此书原在东京神田山本书店，今托王仲廉君购得寄来，价金八圆也。王君来书，颇嫌其旧敝，有虫蛀。唯如书目上所注，实不多见，不妨称之为珍本也。知堂又记。

# 题王季重先生自叙年谱

◇1941. 8. 3



谑庵年谱一册，在北平藻玉堂书店托谢刚主君代为取来，价四十元。三十年八月三日，知堂记。

此张宗子作《王谑庵传》抄本，原写一纸，夹入卷首。今为分作两叶，附订于末，惜不能知抄者之姓氏，当亦是解人也。八月十七日，知堂识。

# 题十诵斋集

◇1941. 10. 7

《十诵斋集》本亦可留，唯予收此集大半乃因其为周半樵先生旧藏故也。时民国三十年辛巳中秋后二日，距道光甲辰已百年馀矣[①]。知堂记于北平。

【田校】

① 道光甲辰年为 1844 年，距民国三十年（1941）不足百年。

# 题香草笺

◇1941. 12. 30



三十年十二月三十日得于北京，距出版时已三十一年矣。知堂。

# 题菀青集

◇1941

此萧山陈山堂集，有汤绍南印，三十年冬日得于北京。知堂记。

# 题二树诗略

◇1942. 3. 20

三十一年三月从上海得来，惜只四卷，无第五卷，或是原缺也。二十日记，知堂。

# 题碧血录

◇1942. 4. 4

傅氏刻本《碧血录》前已有一部，今见此书乃是故友杨子鸿遗物，末有题记，因又收得之。民国三十一年四月四日晨改订讫记。知堂。

# 题春泉闻见录

◇1942. 4. 15



此书四卷，凡一百十条，虽亦多记鬼怪、谈因果，而文笔质朴，情意诚实，读之不至令人生厌，亦此类笔记中之佳作也。三十一年四月十五日，知堂记。

# 题耄馀诗话

◇1942.6



民国卅一年六月得于北京，惜多误字，如尘土入目，读之不快。知堂。

# 题四养斋诗稿

◇1942. 8. 3



俞理初诗自称甚不佳，亦正不必以诗重。唯诗以人重，后世自当珍惜也。《四养斋诗稿》刻板去今才九十年，而今已甚少见，盖中经太平天国之乱，久已毁灭。吾乡蔡孑民先生为俞君作年谱，求此稿终不可得，乃从皖人借读之，寒斋乃于不意中能得一册，大可忻幸，正宜珍重护持之也。中华民国卅一年八月三日雨中，知堂记。

# 题重刊校正笠泽丛书

◇1942. 12. 14

此系清末翻刻本。元不足贵，唯因其为梁节庵旧藏，捐赠图书馆，今又于兵燹之馀、从广东散出来北京者，故购得之，以为纪念云尔。三十一年十二月十四日，知堂记。

# 题兰亭图记

◇1943. 1. 27



此书得自杭州书店。王宗炎印系伪作，馀亦未可尽信。原书残缺，有抄补若干页，盖非原本，今并去之，合订为一册，聊以存故乡文献而耳。民国壬午祀灶前二日灯下书，知堂。

# 题海东逸史

◇1943. 1. 31



明亡后二百四十年此书终得出世，可谓有幸矣。同时邵武徐氏亦刻入丛书，无序跋，不知所据何本，校订不甚精。此有孙彦清序，稍有校注。卷十八董守谕以下四人，徐本不列目，固失之，而此本别据传记补入，本文似亦有过犹不及之嫌。眉间有朱批，不知出何人之手，殆亦是长恩阁之流，可以宝重也。民国壬午十二月廿六日，以十金得此书于北京，因记。知堂。

# 题柳岸诗钞

◇1943. 4. 30

此册所存只有古体诗，想是残本，至少尚有一卷。民国癸未三月廿六日，知堂。

# 题秦秋伊诗词稿

◇1943. 6. 25

《秦秋伊诗词稿》，同治时抄本，卷中有“饮寿花草堂示族弟穉千”诗，则此本当即是穉千所钞存者也。民国癸未五月从杭州书估得此，二十三日晨读讫偶记，知堂。

# 题一枝堂稿

◇1944. 5. 19



民国甲申四月廿七日，菊池租君来访，出此见赠，云得之东京神田书店，后有沈复灿跋，署道光乙酉，距今正百二十年矣。知堂记于北京。

# 题钝砚卮言

◇1944. 6. 30



张星鉴著《仰萧楼文集》，中《怀旧记》第二则记钱君事云：字映江，字竺生，所著《左札》七卷外，有《南明书》三十六卷，咸丰八年卒，年六十一。此书编成在道光戊申，当是五十一岁时也。民国甲申五月十日，知堂识。

# 题触藩始末

◇1944.7.29



《触藩始末》三卷，琴阁主人记咸丰七年英人占据广州、掳叶名琛事，其时任南海县知县，姓名俟考（崇仁华廷杰也）。自雅片事变以至焚圆明园，英人行事原系一致，叶相之胡涂乃不可及。掳赴印度时，需要衣物，其单中尚有《吕祖经》一本，可见一斑。此书记载颇详，可资查考。民国甲申六月十日，药堂。

## 题墨馀书异

◇1944. 12. 11



书中内容还是这些物事，而文章颇佳，干净可喜，故读之亦遂觉欣然，可以消遣也。三十三年十二月十一日，十堂。

# 题梼机萃编

◇1945. 11. 9



民国乙酉十月五日第二次阅了。十堂。

# 题茶史

◇1945. 12. 24

民国乙酉十一月二十日，雨中改订，此书四册。时浙西人狼沈三、赵二、王大正在跳踉叫嗥，阅此消遣，亦颇得闲适之趣也。十堂题记。

# 题南浦秋波录

《南浦秋波录》为张亨甫所作。谢枚如集中有题诗。

# 题诗话新编



此即《试律新话》也，不知何以改头换面而成此书。知堂。

**图书在版编目(CIP)数据**

知堂题记/周作人著;锺叔河编．—长沙:岳麓书社,2016.4
(2024.3 重印)

ISBN 978-7-5538-0420-0

Ⅰ.①知…　Ⅱ.①周…②锺…　Ⅲ.①题跋—作品集—中国—现代　Ⅳ.①I266

中国版本图书馆 CIP 数据核字(2015)第 195360 号

ZHITANG TIJI

**知堂题记(全二册)**

著　　文:周作人

编　　订:锺叔河

责任编辑:曾德明　舒　菲

责任校对:舒　舍

封面设计:风格八号

岳麓书社出版发行

地址:湖南省长沙市爱民路 47 号

直销电话:0731-88804152　0731-88885616

邮编:410006

版次:2016 年 4 月第 1 版

印次:2024 年 3 月第 3 次印刷

开本:787×1092　1/32

印张:17.125

字数:233 千字

印数:6 501—10 500

ISBN 978-7-5538-0420-0

定价:120.00 元

承印:长沙超峰印刷有限公司

如有印装质量问题,请与本社印务部联系

电话:0731-88884129